藤沢周平著

新潮社版

11740

目次

義民が駆ける

三方国替え

一

取次の者に導かれて、老中首座水野《みずの》忠邦《ただくに》が御小座敷に入ると、縁側に家斉《いえなり》と御側御用取次の水野《みずの》忠篤《ただあつ》が立って、庭をみているのが見えた。

家斉はすぐに振り向いて、

「来たか」

と言った。

忠邦は平伏する寸前、忠篤が部屋に戻る家斉を介添えするのをちらとみながら、あの件だなと思った。川越藩松平斉典《なりつね》を荘内《しょうない》に転封するようにはからえという家斉の内意が、忠篤の口から伝えられていたが、忠邦はその返事をまだしていない。

忠篤の手を借りて大儀そうに坐《すわ》ると、家斉は将軍だった三年前と同じに、

「それへ」

と言った。忠邦は身体《からだ》を起こして膝《ひざ》を交互に動かし、上体を僅《わず》かに左右に揺すった。膝行《しっこう》の体を真似《まね》たのである。それが将軍と対座する時の作法である。

事実は家斉は三年前の天保八年に、将軍職を世嗣《せいし》の家慶《いえよし》に譲っている。しかしそうして西丸に隠居して大御所と呼ばれながら、家斉は政治を手放していなかった。形の上では、政令は将軍の手から出るように見えるが、それは形式だけのことで、決定はすべて家斉が行なっている。将軍に対する礼をしながら、忠邦はそのことに何の矛盾も感じていなかった。幕政の実権は、紛れもなく眼の前の大柄な老人の手中にある。

「ご機嫌うるわしゅう……」

忠邦が言いかけるのを、家斉は手を振ってさえぎった。

「いや、あまり具合がよろしくないのじゃ。立居に息が切れての」

家斉は顔色が悪かった。肌はつるりと光っているが、皮膚が透きとおるようで、底に鉛のような色が沈んでいる。家斉は頑健な体軀《たいく》を持っていて、持病の頭痛をのぞけば、大病で寝こむことはなかった。寒い冬の間も、小袖《こそで》二枚に胴着を着るだけで、用意してある炬燵《こたつ》にも入ったことがない。手焙《てあぶ》りで済ませていた。

だが眼の前の家斉には、深く沈潜した疲労のようなものが見える。それは大奥にいる女性たちとの長い間の耽溺《たんでき》の生活から、吹き出してきた疲労のように、忠邦には思われる。側妾《そばめ》四十人、御台所《みだいどころ》茂姫を加えて十七人の腹から、五十五人の子を生ませたこの老人の疲労に、忠邦は同情は感じない。口喧《やかま》しかった松平越中守《えっちゅうのかみ》定信の遺制が幕閣から次第に消えてからは、気ままに、奢侈《しゃし》と女色に溺《おぼ》れて過ごしてきた人なのだ。

だが忠邦は、面長で瘦《や》せている精悍《せいかん》な顔に浮かんでくる感情を殺して言った。

「ご不快でござりますか」

「うむ。少々疲れておる」

家斉は言ったが、不意にぎょろりと忠邦を見据えた。

「美濃《みの》から申した川越の一件じゃが」

「は」

「部屋で談合したか」

「は。よりより相談仕《つかまつ》っております」

「誰ぞ、故障を申すものがおるか」

「いえ」

「ならば、早々にはからえ」

「かしこまりましてございます。ただ」

「ほかに何かあるか」

「恐れながら川越、荘内はよしとして、ほかに一藩を加え、三方国替えとする方策が必要かと存じ、ただいまそのことを考慮致しております」

「その必要はあるまい、越前どの」

少し離れて陪席していた水野忠篤が声をかけた。

「それでは事が大袈裟《おおげさ》になる」

「言うまでもなく」

忠邦は伏し眼に、家斉の膝前のあたりを見つめながら、忠篤の声を無視して続けた。

「国替えは一藩の大事。本来相当の理由がなくてはかないませぬ。ここからして、このたびの川越、荘内の一件、じかに交替を命じてはちと思惑《おもわく》が露骨に過ぎ、思わぬ世上の噂《うわさ》を醸《かも》すことにもなりかねませぬ。かかる場合は、間に一藩をさしはさみ、かつはしかるべき理由を附し、当方の意図を韜晦《とうかい》にみちびくことが上策とされましょう。三方国替えは従来例のあることでございます」

忠邦は一気に喋《しゃべ》った。転封は大奥から手を回して家斉を動かした川越の策動だと見当がついている。その匂《にお》いがふんぷんと明からさまなのに対して、思い切ったことを言ったのは、多分多額の賄賂《わいろ》をとって、策動の片棒を担《かつ》いでいるに違いない水野忠篤に対する反感からだった。それに、時には老中の権威をちょっぴりのぞかせることが必要なのだ。

強いことを言ったが、助け舟はちゃんと出してある。無様な転封劇の辻《つじ》つまを合わせてあげましょうと言う話をしたに過ぎない。家斉の機嫌を損じるようなへまはしていない。

果して家斉は満足そうにうなずいた。

「なるほど。越前が言うとおりじゃな」

「恐れ入りましてござります」

「見当はついておるのか、あとの藩の方は」

「長岡の牧野がよろしいかと考えております」

咄嗟《とっさ》に出た名前だったが、忠邦は水野忠篤から転封の話が出てきたときから、頭の隅に長岡藩のことがあったような気がした。酒井には酒田港、長岡には新潟港という海防の重点がある。このあたりに転封の理由をくっつけることが可能だと思われた。またそうでもしなければこの国替えの名分は出て来ない。

「まかせる。よろしくはからえ」

それだけの話が済むと、家斉は疲れたように、越前、下がってよいぞと言った。部屋を出たとき、水野忠篤が「お疲れでござりましょう。奥へお引き返しなられますか」と、家斉を労《いたわ》る声が聞えた。響きのよい落ちついた声でいながら、どこかに媚《こび》を含んだ声音だった。

その声を聞きながら、忠邦は一瞬後に続く奥坊主《ぼうず》に知れないように陰気な笑いを浮かべたが、すぐに表情を引きしめて、二ノ丸の廊下を踏み、大廊下から御納戸口《おなんどぐち》の方に向かった。

本丸との境にある蓮池《はすいけ》御門まできたとき、忠邦は足をとめ、供をしている御用部屋坊主に、

「ちょっと待て」

と言った。

富士見櫓《ふじみやぐら》の下あたり、石垣の際《きわ》の水面に、点々と黒い鳥が浮かんでいる。渡りの鴨《かも》の群だった。昼下がりの日射《ひざ》しが、水に潜ったり、水面を軽々と滑ったりする水鳥の動きを、しずかに照らしている。空気は引きしまって、乾いていた。

――神田大黒が驚くであろうな。

忠邦は、北の国からきた鳥からの連想で、いま北の領国に帰っている羽州荘内藩主

酒井忠器《ただかた》の顔を思い出しながら思った。

荘内藩はよく耕された肥沃《ひよく》な田畑を持ち、良質の米を産して富裕な藩とみられていた。事実先代の忠徳の時に行なった藩政改革が成功して、十万両の貯金を誇ったほどで、神田橋御門ぎわに江戸藩邸があったことから、神田大黒と綽名《あだな》された。

しかしその後、幕命による蝦夷地《えぞち》警備、海防措置の出費の増加、天保に入って打ち続いた凶作のために、藩財政は昔日《せきじつ》の余裕を失っていた。それでも藩を襲った天保四年の大凶作、続く六年、七年、九年、十年の凶作を辛うじて凌《しの》ぎ、天保飢饉《ききん》と呼ばれた時期に一人の餓死者も出さなかったことは、他藩の羨望《せんぼう》の的となった。

御側御用取次水野忠篤を通じて、武州川越藩主松平大和守斉典を、羽州荘内領へ移封させたい、ついては早急に老中合議して報告せよという、大御所家斉の内意がもたらされたのは半月ほど前のことである。

川越藩主松平斉典は、家斉の二十四番目の男子斉省《なりやす》を養子に迎えている。川越の松平家は、越前中納言《ちゅうなごん》秀康の六男直基を藩祖にする名門であるが、先年老中水野忠成《ただあきら》に姫路への移封を願って果さないでしまった。忠成は家斉の小納戸役から身を起こし、やがて御用人から老中に進み、後には老中首座と勝手掛を兼ねて絶大な権力をふるった人物である。忠成は家斉と、家斉の父一橋治済《はるさだ》に取り入ることに天才的な手腕をふるったが、家斉の多数の子を、諸大名に押しつけ養子に、女子ならば入輿《じゅよ》させたのもそのひとつだった。

松平斉典は、この養子縁組で出来た繋《つな》がりを頼って、忠成に姫路への移封を依頼したのだったが、十七年間幕政を左右した忠成は、天保五年に七十一歳で病死して、斉典の希《のぞ》みは叶《かな》えられなかった。

姫路は、川越松平藩にとって藩祖直基の慶安元年と、二代直矩の寛文七年、四代明矩の寛保元年時の三度にわたって封じられた土地である。いわば父祖の地であるが、斉典がここへ移封を望んだのは、そういう意味あいではなかった。取高は同じ十五万石ながら、姫路の方がはるかに経済の内容がいい。

この望みが叶わなかった斉典が、今度は内福の聞こえが高い羽州荘内領への移封を望んだのである。荘内藩は表高は十四万八千石だが、実収は二十万石を超えることは、天下周知の事実だった。川越藩が、姫路の次に、ここに手を伸ばしたことは、それだけ川越藩の財政逼迫《ひっぱく》を物語っているようだった。

大和守斉典が、そのためにどういう手を回したか、忠邦には水野忠篤が川越藩移封を口にしたとき、おおよそ読み取れた。水野忠成という強力な手蔓《てづる》を失ったものの、それで斉典が手の内の駒《こま》をすべて失ったわけではない。養子斉省がいて、大奥には斉省の生母おいとの方がいる。恐らくまだ寵愛《ちょうあい》の衰えていないおいとの方を通じて、大御所家斉に荘内移封の望みを吹きこんだことは間違いないと思われた。大奥の実力がどのようなものかを、老中になるとき、大奥に大枚の賄賂を使った忠邦は、知りすぎるほど知っている。

——そして、この男も、袖の下にかなりの黄白《こうはく》をたくし込んだはずだ。

と、忠邦はそのとき思ったのである。濠に浮かぶ鴨の群を見ながら、忠邦の脳裏には、いま水野美濃守忠篤の顔が浮かんでいる。同じ水野姓だが、忠邦は叔母が大御所の側妾だった縁でいまの地位に成り上がったこの男に対して、何の親しみも持っていない。感情が動くとすれば、軽侮の気持だけである。その器でないものが、大御所の寵を笠《かさ》に着て傲岸《ごうがん》に殿中でそり返っている、と思う。

そういう人間が、ほかに二人いる。若年寄林肥後守忠英、小納戸頭取美濃部筑前守茂育《もちなる》である。この三人を大御所周辺の三佞人《ねいじん》と言っている陰の噂を、忠邦は聞きあきるほど耳にしていた。忠邦には、老中を目ざしたときから抱いてきた、しかあるべき幕政の構想がある。その構想から言えば、この三人は即刻に切って捨てなければならない存在だった。彼らは幕政に巣喰う有害な虫に過ぎない。

だがそういう思いが強烈であるほど、忠邦はそのことを隠した。御側御用取次という美濃守忠篤が握っている権力は絶大なものがある。自分に敵意を持つ者とみれば、忠篤は老中といえども除くのをためらうまい、と思われた。大御所、将軍と老中の間を取り次ぐ御側御用取次は、驚くべき権力を握っている。そして彼らは幕政においては無能なくせに、権力の在りかに対しては、ある種の昆虫のように鋭敏な触角を働かせるのである。

美濃守忠篤から、大御所の意向がもたらされたとき、忠邦は「されば、いずれ老中協議の上」返事すると答えた。そう答えて、半月も放りぱなしにしておいたのは、実質三分の一の禄高《ろくだか》に落とされる荘内藩を憐《あわ》れんだのではない。

僅かに議決を渋滞させることで、忠篤に対する反感を満足させたとも言える。あの男がもらった賄賂の高の多さに、力を添える必要はないという気持だった。

だがそのささやかな抵抗も、さっき家斉に直接に催促されたことで終ったようだった。その抵抗が美濃守忠篤に気づかれずに終ったことに、やはりほっとする気持が忠邦にはある。

「神田大黒か」

忠邦は呟《つぶや》いた。

「は？」

御用部屋坊主が呟きを聞き咎《とが》めて、顔を傾けたが忠邦は無視した。

――同情はせん。

と忠邦は思った。美濃守忠篤の顔が遠のいたあとに、荘内藩主酒井忠器の顔が、また浮かんできた。白皙《はくせき》の面長な顔だった。成功した寛政の藩政改革の後を受けて、文化二年に家督を継ぎ、苦労を知らずに来たおっとりとした顔だった。

不意にひとつの記憶が戻ってきた。三、四年前、荘内藩主酒井忠器に関するひとつの噂が城中に流れたことがある。

酒井忠器は、酒田海岸を視察して、家中の操練を視《み》たが、そのあと数日酒田に滞在して、土地の富商本間光暉《みつあき》の豪華なもてなしを受けた、と噂は伝えていた。その際の本間のもてなしの手厚さ、附添いの女中たちにまで洩《も》れなく配った進物の華美が評判になっていた。

その噂を聞いたとき、忠邦ははじめて北国羽州の藩主酒井忠器に注目したといってよい。抱いた印象は悪いものだった。

忠邦はこの噂を御用部屋の評議に持ち出した。天保七年を中心に諸国は凶作に悩み、あちこちに餓死者を出して、その余波がまだ納まっていなかったときである。酒井忠器の行動は、時節柄慎みを欠くと思われた。

しかし調べてみると、噂のようなことがあったのは、それより十年も前の文政九年のこととわかったので、評議は沙汰《さた》やみになった。本間のもてなしの豪華さは語り草になるほどのものだったので、その後江戸に帰った酒井家の女中たちが江戸に噂をひろめ、さらに遅れて江戸城大奥の評判になったという経過のようだった。

一時は処分という空気もあった評議は、それで沙汰やみになったが、忠邦の心の中には暗い怒りのようなものが、しばらくくすぶった。酒井忠器が、酒田大浜で家中の操練を視閲したというのは、あきらかに、その前年幕府が諸国に指令した異国船打ち払い令にもとづいている。その重要な視察を、遊興と一緒に扱ったことが忠邦を刺戟《しげき》していた。

いつかは天下をひしと締め上げてやる、という気持を忠邦は胸の奥深いところに納めている。その気持から、あまりに遠く遊離した場所で、忠器は気ままに行動しているように思えた。

その時の不快な気分を、忠邦はしばらく忘れていたのである。だがいま国替えで、荘内藩の名が出てきたとき、忠邦はその時の暗い怒りを思い出したようだった。

心が決まったのを忠邦は感じた。ほかの老中に一応謀《はか》り、さらに形式的にしろ将軍家慶の決裁を仰がねばならないが、すでに家斉の催促がある。誰も異議を言う者があるはずはなかった。

「おい」

忠邦は御用部屋坊主を振り向いた。

「あれに石を投げてみんか」

坊主は忠邦の指さす方を眺め、それから忠邦の顔を窺《うかが》うように見た。忠邦の顔には酷薄な微笑が浮かんでいる。くぼんだ眼が冷たい感じだった。

まだ二十代半ばに見える坊主は、怯《おび》えた顔になって足もとから石を拾った。それからもう一度櫓下の水面に遊んでいる黒い鳥の群を見つめた。

「よい。やめよ」

忠邦は不意に言って背を向けた。いつもの表情を殺した顔に戻っていた。

二

忠邦が御用部屋に入ると、太田資始《すけもと》が手焙りの上から顔を挙げた。

「あまりに戻りが遅いゆえ、そろそろ城を下がろうかと話していたところじゃ」

「これは」

と言ったが、忠邦はじろりと資始を眺めただけで、袴《はかま》を捌《さば》いて坐った。

資始を離れて雑談していた脇坂安董《わきさかやすただ》、土井利位《としつら》が、話をやめて気づかわしげな眼で忠邦と資始を見くらべた。三年前の天保八年三月に大久保忠真が病気で退き、昨年の暮に松平和泉守乗寛《のりひろ》が病死して、老中はいまこの四人だけである。ほかに大老の井伊直亮がいるが、直亮は無口で温和なだけで、政策を議する相手ではないと思われていた。四人だけなら、話のまとまりも早いようなものだが、太田資始がいるために、協議は時どき紛糾する。

俗に肌が合わないという、それだと思うしかない。忠邦のいうことに、資始がとかく抗《あらが》うのである。それに対して、忠邦もなぜか真向から反論する。脇坂や土井に対するときの柔らかな態度ではなかった。

いまも太田資始は、手焙りの上に屈《かが》みこんだまま、蛇のように隙《すき》を窺う眼で忠邦をみて言った。

「だいぶ長い話じゃったが、何の話じゃったか、聞かせてもらえるかな」

「別に長くはござらん」

早速忠邦は反発した。

「大御所との話は、僅かで済み申した。ただ外は晴れて日射しがぬくい。ゆえにぶらぶら散歩して参った」

聞きようによっては、寒がりで、部屋に炉が切ってあるのに自分用の手焙りも使っている資始に対する、皮肉ともとれる言い方だった。それを感じとったのか、資始は皮膚の黒い、皺《しわ》ばんだ顔にいら立った表情を浮かべて、胸を起こした。

「では早速うかがおうか」

「三方国替えを行なえという、ご沙汰でござる」

「ほう」

資始は眼を光らせた。脇坂安董も、土井利位も驚いたように忠邦を見つめ、忠邦に身体を向けた。資始が言った。

「どこの藩じゃな。その運の悪い藩は」

「運が悪いのは、羽州の酒井だけでな。ほかは得になる」

忠邦は三方国替えの中味を説明した。最初から長岡藩を含めた話にした。川越藩は十五万石から実収二十一万石に、また長岡藩は移封の煩《わずら》わしさを別にすれば、表高七万石から十五万石に変る。

「すると酒井は領知半減に落とされることになりますか。いや、あそこは内緒がよいからそれ以下になりますかな」

と脇坂安董が言った。

「川越が大御所に願ってしたことのようだ」

「しかし越前どの」

土井利位が不審そうに言った。

「それでは酒井が納得いたすまい。何ぞ酒井に罪でもござっての話かな」

「罪か」

忠邦は微笑した。

「されば、罪はないとは言えない。先年酒井が酒田の本間が邸《やしき》で豪勢な遊びをしたことが、江戸で評判になったことを、そこもともご承知でござろう」

「はあ」

「あの節、実はこの部屋で、酒井は時節柄をわきまえぬ者として、いささか協議に及んだことがござった。そこもとも、中務《なかつかさ》どのもご存じないが、備後《びんご》どのはご承知であられる」

「さよう。しかし調べてみると古い話で、すぐ沙汰やみになった」

太田資始が無愛想に言った。

「いや、古い話とは言えぬ。その節も申したはずだが、海防視察と称して遊興した酒井の時勢に対する考えは、いささか手ぬるいと申さねばなるまい。北の海の備えはとくに厳重を要する。かの藩の海防に対する構えは、咎めるに値しないとは言えまい」

忠邦の顔からは笑いが消えていた。

忠邦には、日頃胸の中に高まってきている焦燥がある。国内の不安に加えて、海辺を窺う外国船がいよいよ多くなっている情勢に対して、執政府である幕閣が、放漫な大御所政治の下で、有効な手を打つことが出来ずに日々流されていることに対するいら立ちである。

最近の世の中の変りようから、忠邦はこれまでになかった変化の兆《きざ》しを受け取っていた。各地の農民、あるいは町人による一揆《いっき》、打ちこわし、強訴は例年起こって珍しくなかったが、忠邦が大坂城代に就任する二年前の文政六年に起こった摂津、河内、和泉千三百七ヵ村による国訴は、綿の自由売捌き、菜種の自由売捌きを要求して、空前の規模の訴えとなり、これまでの経済のありようを変えるものであった。そして天保七年八月には、幕領甲斐《かい》郡内地方に武装蜂起《ほうき》が起き、八年二月には大坂で大塩平八郎が叛乱《はんらん》を起こした。郡内の一揆は飢饉で飢えた三万の貧農、日雇、大工らが狂奔して、穀物を買い占めている商人、地主を襲い、甲州代官所では、隣国諸藩の出兵を仰いで漸《ようや》く鎮圧したし、大塩の叛乱は、大坂町奉行所の元与力という身分の大塩が、大筒を引き出して市中を焼いたということが為政者に衝撃を与えた。

大塩の叛乱に刺戟されたかのように、越後柏崎で国学者生田万《いくたよろず》が陣屋を襲撃し、続いて摂津能勢で徳政大塩味方を標榜《ひょうぼう》する能勢騒動が起こった。こうした騒動は、これまでの農民一揆とは違う感じを忠邦に与えている。田沼時代に米沢藩の侍医藁科貞祐《わらしなさだすけ》が言ったという「そろりそろりと天下のゆれる兆し」を、忠邦は感じ取らないでいられない。

そしてロシアは相変らず北辺の択捉《えとろふ》、国後《くなしり》、樺太《からふと》に蠢動《しゅんどう》を繰り返し、イギリス船の来航も多くなっている。天保八年には、日本の漂流民を送還しながら通商を求めて浦賀沖に入ってきたアメリカ船モリソン号を、文政八年に出ていた異国船打ち払い令に従って、浦賀奉行が砲撃するという事件が起こった。この事件を契機に、蘭学者渡辺《わたなべ》崋山《かざん》、高野長英、小関三英らの幕政批判が出たのを、忠邦は弾圧している。

水戸の徳川斉昭がいう内憂外患の時代を乗り切るために、徳川幕府を土台から建て直し、その権威を回復したのち、内外に山積する困難な問題を乗り切って行くしかない、と忠邦は考えていた。この大事なときに、幕府の年貢《ねんぐ》収納高が、延享《えんきょう》、宝暦期の百六十五万石から百七十万石という量から、天保に至って百四十万石に低下していることも、御勝手御用を勤めている忠邦のひそかな焦《あせ》りとなっていた。幕府の年貢は凶作の天保七年には百万石を割ったのである。

しかしこうした時勢の困難さは、忠邦の心を奮い立たせる。十九歳で肥前唐津藩を継いだ頃から、ひたすら幕閣入りを目ざし、実収二十万石といわれた唐津藩から、幕閣入りの条件を満たすために六万石の浜松藩に国替え運動をし、成功すると賄賂に次ぐ賄賂を注ぎこんで今日の地位を手に入れた。幕政に対する多年の構想を実現して、手腕をふるうべき時期は眼の前にある。

だが大御所家斉が健在で、政治的な才能などかけらも持ち合わせないくせに、閨閥《けいばつ》人事にだけ、異常な才能をみせる水野忠篤、林忠英、美濃部茂育の三人が威張っている中は、うかつに手が出せない。焦燥は胸の中でくすぶりながら、忠邦は隠忍を重ねていた。

荘内藩に対する同情のなさも、もとを正せば忠邦のこうした鋭敏な時勢観からきている。時勢の危うさから、酒井は遊離している。恵まれた富の上に、のほほんと胡坐《あぐら》をかいているとも見える。そういう事情は、十年前とそれほど変ったはずがない。

――一度痛棒をあたえてもいいのだ。

それに、と忠邦は思う。国替え命令に対して文句は言わせない、という気持がある。

慶安の御触書に「地頭は替もの。百姓は末代其所之名田を便とするもの」とあったように、藩地はもと幕府の領土という考えが忠邦の気持の根底にある。この考えを押しひろげて、忠邦はその時が来たら実施しようと考えているひとつの遠大な計画を持っている。江戸および大坂の周辺の土地を幕府に納めて、ひとつは海防に、ひとつは幕府の資力の回復に役立てようという考えである。その計画を口に出せば、恐らく太田も、脇坂、土井も驚倒する筈《はず》だった。

——今度の三方国替えは、その試金石としても悪くはない。

「それで、どうなさる」

太田資始が言った。

忠邦は顔を挙げた。脇坂と土井もじっと忠邦の顔をみている。沈思の時が長過ぎたようであった。

「そこもとたちのご諒解《りょうかい》が得られれば、早速そのように処置したいと考える。ご意見があれば承るが」

「この世情不安のときに、無用の国替えのようにも思えるがの」

資始がにがにがしい口調で言った。

「無用とは言えん」

忠邦は、資始に対するときいつもそうであるように、強い口調で切り返した。

「酒井には、さきに申した落度もある。それにかような時勢であれば、かえって幕府の威を示す必要があるともいえる」

「しかし根拠が弱い。よほどしっかりした理由をつけんことには、荘内に恨まれますぞ」

資始は鷹《たか》のような眼をして忠邦を睨《にら》んだ。

「と申すことは」

忠邦は皮肉な笑いを口辺に浮かべた。

「然《しか》るべき理由をつければ、やむを得んと、備後どのは仰《おお》せある」

「どうせ奥の方から来た話じゃろう。美濃や筑前が謀ったことでは、馬鹿《ばか》らしいが、手がつけられん」

「いや、大御所のご意向だと申した筈だ」

忠邦は脇坂と土井を見た。脇坂は微笑し、土井は無表情に軽く頭を下げた。

脇坂がふと笑いを消して言《い》った。

「井伊どのは本日お気色悪《あ》しくお休みでござるが、あちらにご談合はいりますまいか」

「ご大老か」

忠邦は不意に困ったような表情になった。それから四人は一斉に太鼓張りの障子で仕切った上座をふりかえり、それから顔を見合わせて苦笑した。その瞬間に、荘内酒井左衛門尉《さえもんのじょう》忠器を長岡に、川越藩松平大和守斉典を荘内に、長岡藩牧野備前守忠雅を川越に移す、三方国替えについて老中部屋の決定がおりたようだった。

忠邦は軽い口調で言った。

「ご大老には、後ほど身共から申し上げることと致そう。それでは上様に申し上げて決裁を頂くことにするが、ご異存ござりませぬな」

三

荘内藩世子摂津守忠発《ただあき》は、表坊主三名に案内されて黒書院の間に通された。酒井忠器は文政三年四月日光廟《にっこうびょう》修繕費として三万両を献じたが、その年の暮に至って、溜《たまり》詰《づめ》格を命じられた。黒書院に通されたのは、その待遇をされたのである。

坊主が去ると、忠発はひとり残された。狩野探幽の筆だという唐山水の襖絵《ふすまえ》を見ながら、忠発は今日の呼び出しが何のためかを考えていた。

荘内藩の江戸屋敷に、城中から使いが来たのは昨日、十月の晦日《みそか》である。留守居役が出頭せよ、という命令で、江戸留守居役の一人矢口弥兵衛がとるものもとりあえず城に登った。

一刻《とき》あまりで弥兵衛は帰ってきたが、忠発に会っても、弥兵衛はまだ首をかしげていた。城中で弥兵衛は、月番老中土井大炊頭《おおいのかみ》利位に会ってきたのである。

「それで用向きは何であった？」

「それが、お上のご名代として、どなたか一人明日登城せよ、との仰せで」

「ほう。明日改めて言うということだな」

忠発はふと眉《まゆ》をひそめた。何か重苦しい感じのものがやってきた感じはしたが、若い忠発はその中に凶事を嗅《か》ぎ取ることは出来なかった。忠発は二十九である。

「それでは、儂《わし》が参るしかないな。よい。儂がご用を承ってくる」

「しかし……」

弥兵衛は、忠発にそう言われても、まだ腑《ふ》に落ちない顔をしていた。弥兵衛は江戸留守居役として城にも行き、諸藩の屋敷にも行って人に会う。人の表情を読むすべに長《た》けていた。

——さよう。

不意に手を拍《う》ちそうになった。さっき会ってきた、土井利位の表情が、腑に落ちなかったのである。土井は本来なら左衛門尉にきてもらうところだが、帰国中であればやむを得ない。明日代理の者を城に登らせよ。言い渡すことがある、と言った。柔らかい言い方だった。弥兵衛は土井に会うのは初めてだったが、幕閣の中枢《ちゅうすう》にいる人間は、もっと権高なもの言いをするものだと思っていたので、土井の態度を意外に感じた。

用事はそれだけだったので、弥兵衛は藩邸に帰って早速そのように処置すると答えて席を立ちかけた。

膝を起こしかけて、思い直してひとつ質問したのは、土井の柔らかな物腰に触発されたようでもあり、また日頃諸藩との外交で身についた癖が出たようでもあった。

「恐れながら、ご用の向きはいかがなことでございましょうか」

と弥兵衛は言った。言ってから言い過ぎたか、という気がしたが、土井は咎めなかった。

「明日になれば、わかる」

と言っただけだった。そのとき土井の顔にふと浮かび上がった表情が気になっているのである。

その気がかりが解けないまま、弥兵衛は言った。

「明日は、私か、大山がお供致しますか」

「いや、それにはおよばん。誰かを供につけてくれればよろしい」

「しかし何のご沙汰でございましょうな」

弥兵衛はまた首をひねった。城から下がる道みちも、しきりにそれを考えてきたのだが、思いあたる良いことも悪いこともなかった。ただ蝦夷地警備とか、先年のように将軍家ご名代で京に上るといったものではない気がした。土井がちらと見せた表情が、また気になる。

「ま、案じても仕方あるまい。明日になればわかることだ」

忠発は土井と同じようなことを言った。

昨夜、矢口弥兵衛にそう言ったものの、いま書院の間に一人残されてみると、忠発は落ちつかない気分が押し寄せてくるのを感じた。

──悪いことでなければよい。

と思った。江戸の留守を預かる者の責任がある。

不意に部屋の外で甲高い咳《せき》払いの声がして、小姓らしい侍が開いた襖から、上段の間にぞろぞろと人が入ってきた。

忠発は平伏した。同時に胸が波立った。入ってきたのは大老井伊掃部頭《かもんのかみ》以下、老中の水野、太田、脇坂、土井の諸侯だったのである。忠発の胸を、はっきりと悪い予感が走り抜けた。

「面を挙げてよい」

威圧感のある声がそう言った。大老のそばにいる水野忠邦がそう言ったのだとわかった。忠発が僅かに顔を挙げると、忠邦の声が上座からかぶさってきた。

「本日申し渡すことは、本来ならば左衛門尉にじかに申すことであるが、名代としてその方承るように。それでは申し渡す」

忠発は再び平伏した。紙をひらく音がし、忠邦の声が幾分高くなった。

「恐れ多くも上様よりお達しである。承れ」

「は」

「酒井左衛門尉忠器儀、酒田港取締り不行届きに付、このたび越後長岡に所替え仰せつける。以上」

僅かな沈黙のあと、忠発は青ざめた顔を少し挙げ、しっかりした声で言った。

「ご上意、たしかに承りましてござります」

「早々に国元に申しやるように」

「仰せのごとく、ただちに国元に使者を立て、ご沙汰のごとく申し伝えまする」

「では、これにて」

そう言ったのは忠邦の声ではなく、土井か脇坂のようだった。

「恐れながら……」

忠発は、ふと弾《はじ》かれたように胸を起こした。

「恐れながらお訊《たず》ね申し上げまする。酒井が長岡に参ったあと、荘内にはどちらさまが入部なされますか」

上座で、しばらく私語が続いたが、やがて正面にいた井伊直亮が、

「川越の大和守じゃ」

と言った。甲高い声だった。

「ありがとうございます」

忠発が平伏したのを合図に、ざわざわと袴を捌く音がし、人が去って再び忠発は取り残された。

茫然《ぼうぜん》と忠発は坐り続けた。夢中で受け答えをしたものの、予想もしなかった言い渡しを受けた混乱が続いている。そして混乱の中に、一点紛れもない疑問がまじっていた。酒田港取締り不行届きという一言が、耳ざわりな音のように心を掻《か》き乱している。

――それが理由ではあるまい。

酒田港は海防策の重点として、幕命によって藩が守備兵力を置いているが、咎められるような事件も起きていないし、守備をおろそかにもしていない。

藩がいま、途方もなく深い罠《わな》に落ちこんだ気がした。

「酒井さま」

声をかけられて、忠発ははっと顔をあげた。いつの間に入ってきたのか、さっき忠発を黒書院まで案内した表坊主が二人、後に控えて忠発を見つめている。その眼に気づかわしげないろが浮かんでいる。二人とも酒井家の家紋である丸に鳩酸草《かたばみ》の紋をつけた羽織を着ている。ふだん酒井家で心づけを与えている頼みつけの坊主たちであった。

殿中での出来事は、坊主、同朋《どうぼう》の口を通じて、驚くべき早さで城の内外に伝わる。二人の表情は、所替えの噂が早くも城中に流れ始めていることを示していた。おそらく老中、若年寄の御用部屋に詰める御用部屋坊主から話が洩れたのであろう。

――いそがねばならん。

忠発がよろめいて立ち上がったとき、後に従った坊主のうちの年かさの方が、慎み深く声をかけた。

「お気を落とされませぬように。お家のご武運をお祈り申し上げまする」

殿中の廊下を踏んでいる間は、混乱しながらも、気持が張りつめていたようである。だが蘇鉄《そてつ》ノ間にきて、家臣と落ち合ったとき、忠発は軽い目まいを感じた。まだ何も知らない表情で迎えた家臣たちの顔をみて、不意に受けてきた事柄の重さが胸を締めつけてきたのである。

忠発の顔色の悪さに、家臣の一人が目ざとく気づいて言った。

「お顔のいろがすぐれませぬが、どうかなされましたか」

「うむ。少々頭が痛む。いそいで帰るぞ」

じっさい少し頭痛がしていた。だが藩邸に帰る駕籠《かご》に揺られている間に、忠発の心に少しずつ落ちつきが戻ってきた。台命は重いが、疑惑が残る処置だという点は動かないと思ったのである。長岡は六万八千石、表高にしても半分以下である。そういう処分を受ける理由は見当らないと思った。そうなった事情を調べ、そこにつけ入る隙を発見出来れば、台命が下ったといっても打つ手が全くないわけではない。

藩邸に戻ると、留守居役の矢口弥兵衛が玄関まで出迎えていた。

「ご用の趣きは、いかがなことでございましたか」

奥座敷にいそぐ忠発の後から、弥兵衛はこらえ切れないように声をかけた。弥兵衛は昨日から一心にそのことを考え続けてきたのである。

「待て。いま話す」

忠発は奥座敷に通ると、ついてきた家臣に命じて人払いをさせ、着換えもしないで弥兵衛と向かい合った。

「矢口、容易ならんことが起きた」

「……」

「国替えの沙汰じゃ。長岡に国替えを仰せつかったぞ」

「なんと！」

弥兵衛は茫然と忠発の顔を見つめた。言葉を失いながら、このとき弥兵衛の心の中でことりと音立てるように納得が行ったものがあった。昨日城中で、老中の土井利位に会ったとき、土井の表情にあらわれていたのが、同情のいろだったと気づいたのである。

同時に弥兵衛は、ひとつの失態に気づいていた。城中に行くたびに、弥兵衛は御用部屋坊主の一人に会い、そのつどなにがしかの心づけを渡し、雑談して帰る。御用部屋坊主は、勤めている場所の関係で、思わぬ機密の事柄を耳にすることがある。弥兵衛が雑談で時をつぶすのは、何か知らせるべきことがあれば、その間に坊主がすばやく耳に入れてくれるからである。弥兵衛に限らず、藩外交の責任をになう諸藩江戸留守居役は、大概そうしているはずだった。

弥兵衛の顔に、ぱっと血がのぼった。土井との会見に心を奪われて、弥兵衛は昨日に限ってそれを怠っている。

「若殿、申しわけございませぬ」

弥兵衛はのぼせ顔で忠発をみると、その失策がなかったら、昨日のうちに国替え一件が耳に入ったかも知れない、と落度を詫《わ》びた。

「まあよい。気にするな。一日のことで事情が変るわけでもない」

「それでわが藩のあとには、どなたが?」

「川越の松平どのだ」

そう言ったとき、忠発はあっと思った。今度の国替えで川越藩は明らかに得をする。川越藩は十五万石だが、実収では荘内藩にはるかに及ばない。しかも川越藩の財政逼迫は、大名間でも噂されている。

「松平さま?」

弥兵衛も眉をひそめて忠発を見返した。

「で、お咎めには何とございました?」

「酒田の守備不行届きだ」
ウ、ウと弥兵衛は唸《うな》ったが、やがて吐き捨てるように言った。
「それでは理由にはなりませんぞ」

「さよう、理由にはならん」

二人はまた顔を見合わせた。

「賄賂が匂いますな」

「まて、うかつに申すな。それはこれから調べよう。城から下がる途中で考えたが、今度の処分には不審が残る。あるいはその方が言うように賄賂が動いたかも知れん。この疑惑がある間は、台命といえどもこのまま畏《かしこま》るわけには参らん。こちらも相応の手は打たねばならんという気がするが、その方どう思うかな」

「仰せのとおりと存じます。しかし手段がございますか」

「田安卿《きょう》に会ってみる。また調べてみて、賄賂が動いたことがはっきりすれば、こちらも金を使うしかあるまい。手をつくしてみようではないか」

「結構でございましょう」

三卿の一人田安斉匡《なりまさ》は、忠発の内室の父である。江戸で最初に頼るべき人物といえた。

「さて、国へ急使を立てねばならぬ」

「私が参ります」

弥兵衛はもう膝《ひざ》を立てていた。

「早追いは身体《からだ》にきついぞ。誰ぞ若い者をやってはどうか」

「有難い仰せながら、若い者では事情を述べきれまいと存じます。藩始まって以来の難儀でございますれば、身体をかばってはいられませぬ」

弥兵衛は、さらに事後の処置を忠発と打ち合わせ役宅に戻ると、下僕と下婢《かひ》を呼び、早追い駕籠の支度と、婢には町に出て腹を締める晒木綿《さらしもめん》、草鞋《わらじ》、持参する薬を買ってくるよう言いつけた。

家族を国に置いてきている弥兵衛の役宅は、二人が出て行くとしんとした。弥兵衛は黙々と旅支度に着換え、支度が終ると縁側に出て藩邸の方を眺めた。二、三人連れ立った藩士が慌《あわた》だしく外に出て行ったり、外から人が入ってきたり、藩邸の玄関のあたりが騒がしくなっている。すでに忠発が藩邸詰めの家臣を集めて事情を話し、また邸の外でも、荘内藩国替えが噂になって、親しい大名屋敷や、出入りの商家などから人が訪ねてきているようすだった。次第にひろがりつつある波紋を、聞こえてくるざわめきの中から弥兵衛は感じる。

——やがて、国元も大きな騒ぎになろう。

と弥兵衛は思った。

弥兵衛の眼の裏に、荘内の野面がひろがっている。稲は収穫が終って、田には黒い杭《くい》が残るだけだろう。そして野の果てに、鳥海山、月山と連なる山脈が、紅葉もさめて、雪を待つ姿で黝《くろ》くそびえているだろう。その頂きに、あるいは一、二度雪が降ったかも知れぬ。そうした風景を、弥兵衛は、これまでになく懐《なつか》しく思い浮かべていた。

三代達三公が信州松代《まつしろ》から入部した元和《げんな》八年以来、二百年一藩支配の土地である。父祖の地であった。その土地を離れ、他国に移ることを考えたことは、一度もなかった。

——武家というものは哀れなものだ。

ふと弥兵衛は感傷に動かされてそう思った。武士は弱く、百姓は強いという気がした。地に這《は》いつくばって、稲をつくり青物を育てる百姓を、ふだん気持の隅で蔑視《べっし》していないとはいえない。だが藩主が変っても、百姓は変ることがない。いま酒井家が去っても、百姓はやがて次に来る新しい藩主を迎えるだけである。あの広大な野は、武家にとっては仮りの土地であるに過ぎない。父祖の地と言える者は、百姓だけだ。

——恐らく、川越の策謀に違いあるまい。

不意に弥兵衛の胸に怒りが動いた。川越藩主松平斉典が、大御所の子斉省を養子にしている線が浮かび上がってきたのである。続いて、先年川越藩が姫路移封を策動したという噂《うわさ》を思い出していた。

もし策謀が事実であれば、忠発が言ったように、台命といえども抗う理由はある。まだ勝負がついたわけではない、と弥兵衛は思った。幕閣という、黒い山のようなものが眼の前にそびえ立っている。これまで考えてもみなかったことだが、その巨大なものに対して、一戦を挑んでみる時が来ているようだった。

門の方から、駕籠をになった一団が、まっしぐらにこちらに向かって駆けてくるのが弥兵衛に見えた。彼らの足は、もう道中を疾駆しているように殺気立っている。

晩秋の日が落ちる頃、矢口弥兵衛は千住大橋を走り抜ける早追い駕籠に揺られていた。天保十一年十一月一日の夜が始まろうとしていた。

波紋

一

荘内藩江戸藩邸からの急使矢口弥兵衛が、鶴《つる》ヶ岡《おか》城に到着したのは、十一月七日暮れ六ツ（午後六時）過ぎであった。

十一月の日は短く、加えてその日は、鉛色の雲が漠々と空を覆《おお》うばかりで、日は早く暮れた。鶴ヶ岡城は攻撃野戦を旨《むね》とした平城で、櫓《やぐら》は二ノ丸の巽《たつみ》櫓、本丸の乾《いぬい》櫓の二基しかない。中ノ橋を渡ると、凍るような闇《やみ》の中に、本丸の建物は背を屈して蹲《うずくま》っているように見えた。

大手門警備の番士の肩を借りて、弥兵衛が玄関に入ると、出迎えた宿直の藩士が、驚きの声を挙げた。

「これは、矢口さまではありませんか。どうなされました？　その有様は」

「ごくろうだった。帰っていいぞ」

弥兵衛は番士を犒《ねぎら》って帰すと、式台に腰をおろし、はばきを取ろうと背を曲げたが、そのまま動けなくなった。夥《おびただ》しい疲労が身体《からだ》の動きを奪っていた。

若い藩士は、声を張って同僚を呼ぶと、土間に飛び降りて、弥兵衛の足から草鞋《わらじ》とはばきをはずした。恐らく早追いの使者などというものを初めてみるのであろう。藩士は眼を瞠《みは》りながら、続けざまに訊《たず》ねた。

「江戸から急用ですか。何かありましたか」

「そう、急用だ」

出てきた二、三人に扶《たす》けられて、弥兵衛は式台に上がった。

「すぐにお上にお目にかかりたい。奥の方にそう申し上げてくれ」

「わかりました」

弥兵衛の身支度と異様な疲れようから、藩士たちも異常なものを嗅《か》ぎつけたらしかった。一人は奥御殿に走り、他の者は弥兵衛を小部屋に運ぶと、灯を用意し、白湯《さゆ》を運び、てきぱきと動いた。その間に、騒ぎを聞きつけて、部屋を覗《のぞ》きにくる者もいた。

「あ、そっとやってくれ」

弥兵衛は立ったまま、顔をしかめて言った。前後に、二人の藩士が跪《ひざまず》いて弥兵衛の身体に取りつき、腹巻を解きにかかっている。腹巻は、弥兵衛の胴を三重に固く締め上げている。

どこかで流れを堰止《せきと》められていた血液が、ゆるやかに全身に解き放たれて行くのを弥兵衛は感じた。その感じには痛苦がともなっている。眼をつぶり、唇を噛《か》んで、弥兵衛は腹部から胸、下半身にかけて、微《かす》かに罅《ひび》割れるような痛みがひろがって行くのに堪えた。

「横になられますか」

若い藩士が気遣わしげに訊《き》いた。

「いや」

弥兵衛は首を振った。背を立てて坐《すわ》ったまま、袂《たもと》を探って皮嚢《かわぶくろ》を取り出し、丸薬をつまんで口に入れた。道中も、時おり口に含みながらきた気付薬である。涼しい香気が口中に溢《あふ》れると、気持が持ち直し、身体の痛みもやや薄らぐようだった。

「お待たせしました。では、こちらへ」

さっき奥へ行った藩士が迎えにきた。立ち上がろうとしてよろめいた弥兵衛を、左右から藩士がすばやく支えた。

通された誰もいない部屋で、弥兵衛はまたしばらく待たされた。上座には厚い座布《ざぶ》団《とん》と手焙《てあぶ》りが置いてある。行燈《あんどん》の灯が、勢いよく瞬《また》いているのを眺めながら、弥兵衛は疲労と焦燥に苛《さいな》まれながら待った。

藩主酒井忠器は、綿入れの上に胴着を重ねただけという、気軽な服装で部屋に入ってきた。袴《はかま》は着けていなかった。後に従ってきた小姓が、そのまま襖際《ふすまぎわ》に陪席した。

「顔を挙げてよいぞ、矢口」

と、忠器は気さくな口調で言った。くつろいでいるところを表に呼び出されて、やや億劫《おっくう》そうな声音だったが、機嫌を悪くしている顔ではない。

「江戸から早追いで来たそうじゃが、何があったな」

「恐れながら……」

弥兵衛は陪席している少年をちらとみた。これから口に出すことを聞かれたくないというよりも、それを聞いて、忠器が驚愕《きょうがく》するところを見せたくないという気がした。そして事実江戸から運んできた情報は、藩にとって空前の機密でもあった。

忠器は、眼くばせして少年を廊下に出した。弥兵衛に向き直ったとき、忠器の顔に濃い不審のいろが浮かび上がっていた。

「よほどの大事らしいの。言え」

「恐れながら」

「よし、こっちへ寄れ」

弥兵衛はのろのろと膝行《しっこう》して、忠器の前に進んだ。

「去る一日。わが藩に国替えの台命が下りましてございます」

「……」

忠器は一瞬弥兵衛から視線をはずして、遠い襖のあたりに眼をやった。弥兵衛の口を出た言葉を吟味するような表情だった。だがすぐに膝を乗り出し、せき込むように言った。

「国替えだと？　わが藩がか？」

「さようでございます」

「どこへだ？」

「長岡領にとの仰《おお》せでございます」

「長岡……」

忠器は胸を引いて腕を組み、低く唸《うな》った。弥兵衛は、江戸藩邸に老中の呼び出しがあり、世子忠発が登城して、命令を受けたいきさつを、口早に説明した。かわりに荘内にくるのは川越の松平であり、長岡の牧野は川越に移る三方国替えであることも話した。

「長岡か」

忠器はもう一度呟《つぶや》いた。端整で色の白い忠器の顔が、このときになってみるみる真赤に染まるのを弥兵衛は見た。

「かの藩は、荘内の半分もないぞ、矢口」

忠器の声には怒気が含まれている。

「は」

「そこへ移れというか。添地は無しか」

「ございません」

「酒田の守備不行届きが理由だと申したな？」

「そのように仰せでございました」

「ばかを申せ。酒田はちゃんと警備しておる」

「私もそのように考えます」

「本当の理由は何だ、矢口」

「ただいま、江戸で調べております。しかし考えられますことは、川越の策謀が火元ではあるまいかという点でございます。いかように考えましても、国替えによって得をするのは、かの藩だけでござりましょう」

街道を、揉《も》みしだかれるように駕籠《かご》に揺られながら、その苦痛から身をかわすように、弥兵衛は一心にそのことを考え続けてきたのである。

「ご承知のごとく川越では、大御所さまの御子紀五郎《のりごろう》君を養子に頂いております。またかの藩が財政逼迫《ひっぱく》に疲れて、先年姫路に移封を願ったことは、広く噂《うわさ》のあったことでござります。恐らくかの藩から、荘内移封の望みを持ち出し、大奥のあたりから大御所さまに働きかけ、この始末に至ったものと考えられます。これについては、大奥ならびに大御所周辺に、多額の黄白《こうはく》も動いたに違いないと、これは私の推測ですが」

「川越がのう」

忠器は首をかしげた。

「今度はわが藩に白羽の矢を立てたか。だが国替えは老中評議して、可否を決める。よしんば大御所を動かし、老中に圧力をかけても、評議がしかるべき理由を付けねば、台命は下りんぞ」

「……………」

「酒田の守備云々《うんぬん》を言い出したのは誰だ？」

「は。その点は未《ま》だ……」

「待て」

忠器は、もう一度手を挙げて、待てと言った。

矢口に問いかけるまでもなく、一人の男の姿が浮かんできたのである。幕閣で、実力第一の地位にいながら、いつも屈託ありげな顔を俯《うつむ》けている、眼の鋭い男である。忠器は、父祖から伝わる領国の経営に遺漏ないよう気を配るのに手一杯で、天下の仕置きといったものには興味もないが、その男は違った。

二十二の時、幕閣への登竜門とされる奏者番に就任したのが、その男の幕政に占めた地位の第一歩だった。次いで長崎奉行補佐という役目が、幕府要職につく障害だと解《わか》ると、家臣の反対を押し切って、実質二十万石を上回ると噂があった唐津から、浜松六万石に転封を願い、以後老中水野忠成の庇護《ひご》のもとに寺社奉行加役、大坂城代、京都所司代と、幕閣入りの条件とされる要職を歴任した。次いで文政十一年には西丸老中となり、去る天保五年には本丸老中となり、現在その男は老中首座の地位を占め御勝手御用を兼ねて幕政の中枢《ちゅうすう》にいる。

ここまでくるのに、男が水野忠成と周辺、さらには大奥にむけて注ぎ込んだ賄賂《わいろ》の高は、膨大なものだろうと噂されている。男は十九のとき唐津六万石を襲封したが、一度も領国へ赴かなかった。浜松へ転封してからも同様であった。京都所司代在任中、江戸に出向く途中浜松を通っても、城へは入らず宿場の本陣に泊った。男が浜松城に入ったのは、西丸老中に就任がきまった翌年二月、京都から江戸に登るときただ一度だけと聞いている。

その男の幕政への関心のただならなさというか、権力への執着というか、そこに動く情熱のありようは忠器の想像を超える。

――かような生き方を求める人物もいるか。

と思うだけである。その男の生き方は、自分とは係わりの薄いものと眺めてきた。

思いがけなく、その男と音たてて擦れ違った感じがしたことがあった。記憶によれば、四年ほど前のことである。

ある日江戸留守居役の大山庄太夫《しょうだゆう》が、これは御用部屋坊主《ぼうず》に聞いた話ですが、と前置きしてひとつの深刻な噂を囁《ささや》いた。十年前の秋、酒田視閲を行なったあと、本間光暉の別荘で遊んだことが最近幕閣で話題になり、老中の間に酒井を譴責《けんせき》すべしという声があったが、沙汰《さた》止《や》みになった、という意外な話だった。もっとも強硬に処分を主張したのが、その男であると。

忠器はまったく意外だった。なるほど本間の別荘で酒宴があり、花火も見、踊りも見たが、幕閣に咎《とが》められるほどの乱痴気さわぎをやったわけではない。本間は土産に黄白を献じたが、それも別に改めて言うほど事新しいことでもなかった。本間は機会があれば金を献じたがっているし、また本間の富は、藩の庇護なくしては蓄積されなかったものである。本間のこの種の行為は、当然のものとしてこれまで受け入れてきている。

それに、遊興というが、そのときの本間家訪問には、一種の和解の意味があったのである。本間は一時藩政から斥《しりぞ》けられていたが、十一年前の文化十二年、忠器は光暉の父光道を、随時郡代役所出仕として復帰させ、藩との繋《つな》がりを従前に戻した。忠器は光暉がもつ財力は、藩の経済政策からいって、やはり欠くことが出来ないものなのである。本間訪問は、藩と本間との和解を確認する儀礼を含んでいた。ただ遊びに行ったわけではない。それに咎めようとしたそのことは、十年前の古い話ではないか。

忠器は気にしなかった。処分などというものが沙汰止みになったのは当然だと思っただけである。

数日後、忠器は江戸城内でその男に会った。溜《たまり》ノ間に行こうとして、竹ノ御廊下を歩いていたとき、御数寄屋《おすきや》の廊下口から、ひょいとその男が出てきたのである。忠器は腰を屈《かが》めて通り過ぎた。

溜ノ間に入ろうとして、忠器は何気なく後を振り返った。そしてさっきの位置に立ったまま、男がこちらを見つめているのと、まともに顔を合わせてしまったのだった。

忠器より九ツも年下のその男は、痩身《そうしん》に精気が満ち、鋭い眼をしていた。

忠器はもう一度会釈《えしゃく》した。眼を挙げたとき、男は背を向けて突き当たりの波ノ間の方に去るところだった。忠器は微かに膚《はだ》が粟立《あわだ》つようなのを感じた。好意のない眼で、知らずに背中を見送られていた気味悪さがいまになって襲ってきたのである。男が本気で酒田の一件を咎めようとしたのだ、ということが初めて解った気がしていた。四年前のそのときの、膚がざわめくようだった感じを忠器は思い出している。

「越前じゃ」

と忠器は言った。

「は?」

「水野越前が一枚嚙んでおる」

「ご老中が?」

「間違いない」

一瞬忠器は無力感に把《とら》えられたようだった。今度の転封に、水野忠邦が本気で取り組んでいるのを感じたのである。なるほど矢口が言うように、川越の松平の策謀から事が始まったとしても、幕閣がそれを支持しなければ、事は具体化しない。

だが内高三分の一の土地に移るとなると、家臣をどうするか。累代《るいだい》二百年、城内の大督寺に眠る父祖の骨をどうするか。忠器は焦燥に身体が熱くなるのを感じた。

「越前は緊張すると吃《ども》る癖があるそうだ」

老中に就任が決まったとき、忠邦はその癖のために、将軍に非礼を咎められるのを心配して、事前に老中首座松平康任を通して、将軍家斉の耳にそのことを入れて置いてもらったという。

「性急な男じゃな。それに執念深い」

「しかし、お上」

矢口弥兵衛は、疲労で落ちくぼんだ眼を、ひたと忠器に据えて言った。

「江戸の若殿ともお話申し上げたことでございますが、このたびの処分は、先さまの無理が目立ちます。天下が納得する理由は付けられておりません。調べの結果、川越の策謀が事実だとすれば、わが藩も一応の手を打つべきではなかろうかと考えます」

「どんな手がある？　国替えはいやじゃと申して国境を固めて立て籠《こも》るか」

「まずしかるべき場所に陳情が必要でございましょう。場合によっては、賄賂も使わねばなりますまい」

「賄賂は、川越がくまなく配ってしまったかも知れんぞ」

「若殿は、最初に田安さまにお会いになると申しておられました」

「田安卿《きょう》か。かの仁は大御所のいうがままだろう」

不意に忠器は吐き出すように言った。田安家の当主田安斉匡《なりまさ》は、世子忠発の内室の父であるが、一橋家から田安家を継いだ人物であり、大御所家斉の弟だった。味方とも言えるが敵方のようにも見える。

忠器の複雑な表情から、弥兵衛は思いがけなく、日頃藩公父子の間に介在する微妙な齟齬《そご》の姿を垣間《かいま》みた気がした。

忠器は、藩内で両敬家と尊称される親戚《しんせき》の酒井吉之丞《きちのじょう》、酒井奥之助、また同じく縁戚筋にあたる松平舎人《とねり》らの重臣を柱に藩政を動かしている。しかし世子忠発は、これら重臣たちの信頼が薄かった。忠器はすでに五十四で、引きかえて忠発が二十九になっているのに、いまだに家督相続の話が具体的に持ち出されていないのも、そのあたりに原因がある。

そこまでは弥兵衛にも解る。だがその先の忠発がうとんじられる原因となると、国元を離れている弥兵衛には模糊《もこ》として摑《つか》み難い。内外情勢の激しい変化が、昨今に至って荘内藩にも微妙な翳《かげ》を落としはじめている。そのような中で、忠発の保守的な性格が、一部にうとまれ、忠器を当惑させているのではないかと弥兵衛は考える。

少し沈黙してから忠器は言った。

「よし、江戸は摂津守《せっつのかみ》にまかせよう。大山もおるし軽はずみなことはしまい」

今度は弥兵衛が沈黙した。大山庄太夫は、もと葛飾北斎の弟子服部北李の子である。江戸で忠器に才幹を見出《みいだ》され、いまは矢口、関と並んで江戸留守居役を勤めているが、世子忠発との間は必ずしもしっくりいかなかった。大山は頭脳明晰《めいせき》で弁舌が立ち、留守居役としての手腕は、しばしば矢口、関を上回る。荘内藩の大山といえば、矢口などより他藩に知られた存在になりつつある。

だが大山は、忠器ひいては、両敬家らの主流派重臣に密着している。そういうところが忠発としっくりしない原因になっていた。しかし矢口は、江戸を発《た》ってくるとき、後事はくれぐれも大山と協議して運ぶように、忠発に懇請してきている。

――うまく運んでくれればいい。

忠器の言葉から、弥兵衛はそのときの忠発の真剣な表情を思い出して、そう思った。矢口はどちらの味方でもないが、どちらかといえば忠発に同情する気持を持っている。時勢に対する視野が狭い、といったような忠発に対する批判の声も、それは忠発の若さのせいに過ぎないという気がする。

江戸の工作がうまく運んで、それで国元が世子を見直すようなことになればいい、とも思った。だがそれがそう容易なことであるはずがない。むしろ逆の場合が考えられる。弥兵衛は重い疲労が全身の気力を奪うのを感じながら、思わず畳に片手を突いた。

漸《ようや》く忠器も弥兵衛の疲労に気づいたようだった。

「よし委細解ったぞ。すぐに家老を集めて協議する。呼び集めるまで横になって待つか。疲れが甚しければ、家に戻ってもよいが」

しばらくそのあたりを借りて横になり、お待ちします、と弥兵衛は答えた。

二

「おいとの方という女性が大奥におられます。これが川越の斉省どのの母君です」

と大山庄太夫は言った。庄太夫は八方に人を遣《や》り、自分も江戸城中、他藩の留守居役に会って、国替えの真の原因を調べていたが、これまで解ったことを忠発に報告に来たのである。矢口弥兵衛が江戸を発った二日後であった。

「賄賂は御側御用取次の水野さま、若年寄の林さまにわたっているようでございます。おいとの方さまから、大御所さまに吹きこみ、水野、林さまから、口裏を合わせて大御所さまに催促させたということでございましたろう。老中部屋に賄賂を使っていませんのは大御所さまを動かすのが早いと考えたものと思われます」

「なるほど、すると酒田港の守備云々はつけたしに過ぎんな」

「おそらく老中協議して、後から名目をつけたものでございましょう」

大山は自信ありそうに言った。もっとも大山はいつも自信に溢れた、落ちついた物腰を身につけている。忠発より二つ年上でしかないが、血色のいい丸顔には、常に穏やかな微笑が浮かび、それでいてふと人を見据える眼には、射ぬくような光があり、老熟したふうに見える。

「よし。それではこちらも応分の手を打たねばならん。いずれ国元から指図がくるだろうが、それまでに、出来ることはやってみよう」

「田安さまはいかがでございました」

「うむ。お会いして、大御所さまにお取りなしを頼み、内願書を置いて参った」

「それで、御尽力下さると？」

大山は探るように忠発をみた。

「うむ。願《あ》ってやるとは申したが」

「歯切れ悪しゅうございましたか。恐れ入りますが、その願書を拝見出来ますか」

忠発は後を振り向いて、手文庫から今日田安斉匡に持参した内願書を出し、大山に渡した。文章は忠発がまとめ、次のようになっている。

一昨日、同苗《どうみょう》御用召に付、名代たる私登城仕《つかまつ》り候《そうろう》ところ、越後長岡へ所替仰渡され、謹んで御請は申上げ奉《たてまつ》り候えども、唯々仰天の至り、周章に堪えず存じ奉り候。一体庄内の儀は、元和八年三代目先祖宮内大輔忠勝へ拝領仰せつけられ、一は先祖三河以来累代の旧功を思《おぼ》し召し、一は奥羽《おうう》蝦夷地に至るまで、御藩屏《はんぺい》とも相成候深き御趣意を以《もっ》て拝領仰せつけられ候儀に御座候ところ、此度所替仰せつけられ、二百余年之旧領一時に転領仕り、代々の墓所改葬等に至り候ては、実以て悲歎《ひたん》に堪えず、苦々しき仕合せに存じ奉り候。且《かつ》また越後長岡に於《おい》ては、いずれの土地御引き加え拝領仰せつけられ候儀に御座有るべく候哉、斗《はか》り難く存じ候えども、戦国以来股肱《ここう》の家来ども、扶助行き届き難き儀にも至り申すべく哉と、一通ならず深く心痛仕り候。名代の私唯ただ途方に暮れ当惑仕り候。今度の御達しの趣、早速在所表へ申し達すべく候えども、同苗如何《いか》ばかり仰天仕るべく哉、元和の頃は、御創業の砌《みぎり》と申し、殊更辺鄙《ことさらへんぴ》の儀に御座候えば、人気も穏かならず取扱い難き次第のみに御座候ところ、代々丹誠を尽くし治め来り、これに加えて追々度たびの凶荒打継ぎ候ところ、同苗それぞれ苦心、扶持《ふち》仕り候ため、先《ま》ずは無事故連綿仕り、其の上同苗儀は両度まで京都御使も相勤め、御手伝等も仰せつけられ、当時は溜詰まで仰せつけられ、格別御厚恩を蒙《こうむ》り奉り罷《まか》り在り候ところ、何の仔細《しさい》御座候て右様の仰せつけられを蒙り奉り候儀に御座候哉と、惑乱仕るべく哉と存じ奉り候。定めて同苗承知仕り候上は、必至と歎願奉るべく儀も御座有るべしと存じ奉り候。此段御含み成し下されたく、先以て前文の次第、私心痛悲歎の趣を以て、然《しか》るべきよう御取成し御聞え上げ成し下し置かれ候様仕りたく、兼て御憐愍《れんびん》の御沙汰一向に伏し願い奉り候、以上。

「委細は尽くされてございますな」

黙読した内願書の控えを、丁寧に折り畳んで忠発に返すと、大山は軽く頭を下げて言った。

「こういったところで構わんか」

「結構でござりましょう。ただし……」

大山は忠発から眼をそらして、半分ほど開いてある障子の外に眼をやった。さっき忠発が座敷を用意させたとき、手焙りの炭火の匂《にお》いが籠るのを憚《はばか》って、家臣が開いたままにして行ったのだが、寒くはなかった。

乾いたいろの土と、葉の落ちつくした躑躅《つつじ》の株、肌の赤い巨石の一部が見えて、その上に午後の淡い日射《ひざ》しが這《は》っている。表の間の方から、人びとが話したり、歩いたりするざわめきが遠い音に聞こえるが、二人がいる部屋は静かだった。言葉を切ると、喋《しゃべ》った言葉が静寂の中に吸いこまれて行くようだった。

「ただし、何じゃ」

「田安卿では、折角の歎願書も十分に生かされまいと存じます」

「それは儂《わし》も考えておる。もっと手広く歎願せねばならんと思ってはいるが、さし当ってほかにどこに提出したものか、四面みな敵のようにも思えてきての」

「そのようなことはございますまい」

ふと突き放すように大山は言った。

「手を打つべきところは、まだございます」

「どこだ？」

大山はまた眼をそらした。その顔に微かな笑いのようなものが浮かび上がってくるのを、忠発はじっと見つめた。だが大山は沈黙したままだった。

「大山」

忠発は、火箸《ひばし》で手焙りの灰を搔《か》いたが、静かに火箸を灰に戻すと言った。

「日頃、そなたが儂に拘《こだ》わりを持つことは承知しておるぞ」

「……」

「正直に申して、儂もあえて腹を割って話そうとはせなんだ。だがいまは、社稷《しゃしょく》存亡の際じゃ。わが藩が存続出来るか、衰亡に向かうかの岐《わか》れ道にきておる。意見があれば、率直に聞かせてくれんか」

大山の顔に、撃たれたような表情が走った。一瞬大山は眼を伏せ、顔面を真赤にしたが、急に膝《ひざ》で後じさると、大きな身体を屈して平伏した。

顔を挙げたとき、大山の顔色はふだんの色に戻っていた。

「恐れ多いお言葉でございます」

大山は軽く頭を下げて続けた。

「仰せのとおりでございます。私の申しようが、そのように腹に含むものがあるかに聞こえましたらお詫《わ》び申し上げます。実はまだ十分に考えがまとまらず、思わず申し上げるのを躊躇《ちゅうちょ》致しましたが、策がないわけではございません」

「考えがあれば、何にあれ述べろ」

「同じ内願書を、取りあえずかの中野碩翁《せきおう》さまに届けられてはいかがかと存じます」

忠発は意表を突かれた顔で、大山をみた。だがすぐにそれが妙策であることが解ってきた。

中野碩翁は、五十を過ぎたばかりで頭を剃《そ》り、幕府の公職からしりぞいて隠居しているが、つい先頃まで中野播磨守《はりまのかみ》清茂の名で、御側御用取次、御小納戸頭取を歴任し、家斉の側近として権勢並びなかった人物である。御番頭格を最後に、幕政の表面から引退したが、いまも坊主頭で時おり飄然《ひょうぜん》と城中に登り、家斉と歓談して帰るといわれていた。

佞人《ねいじん》視される水野忠篤や美濃部茂育のように、阿諛追従《あゆついしょう》に拠《よ》って権力を保っているのとは違い、鋭い頭脳と広い見識をそなえていた。加えて家斉の寵愛《ちょうあい》第一といわれるお美代の方の義父として大奥にも絶大な勢力を張り、家斉の信頼をゆるぎないものにし、中野播磨を通して家斉に聞かれないことはないと噂された。膨大な賄賂の集まる場所であったが、そのかわり彼の斡旋《あっせん》を取りつければ、願いごとは半ば以上叶《かな》ったも同然であった。

この人物のことを、忠発は知らないわけではない。だが、大山に言われるまで、中野を大御所家斉と一味同体の敵方の人物のように感じていたのである。だが指摘されてみると、大奥における勢力も、川越とははっきり筋が違うし、中野には事の性質と賄賂の高によっては、ひと肌脱ぐ性格がある。賄賂に動かされるというより、そこで発揮される己れの政治力を楽しむ風があった。

ただ中野は、突如として官を辞めて隠遁《いんとん》を真似《まね》、幕政の表面からひょいと姿を消すと同時に、ひろげていた行動の間口を徐々に狭めようとしているように思われる。その理由は、忠発などには窺《うかが》い知ることも出来ないが、一種の保身策の匂いがした。ある意味で、中野はやり過ぎたし、そのことに賢明な彼自身気づいていない筈《はず》はないという気がする。

まだ窓口は開かれているだろうか、と忠発は思った。

「うまく摑えられるかな」

「それは、わかりません」

と大山は言った。慎重な、考える眼になっている。忠発には、大山が自分の触覚で、現在の中野を測っているようにみえた。

「しかし、やってみるべきでしょう。何度も足を運び、金を受け取らせてしまえば、望みが出て来ましょう」

「金がいるな」

「さよう。これからは気が遠くなるほどの金が必要でございます」

二人は顔を見合わせた。いまの荘内藩にとって、その金策が容易なものでないことが、胸を締めつけてきたのである。

天保に入ってから、ほとんど連年襲ってきた凶作は、寛政改革後十万両の貯《たくわ》えを誇った藩財政を覆《くつが》えしてしまった。恐らくこれから必要とされる莫大《ばくだい》な金は、さし当って酒田の本間光暉を頼むしかないだろうが、本間にしても、それほどの現金が手許《てもと》にあるわけではないと推察がつく。しかも金を注ぎ込んでも、必ずしも目的が達せられるとは限らない。それは一種の賭《か》けに似ていた。

忠発の顔色を読んだように、大山はつとめて明るい口調で言った。

「黙っていても転封の費用に万の金がかかります。ここは金策だけを考えるところでしょう」

「それはそうだ」

「中野さまあたりに繋がりをつけるということは、転封の延命策としても効き目がありますす。しかるべき場所を通して歎願しているとなれば、幕閣もむげに催促もなるまいと存じます。すでに理由のいかがわしい転封命令であることは諸藩に知れわたっております。延引している間に、諸藩の意外な同情が集まるかも知れません。ここは踏んばって、幕府に昔のように一筋縄ではいかぬ世の移り変りを知らせるべきです」

忠発はいやな顔をした。大山は時に幕府に対して、不遜《ふそん》とも取れる言葉を平然と吐く。そのあたりが、実直な保守感覚の持主である忠発を刺戟《しげき》するのである。大山の言うところは解らないでもない。だがそれと、理由のない幕命に抗議してみることとは、筋が違うという気がする。

大山はすぐに気づいたようだった。苦笑して率直に詫びた。

「いや、言い過ぎました。お許し下さい。それでは、中野さまの方は、若殿におまかせ申し上げてよろしゅうございますか」

「よい。儂が行く」

「では私は続けて老中諸侯の内意を確かめることにし、ただいまから土井さまのお屋敷に参ります。探索は明日一杯もかかるまいと思いますが、おおよそ摑めましたら、改めてご報告致します。場合によっては、矢口どのの後を追って直ちに国元へ帰らせて頂くようになるかも知れません」

三

「ご家中の騒ぎは、いかがでございますか」

本間光暉は、家老の松平甚三郎《じんざぶろう》に会うと、すぐにそう言った。

江戸からの急使矢口弥兵衛が到着した夜、藩では藩主忠器に呼び出された酒井奥之助、松平甚三郎、酒井吉之丞らの家老、松平舎人、酒井玄蕃《げんば》らの中老、組頭の加藤衛夫などが続々と登城した。忠器をまじえて、再度矢口から事情を聴取し、その後疲労している矢口を下がらせて会議に入ったが、突然の転封命令にどう対処するかは、執政間でも意見が喰い違い、激しい議論が交わされたのであった。確かな理由が認められない命令に対して、あくまで撤回を歎願すべきだという激しい意見と、転封は軍役と同じ、抗命とみられては、社稷そのものを失う結果を招きかねない。ここは先ず恭順の態度を打ち出すべきだという意見が対立したのである。

漸く今後の対策は、江戸からの通報を待ってさらに練るが、とりあえず明日中にも、転封先の長岡領に、足軽二名、組外二名を派遣して状況を調査させ、転封の下準備にかかることに意見をまとめ、執政たちは重い足どりで深夜の城を下がったのであった。

だが執政会議で露呈した、幕命に対する不満は、翌八日家中に命令が公表されると、大きな波紋となって現われた。

藩士の間には、公然と幕府を罵倒《ばとう》し、藩執政の弱腰を批判する者が出たし、激論の果てに刀を抜こうとしたり、また些細《ささい》なことから町家の者を打擲《ちょうちゃく》したりする者もいた。一藩に不満が漲《みなぎ》ったのである。こうした騒然とした空気の中で、中老の酒井玄蕃は知人に送る手紙の中に、次のように書き記した。

（略）右の段も相叶わず、是非長岡へ引越候様ニと仰せ出だされ候節は、よんどころなく候えども、実は左衛門尉儀、家臣一同満腹公儀を恨み奉り候段、この上は御座なく候えども、先祖の申置きに御座候ニ付き、家臣どもも、互いに手を引腰候ても長岡に申すべく、さりながら是ハ左衛門尉儀故《ゆえ》、かつ先祖の申置きも御座候ニ付き、御敵対は仕る間敷心得に御座候えども、他家へ対し、ケ様の仰せ出だされこれ有り候ては、公儀の御滅亡近きに御座有りなられ候と申し上げらるべき文も御座候由《よし》……。

この手紙を書きながら、玄蕃は幾度か筆をとめて、心を鎮《しず》めることを繰り返した。
元和八年八月二十五日、幕府は改易された最上《もがみ》領のあとに、次のように大名を配置した。

山形二十二万石　鳥居左京亮《さきょうのすけ》忠政、上ノ山四万石　松平丹後守重忠、左沢《あてらざわ》一万八千石　酒井右近直次、白岩八千石　酒井長門守忠重、新庄六万八千二百石　戸沢右京亮政盛、荘内十三万八千石　酒井宮内大輔忠勝。

酒井、戸沢は鳥居家と姻戚関係にあり、上ノ山の松平重忠は、鳥居忠政の従弟《いとこ》であった。幕府は山形城を中心に、一群の譜代を配置して東国の備えとしたのだが、酒井忠勝はこれに不満を持った。

信州松代十万石からの移封は三万八千石の加増であるが、山形城の鳥居忠政を輔翼《ほよく》する立場が不満だったのである。酒井家は徳川家と先祖を同じくし、祖父酒井忠次は四天王の一人として重用された。鳥居の下風に立ついわれはないという自負が忠勝にはある。

忠勝の不満に対して、老中は「荘内は亀《かめ》ヶ崎、鶴ヶ岡と申す両城これ有り、其の地縁海の国にして、陸奥《むつ》、越後両国の間にあれば、今度の儀専《もっぱ》ら外藩警守の御内意にて、貴殿家柄格別の思召を以て仰せ下されし儀なれば、彼の両城御守護ありて、永く天下の藩屛たるべし、されば別して御規模の事にて候」と慰撫《いぶ》した。慰撫の中には、明らかに秋田藩に対する幕閣の含みがある。忠勝は了承し、後に入部して城を修築したとき、二ノ丸、三ノ丸の北西に土橋を集めたのであった。土橋は攻撃の軍勢を出すとき、一時に大勢の人数を渡すのに適しているのである。

玄蕃の胸には、この土地にいて永く天下の藩屛たるべく伝えられてきた先祖の申置きが甦《よみが》える。それだけに憤懣《ふんまん》は胸を溢れるようであった。

こうした情勢を憂慮した藩は、一昨日の九日、藩士一同に対して、次のような訓戒を出したのであった。

今度御転領の儀は、軽からざる事につき、各《おの》おの一同心力を尽くし、御家のため専一に相心得、諸事油断これ無きよう致すべくは勿論《もちろん》の儀、心づき候事もこれ有候わば、遠慮なく申し出づべく候。

一、面々家屋敷取乱さず、樹木等に至るまで、猥《みだり》に伐取り申す間敷候。
一、二百年以前よりの御領地を離る儀、もっての外のことに付、万端相慎しみ、穏便に致さるべく候、召遣い等に至るまで、無用の雑談等致し申さざるよう、能々《よくよく》申し含めべく候。
一、在町へ対し、猥がましきことこれ無きよう、申し付け方もこれ有るべく候間、各おの右の趣意の所、とくと勘弁申し付け置かるべく候。

本間は、一昨日鶴ヶ岡に出て松平甚三郎に会い、そのあたりのいきさつを聞いている。本間の気持の中には、家中藩士の暴走を懸念《けねん》する気持があった。

転封命令を耳にすると、本間は直ちに一族を召集し、それが本間家にとっても一大事であること、居坐り歎願の費用であれ、転封の費用であれ、藩の命じる御用金の金策には死力を尽くして応じる外はないことを説いた。そして松平甚三郎に会ったのである。今日は登城して、これから藩主忠器に会うことになっていた。

金の工面には全力を尽くすつもりだった。時おり本間は、本間家が荘内藩とひとつ駕籠に相乗りして運ばれているのを感じることがある。

昔、宝永七年に本間久四郎が、当時の荘内藩主酒井忠真に御用金三百両を献じたとき、本間家は、呉服、瀬戸物、書籍、薬種を商う酒田の新興商人に過ぎなかった。酒田には、上林、加賀屋、鐙屋《あぶみや》、弥右衛門、粕屋《かすや》などの豪商がいて本間家は数の中に入らなかったのである。

しかしその後本間家は、献金、献米を通じて、次第に藩に密着し、やがて藩の経済政策の一環をになう形で、藩を通じて農民に低利融資を行なう地位を独占し、次第に巨大な金融家、地主として膨れ上がった。本間久四郎が、最初の献金を行なった宝永末から七十年経《た》った天明五年には、当時の本間の当主四郎三郎光丘は郡代次席の地位を与えられ、家老水野重幸、郡代中田七郎兵衛と組んで藩の経済政策の中枢人物であり、備荒籾《びこうもみ》二万四千俵を藩に献上する実力をそなえた金融家、大地主だった。

その後寛政改革にあたって、光丘の改革案は郡代白井矢太夫の案に敗れ、水野派の退陣、家老酒井吉之丞、中老竹内八郎右衛門、郡代服部八兵衛、白井矢太夫という新しい執政府が藩政を動かす中で、本間は一時藩政から退いたが、文化十二年に至って本間光道は、郡代役所に復帰、現在本間光暉も郡代出仕を命じられている。農地の集積はこの間にも進み、実力六万石という噂は事実だった。

光暉は天保四年の凶作には、喰継ぎ救い方を命じられ、諸国から米穀を入れるのに活躍し、三年前の天保八年、忠器が台命によって京都に上ったときは用金三万両を用立て、内二千両を献金するなど、藩との関係は貸借関係だけでも抜きさしならないものになっている。

藩に喰い込むことで、本間家の富は蓄積されたが、藩もまたその富を利用することで、難しい藩財政を切り抜けてきたといえる。

用立てる金が、居坐りに役立てば、それ以上のことはない。よしんば長岡に転封する費用に使われても、藩との繋がりが完全に切れるわけではないという意味で、貸し金の回収に望みは残る。しかし家中騒動して、幕命に逆らい、御咎めを受けるようなことがあれば、貸しは無に帰することになる。

本間光暉の質問に、松平は穏やかな表情で答えた。

「まだ騒いでおるようだが、無理もないのでな。みんな頭に血がのぼっておる。だがそのうちには冷めよう」

松平甚三郎の家は、初代忠次の第七子甚三郎久恒に始まる。代々家老職の家柄で、容貌《ようぼう》も藩主忠器に似ている甚三郎久重には、名門らしい悠揚迫らない風格がある。この人と対座していると、本間は何とはない安堵《あんど》が胸を満たしてくるのを感じる。

「今日持参した金は、いかほどの」

「三千両でございます」

「足りんのう」

「それは承知致しております。早速金策にかかる積りで手配にかかっておりますが、おおよそいかほどのお見込みで」

「後ほどお上からはっきりした頼みがあると思うが、ざっと三万両はいるかな？」

言っておいて松平は首をかしげた。すばやく何かを計算してみた眼の色になっていた。

「松平さま」

「………」

「ご命令とあれば、三万両と言わず五万両でも工面致しますが、私も商人でございます。勿論、お家累代のご恩に報いる気持が先でございますが、出来るならば元は取らして頂きたいと」

「利息もじゃろう」

「いえ、そこまでは望みません。つまりは工面した金が、お家を生かすような向きに使われれば、それにまさる喜びはないと考えているわけですが」

「それをいま必死と思案しておる。転封の費用だけなら、二万も懸からんのだ」

「なるほど」

それが藩の方針かどうかは解らないが、家老には陳情の腹があるのだ、と本間は思った。そうなれば、あるいは確かに三万でも足りないかも知れない。老中一人に二千両の賄賂としても、すぐに一万両の金が出る。

――賭けだな。

と本間は思った。

廊下に不意に足音がしたと思ったら、組頭の加藤衛夫が、風を捲《ま》くという感じで部屋に入ってきた。

勢いよく袴を捌《さば》いて坐ると、加藤は、

「あちらの支度が出来たそうじゃ」

と言った。忠器の用意が出来たというのである。本間の謁見《えっけん》には、松平甚三郎と加藤衛夫が陪席することになっていた。そう言っていながら、加藤は荒々しい吐息を吐いて別のことを言った。

「いや、厄介な奴《やつ》らだ」

「どうなされました」

と本間が言った。

「我らに何か申すことがあると、書き付けを持ったものが四、五人押しかけてきての。応対にひと汗かいた。建白書というが、中味は悪口雑言だ。あまりにひどいことを並べてあるから、怒鳴りつけてやったら、儂に向かって来よった。馬鹿《ばか》どもめ」

加藤は赤ら顔で大きな眼をしている。声も大きかった。加藤が元気な声でそう罵《ののし》ると、深刻な話も陽気に聞こえる。

松平と本間は顔を見合わせて失笑した。

「笑いごとではないぞ。世も末という感じがしたわ」

加藤は眼をくりくり動かし、懐紙を出すと額の汗を拭《ぬぐ》った。

「ご家中の方々は、よほどご憤慨のようでござりますが、百姓、町人はおとなしくてございますか」

「二、三日前兼子という医者が、大庄屋、町年寄を訪ね歩いて、羽黒山の別当を通じて上野に転封ご免を願い出ようとしているという噂があった。これは町奉行所から注意してやめさせた筈だ」

「百姓の方には、別に動きはございませんか」

「何かあった方がいいような言い方だの」

加藤はぎょろりと本間を見据えた。

「いいえ、そういうわけではございませんが、これまでの例をみても、国替えお引きとめということが必ずあるものでございます。これは新しく入って来られる殿さまが、まず例外なく転封費用の莫大な借財を背負って参られる。これが領民には恐ろしいわけでしてな」

本間は金融家らしい見方を、ちょっぴり洩《も》らした。

「荘内の百姓はおとなしい。国替えと知って、お上に餞別《せんべつ》を持参する者が続いているほどだから、めったなことはしまい。それに下手に騒ぎ立てられては、思わぬ迷惑になりかねんからな。なにもやらんに越したことはない」

廊下に人が来た気配がして、襖《ふすま》を開けた小姓が、忠器が呼んでいると告げた。

「おう、お上を待たせてはいかん」

加藤はあわてて立ち上がった。松平と本間もその後に続いた。廊下に出た三人に、急に十一月の冷えた空気が襲ってきた。

四

京田通西郷組書役本間辰之助は、酒田の本間光暉が登城して藩主忠器に会ったその日、組会所から少し早目に馬町村の家に戻った。昼頃から、背筋に寒気がして、洟《はな》が多くなり、風邪をひくのではないかと思われた。

辰之助は五十八になっていたが、先代忠徳《ただあり》公の六尺を勤めた父に似て、強健な体軀《たいく》を持っている。背丈も、五尺八寸あったといわれる父ほどでないにしろ、大柄だった。だが用心深い性格で、僅《わず》かな風邪けにも油断しないところがある。

だが身体《からだ》ぐあいのことは、戻っても家の者には黙っていた。家の者は夜食の支度にかかっている。竈《かまど》の煙が家の中に籠り、灯をともすには少し間がある屋内は薄暗かった。辰之助は手持無沙汰に庭に出ると、洟をかんだ。外はまだ明るみが残っている。眼の前に荘内の野面がひろがっていた。穫入《かりい》れが終り、畦《あぜ》に残っていた杭《くい》もひとところに集めて積まれ、田圃《たんぼ》はがらんとしている。今日は一日穏やかな日和《ひより》で、日が落ちた後には、遠い場所にある村々のまわりに、夕餉《ゆうげ》の煙とも霧とも見える白いものが漂った。そして空の中ほどに、微《かす》かに夕映えの痕《あと》を残す鳥海山の山肌が見えた。

何十年も見馴《みな》れた風景だった。日が経つにつれて、こういう穏かな日は間遠になり、鳥海山も月山も執拗《しつよう》な雲に覆《おお》われ、やがて野と山を罩《こ》めて雪が降る。重く厚い雪の嵩《かさ》と、海を越えて吹きつける季節風に堪えて、人々は春を待つのである。

——だが、来年は別の春が来るだろうの。

と辰之助は思う。

辰之助が国替えの噂を聞いたのは、三日前である。城下町まで買物に出た村の者が、その話を聞いてきて、会う人ごとに触れた。町はひっくり返るような騒ぎになっているという。その話を、辰之助は異様に不安な気持で聞いた。

翌日辰之助は自分で鶴ヶ岡に行った。町中がひっくり返るような騒ぎというのは誇張のようだったが、そういう眼でみるためか、町で行き遭う家中武士は、どことなく殺気立った表情をし、急ぎ足に通りすぎるように思えた。知り合いの町家に立ち寄って、辰之助は確かめたが、噂は事実だった。

その町家の主人は、辰之助をひきとめて、それまでに聞き知ったいろいろの噂を話した。家中の役付きの家に出入りしていて、主人が得ている知識は豊富だった。聞き知ったその知識を辰之助に全部喋ってしまおうとするように、主人はせき込むように言葉を続けたが、辰之助の胸を刺したのは、「松平という殿さまは、年貢《ねんぐ》の取り立てに許しがない人だそうだ」という一言だった。藩庫が貧しく、その上年貢に厳しい領主がやってくることを胸に畳んで、辰之助は村に帰った。

荘内藩も領主である以上、一合でも余分に米穀を取り立てようとする。事実過去には苛政《かせい》の記録があり、農民の徒党強訴ということも近年まで散発した。だが二百年にわたる一藩支配の土地には、支配する側と支配される側に、どこか互いに気心の知れた感じがあることも否《いな》めなかった。

天保の大凶作には、翌年二月藩は合計一万二千俵のお救米を領内に施し、また鯡《にしん》十万八千八百四十四本、塩鮭《しおざけ》八百本を配り、塩、味噌《みそ》が底をつくと、多量の塩汁を施給した。さらにその後も隔年ごとに凶作が襲った天保九年、藩はそれまでの農民に対する貸付米金の切り捨てを断行したが、その高は山浜通七組だけで米三万三千俵、拝借金三千二百四十二両に上ったのであった。

絞り過ぎれば汁も出なくなる。ほどよく潤《うる》おして置く感覚が、藩の農政にはある。そして農民の側にもそれを心得ている節があった。二百年共存の歳月がもたらした一種の馴れ合いの感覚とも言えた。

——だが、今度は手加減しない奴がやってくる。

本間辰之助が抱いた感想はそういうものだった。国替えという、予想もしなかった出来事の中には、ふだんしている飯を喰ったり野良《のら》に出たりという何気ない暮らしを、土台から浮き上がらせるような漠然とした不安を含んでいたが、鶴ヶ岡で聞いた話は、その不安にある程度はっきりした形を与えたようだった。

ここ二日ほど、辰之助は鬱屈《うっくつ》した気持を抱いて日を過ごした。風邪をひいたのも、そのせいかと思うほどだった。

今も辰之助は、暮れ滞《なず》んでいる平野をみながら、荘内の百姓はどこに姿を隠しているのかと思った。辰之助が鶴ヶ岡で聞いてきた程度のことは、すでに領内くまなく知れわたっているに違いないと思われた。どこかから、殿さまお引き止めの声が挙りはしないかと、辰之助は耳を澄ます気持だったが、農民は、眼の前の黒い平野のように沈黙したままだった。声は、どこからも聞こえて来なかった。

「ばんげ（夜）なったのシ」

不意に背後で挨拶《あいさつ》する声がし、辰之助が振り向くと、村の肝煎《きもいり》長右衛門、清兵衛の二人が立っていた。並んだ二人の顔が白っぽく見えた。

近づきながら、清兵衛が挨拶を重ねた。

「今日はええ空でえがったのシ」

「これはお揃《そろ》いで……」

辰之助は言ったが、二人の様子がいつもと違っているように感じた。二人ともふだんよくゆき来していて、村の役目柄の用事だけでないつき合いをしている仲である。だが眼の前の二人には何となく改まったぎこちない感じがある。

——あの話かも知れない。

辰之助は直感的にそう思った。国替えの話は、村中に知れ渡ったあと、村人のそれぞれの気持の中に、こっそりと蔵《しま》いこまれてしまったように、陽の下で大っぴらに話されることもなくなった。国替えということについては、先祖の言い伝えもなく、何の心構えもなかった。村人は、初めて経験する異常な出来事を迎えて、半ば恐れを抱き、半ば当惑したまま成行きを眺めているように思われた。人々はそのことには触れずに、今年の作柄のことや、天気の話などをしている。

二人がその話できたとすれば、それは辰之助の前に、正面から国替えの話を持ち込んできた最初の人間だといえる。

辰之助は少し声を落として言った。

「お揃いで、何用事だっけの？」

「別に、改まった用事ていうわげでもねども……」

長右衛門は言葉を濁したが、そのあとにいきなり核心に触れる言葉を続けた。

「しかし、困ったごど、起ぎだもんだと思っての」

「ほんとだの。俺もえま、それを考えていだどごだども」

と辰之助も言った。さ、まず中さ入らへ、と辰之助は急に元気づいて、二人を家の中に招き入れた。

奥座敷に二人を招き入れると、辰之助は慌《あわただ》しく家の者に行燈《あんどん》とお茶の支度を運ばせ、箱火鉢を持ってくるように言った。冬の間は使うことのない奥座敷の空気は、湿っぽく冷えて、密談の部屋に適《ふさ》わしく暗い。漆塗りの杉戸を閉め切ると茶の間の物音も聞こえなくなった。

「今日、清兵衛どが鶴ヶ岡で聞いで来た話だども」

長右衛門はゆっくりした口調で言った。

「今年の年貢は、大分《でえぶ》厳しくなるらしのう」

「ほほう」

緊張がいきなり胸をこわばらせるのを辰之助は感じた。

「まだ組の方さは、そういう達しは出でいねが？」

「いいや、まだだ」

辰之助は首を振った。

「清兵衛どは、それを誰から聞いだや？」

「町の芳賀はんどごさ用事あって、ちょっと立ち寄って耳にしたなだども」

「減免は無しか」

「無《ね》え、無え」

芳賀治郎右衛門は鶴ヶ岡の町年寄を勤める家である。藩の情報がいろいろとこぼれ落ちてくる場所だった。清兵衛が耳にしたことは、真実と思われた。

――根こそぎ取り立てるつもりになったか。

と思った。藩が転封を覚悟したとなれば、それは当然考えられることだった。後から来る新領主に一粒の米も残して行く筈がない。そしてその後に来る松平大和守は苛政を噂《うわさ》される領主だという。

――来年は、荘内の百姓にとって地獄の年になるの。

と辰之助は思った。

「今年絞らえで、来年また絞らえるわけだの」

「……」

「これでは百姓は旗ささね（立ち行かない）ぞ、長右衛門《ちょうえん》ど」

辰之助は焦燥に駆られて、大きな声を出した。大百姓も、小作も、水呑《の》みも、分に応じて絞り取られるだろう。そしてその日暮らしと飢餓の間を、行ったり来たりして生きている連中には、確実に飢えが襲いかかる。

――潰《つぶ》れ百姓が、どっさり出るぞ。

「まず、旗ささね」

長右衛門は、持ち前のゆっくりした口調で、辰之助の言葉を受けた。

「そえで、ここさ来る道みちも、清兵衛どと、こそこそ相談しながら来たわげだども。

何とが我われの手で、今度のごどをやめさせる手はねえもんだがの、辰之助ど」

「ちょっと待で、長右衛門ど」

辰之助は手を挙げて長右衛門の言葉をとめ、探るように二人の顔を見くらべた。

「あんたがた、どごまで相談したが知らねども、つまり殿さまお引きとめのごどだの？」

「ンだ」

「そうなっど、人集べで江戸さ訴えねまねし、大勢集べるということになっど、これは一揆《いっき》だ」

「ンだ。一揆だの」

「造作《じょうさ》ねごどではねえぞ」

「ンだども、黙って見でいれば飯《まま》喰《か》えねぐなるさげのう。ほかにうまい手があればだども」

長右衛門の、この低い声が、さっき野の向うから聞き取ろうとした声なのか、と辰之助は思った。それはここから始まるのか、と思ったとき、辰之助の背筋を、戦慄《せんりつ》が走ったようだった。それは風邪のせいではなかった。

幕府は寛保二年に、公事方御定書《くじかたおさだめがき》を制定したが、その中で徒党の主謀者は死罪、名主は重追放、組頭は田畑取上げの上所払い、加担した百姓は、村高に応じて過料、また強訴の発頭人は死罪、加担した者は過料と法文化した。領主、地頭への門訴は、発頭人は遠島《えんとう》、加担者は三十日から五十日の手鎖と定められた。

明和六年には、一揆鎮圧のために飛道具を使うことを許し、翌七年にも重ねて、徒党をもって訴える者は「是非によらずとりあぐべからず」と厳しい通達を出した。また全国に高札を配り、徒党、強訴、逃散《ちょうさん》を挙げて、「これら皆さきざきよりの禁なり。もし犯すものあらば、すみやかにおのおの属する官署にうたえ出べし。その褒賞《ほうしょう》として、徒党をうたうるものは銀百枚、強訴てうさんも同じかるべし」

協力の仕様によっては苗字帯刀を許す、と、裏切り、密告を奨励した。

荘内領の徒党強訴は比較的例が少なく、また強訴に対する藩の刑罰も主謀者は永牢《えいろう》、他は罪の計量に従って所払い、戸〆《とじめ》、過料、急度叱《きっとしかり》ノ上慎みといった内容であった。

しかし国替え引き止めは、越境して江戸に訴え出ることになる。越訴《おっそ》は評定所の白《しら》洲《す》に据えられる。そこにはどのような刑罰が待っているだろうか。

「一揆起こして江戸さ訴えるとなっど、先ず牢屋さ入《え》らえる。下手すっど殺されっがも知《し》ねぞ。あんた方さ、その覚悟はあっがの？」

辰之助は低い声で訊《たず》ねた。清兵衛が力強く答えた。

「ある。辰之助どはどうだ？」

「あんた方さ、その腹があれば、俺《おら》も加担《かだ》させてもらう」

三人は黙って顔を見合わせた。長い沈黙が過ぎた。

清兵衛が、その沈黙を破った。

「ただ、俺も長右衛門ども、年貢集べる仕事があっさげ、人集べでも真先に立って江戸さ行《え》ぐわけにはいがねども」

「それはええ」

と辰之助は言った。

「初めは、俺が行《え》ぐ」

「そごのどご、もう少し相談さねばの」

長右衛門は顔を挙げて、正面から辰之助の顔をみた。

「訴えるがらには、江戸さちょこっと人が行って、それで願いが叶うというもんではねえがらして、次々と人を繰り出すしかあんめえと思う。俺の考えでは、まず千人ぐらいも荘内の百姓が江戸さ行ぐど、そのぐれの覚悟でかがらねば、成就《じょうじゅ》はおぼつかねと思うども」

「……」

「辰之助どは、組の書役で、組内の村々には顔がひろいわけだささけ、ここはひとづ、自分で行ぐというよりも、こごさどっすり坐《すわ》っていで、江戸登りの采配《さいはい》をとってもらうわけには行がねがのう」

「千人がァ」

辰之助の脳裏に、千人の百姓が、野を越え、峠を越えて遠い江戸に向かう光景が浮かんだ。

「ンだ、千人も、二千人もだ」

清兵衛が意気ごんで言った。

「このまんまだど、荘内の百姓は丸潰れになるさげのう」

「ンだども、果してそんげ人が集まっがのう」

辰之助は額に皺《しわ》を寄せた。自分でさえこんなに身体が顫《ふる》え出すほど恐ろしいのだ。それではと刑罰を覚悟で江戸に訴えに行く人間が果して集まるだろうか。

「人集べで話してみねば解らねども、今の殿さまがほがさ行《え》ったら、明日から俺《おら》だはどうなんなだろていう心配《しんぺえ》は、みんなさあるわけだ。ンださげ、川越の殿さまが来っど、今度はこういうことになっぞとわげ話すれば、人も集まんなでねがと思うどものう」

「わがりました」

辰之助は言った。野を越え、山を越え、百姓たちが、暗い空の下を南下する光景が、またちらと頭を掠《かす》めた。それは先祖もやったことがないことだった。昔、他領の人間が江戸に越訴して、厳しく罰された話を聞いた記憶があるだけだった。だが荘内の百姓の気持を訴える方法はそれしかなかろうとも思った。国替えのことを知ったときから、そういう気持がどこかにあったように思う。だが自分がそれを始めるとは思いもしなかったことである。

「そうど決まれば、早速にかがるしかねえの。幸い組の方からの用事が、二、三ねえわけでもねえさげ、村々の肝煎衆《しょ》がら集ばってもらって、話出してみっがの」

「そうしてもらうがの」

「これは、にわがに忙しくなってきたのう。願書も起草さねまねし、どごのどなたさ願書上げるか、まだお屋敷さ行《え》ぐか、駕籠訴《かごそ》にすっが、どっちが有利だもんだが、調べてみねまねし」

「金もかがるだろのう」

と長右衛門が言った。

五

江戸から早追いで下ってきた大山庄太夫を囲んで、鶴ヶ岡城中で会議が開かれていた。

藩主忠器も、いったんは表に出て大山の挨拶を受けたが、執政会議には加わらず奥に引き揚げた。忠器はここ二、三日疲労が目立つようだった。あれを思い、これを考えて心痛が心を去らず、体調を崩しているのが重臣たちにもわかる。強いて引きとめなかった。

大山の長い報告を聞いたあとで、家老の松平甚三郎は、よく調べた、と大山を犒《ねぎら》ったあと、

「すると国替え取り止《や》めは歎願《たんがん》しても脈が薄いということだな」

と言った。日頃温和な風貌が、やや緊張して、大山を見つめる眼が険しくなっている。

「まず、そのように考えられます」

「添地を願うなら、まだ叶えられる余地があろうという形勢か」

「は。土井さま、太田さまはそのようなご意見でございました」

大山の報告は、さきに帰国して第一報をもたらした矢口の報告と重複するところもあったが、国替え命令撤回の可能性については、独自の調べにもとづいた見込みを携えてきていた。

江戸藩邸で忠発と中野碩翁に対する歎願を打ち合わせたあと、大山は翌日昼まで精力的に動いて老中の意向を打診する仕事をまとめ、その日早追いで江戸を立ってきたのである。太田資始、脇坂安董の屋敷では、江戸留守居役、江戸家老といった役どころの人間を掴《つか》まえて、藩主の意向を探ってもらった。土井利位には、僅かな間だったが、直接会う機会に恵まれた。もっとも難しかったのは、水野忠邦の屋敷で、大山は手を尽して水野の家老佐藤新兵衛に接近をはかったが、ついに会うことが出来なかった。水野の公邸では、意識して荘内藩の人間である大山を避けた空気が感じられた。

しかし水野をのぞいた三閣老は、概《おおむ》ね大山の探りに好意的な答えを示した。今度の沙汰《さた》は、老中の決定というよりも、大御所家斉の意向から出た処置である。つまりはよんどころのない御達しであるから、強いて撤回を願っては、藩のために宜《よろ》しくないだろう。ただし荘内藩に格別の不始末があったわけではないから、添地を願えば十四万石相当の旧領並みの高の保証は叶うのではないか、というのが、彼らの示した意見の要点であった。

「すると道は一つ開けておるわけじゃな」

と加藤衛夫が大きな声で言った。

「長岡六万八千石に、ぎゅうぎゅう詰めになるのではかなわんが、願って添地を賜るということになれば、多少息がつけるというものだ」

「理由のないところに転封の理由をつけたということで、老中方にも多少後めたい気分がございますようで、添地を願い出れば、粗末には扱うまいと存じます。無論金が必要かと思いますが」

大山は言い、しかし水野さまは別格で、賄賂《わいろ》も利《き》きそうにありませんと苦笑した。

「しかし、馬鹿げた話じゃ」

それまで黙っていた家老の酒井奥之助が不意に言った。酒井は矢口弥兵衛の早追いを迎えた夜の執政会議で、理由の分明でない転封命令に屈する必要なし、即刻撤回を願うべきだと強硬に主張した人物である。いまも胸の中にある憤懣を押さえきれない口調で喋《しゃべ》っていた。

「みすみす川越が、大奥の女性《にょしょう》を通じて大御所を動かしたと解《わか》っておるのに、藩祖以来二百年の土地を捨てて他に移らざるを得んとは、まことに腹が立つ。いっそ添地などいらん」

「しかし家中の者がおりますぞ」

加藤衛夫が言った。加藤は月番組頭として、連日家中藩士の取鎮めに奔走して、疲れ果てていた。今日も忠器に会って、改めて藩主の諭達をもらい、組頭を白木の間に集めて明日にでも説諭することに決めたばかりである。

「酒井どのがおっしゃるお気持も解らんではないが、ここで添地の望みがあるとないでは、家中の者の気持もよほど違って参ると存ずる」

「大山に確かめたいが……」

松平が口をはさんだ。

「これで命令撤回の望みは、全く消えたわけかな」

「………」

「つまりだ。転封受諾の向きで、添地を願うのが最も賢明で、かつそれなら望みがかなうかも知れんということは、さきほどの話で相わかった。しかし本来柄のないところに柄を据えた国替えだということも、そなたの探索で明らかになったわけだ。酒井どのの言い分ではないが、ご命令ながら従いかねるという気持は残る。だがこれは一《いち》縷《る》の望みもないということか」

「されば……」

大山は太い腕を拱《こまね》いたが、そこが執政会議の場所であることを思い出したように、あわてて腕をおろした。

「大山の考えを述べるだけでよいぞ」

「大勢は、さきほど申したようなところでございます。強いて幕命に異議を申し立てては、もっと悪いことになろう、ところはむしろわが藩に好意を持った言い方のように受け取れました。しかし、それでは松平さまがおっしゃる撤回の望みが、全くないかといえば、そうとも言い切れません」

「………」

部屋の中に、不意に深い沈黙が落ちたようだった。執政たちの眼は、ことごとく大山の顔に注がれている。

「じつは江戸の若殿が、ご自身で認《したた》められた撤回お取りなしの内願書を、中野碩翁さまに持参されましたが……」

「………」

「中野さまはそれを受け取られました」

声のないどよめきのようなものが、部屋を満たした。執政たちは、中野碩翁がどういう人物であるかを、程度の差はあるにしても全員が知っていたようである。執政たちは、顔を見合わせたり、膝《ひざ》を打ったりした。

大山は軽く手を挙げた。

「いや、お喜びになるのは、ちと……」

「よし、続けろ」

と酒井が言った。

「いまのところは、願書を受け取られたというだけに過ぎません。これからどうなるかは、全く予想もつきかねます。若殿もそこは十分ご承知で、中野さまが、願書について話を聞こうとおっしゃるまで足を運ぶと申されております」

「そうか」

「事がうまく運んで、もし中野さまが大御所さまにお取りなし下さるというようなことにでもなれば、意外な果報が望めるかも知れません。無論、まだそこまで期待するのは無理でございますが」

「なるほど、状況は解った。いや、それだけのひっかかりが残っているだけでも十分だ」

と松平が言った。

「それにつけても、もし中野さまが乗り出して下さるということになると、かなりの金が必要でございます」

「金は本間と談合している。当方も費用の見通しがついたので、明日の談合で金額を明らかにする筈《はず》だ」

八万両という金額が、松平の胸の中にある。本間は藩からの最終的な金額要請を待ってまだ鶴ヶ岡にいるが、これを聞いて恐らく驚倒する筈だった。だが松平は本間に、最後には全財産を投げ出せと迫る胆《はら》を決めていた。

「それでは、一応添地歎願を幕府に申し上げるということで今後押し、一方中野の方も望みを捨てずに願ってみるということでよろしいかの」

松平のその言葉が、その日の執政会議の結論となった。

藩主忠器の次のような願書を持って、即日江戸に早飛脚が奔《はし》り、後を追って大山庄太夫も江戸に帰った。

私儀、今般存じ寄らず越後国長岡へ所替仰《おお》せつけられ、冥加《みょうが》至極有難き仕合せに存じ奉《たてまつ》り候《そうろう》。然《しか》るところ、これまで拝領罷《まか》り在り候出羽ノ国庄内、田川郡、飽海《あくみ》郡二郡の儀は、台徳院様御代、元和八年八代以前、宮内大輔忠勝儀、鶴ヶ岡、亀ヶ崎両城拝領仰せつけられ候。その砌《みぎり》彼の地の儀は、陸奥、越後両国のためにして、外藩警守に付き、家柄を思召《おぼしめ》し拝領仰せつけられ候旨《むね》、仰せ渡され候由、伝書に留めこれ有り。二百年余、数代相続仰せつけられ、家の面目冥加の至り、誠に以《もっ》て有難き仕合せに存じ奉り候。数代右の御趣意を専要に相守り罷り在り候。殊《こと》に私儀格別の昇進も仰せつけられ、京都へも両度まで御使仰せつけられ候儀にも御座候に付いては、弥々《いよいよ》以て警守の御趣意厚く相心得、罷り在り候ところ、今度所替仰せつけられ候儀にては、面目これ無く、先祖代々かつ子孫後代までの恥辱とも存じ奉り候に付、御歎《なげ》き上げ候も甚だ以て恐れ多く存じ奉り候えども、前条の御趣意を専ら相心得、家来共までも、武備取失ない申さず候様、奉公申し上げ奉りたき心底に罷り在り候。

尚《なお》また願い奉り候儀恐れ入り候えども、飽海郡一円海岸御備え場所、これまでの通り御居置成し下され、外に長岡領新潟まで地続きの場所にて、旧領に都合仕り候ほど、御添地仰せ付けられ、下し置かれたき儀にも御座候わば、誠に以てこの上なく有難き仕合せに存じ奉り候。さりながら飽海郡下し置かれ候儀相成らず候筋合も在りなられ候わば、何分にも長岡領新潟までの地続きの場所にて、旧領に都合仕り候ほど代地下し置かれ候わば、有難き仕合せに存じ奉り候。長岡等の儀は、甚だ以て不案内の儀につき、何分にも旧領都合候ほど成し下されたく存じ奉り候。さりながら私儀元よりの心願には御座なく候えども、よんどころなく申し上げ候儀に御座候間、いかようにか筋合相立て成し下され、面目も相立ち候様成し下されたく、此の段幾重にも厚く願い上げ奉り候。

六

同じ頃、江戸から来た旅支度の町人が一人、川越城下にさしかかっていた。まだ若い男で、街道を長く歩いてきたことが、草鞋《わらじ》や脚絆《きゃはん》にまぶしたようにくっついている埃《ほこり》をみればひと眼でわかるのに、さして疲れた顔もしていなかった。ただ額に薄く汗をかいている。

空は紺色に晴れわたって、西に傾いた日射《ひざ》しが眩《まぶ》しいが、空気は乾いて、少し肌寒いほどだった。

若い男はふと足をとめた。城下端《はず》れの、低い松林に囲まれた草地に、人が群れて、畚《もっこ》で土を運んだり、鍬《くわ》を使ったりしている。かなりの人数で、目算でも百人前後の人間が働いている感じだった。黄色く枯れた草原に、黒い土が運び込まれ、きらりきらりと鍬が光るのが見える。

若い男は、腰に下げていた手拭いをはずして、額の汗を拭《ふ》いた。汗を拭く間も、男は眼を離さずに作業を見守ったが、左手の畑で年寄の農夫が牛蒡《ごぼう》を掘っているのを見かけると、畑に踏み込んで行った。

「ちょっとお訊ねしますが……」

年寄はびっくりしたように顔を挙げた。耳が遠くなっているらしく、声を聞くまで、男が近づいたのに気づかなかったようだった。

「あれは……」

男を振り向いて、作業している男たちを指さした。

「あんなに大勢で、何をしているんですか」

「あれかね」

年寄は腰をのばすと、鍬に身体の重みを預けるようにしながら、意外に歯切れのいい口調で答えた。

「墓を作っているんだがね」

「墓？」

「殿さまの家の墓だね。それにご家来衆の墓も、町の中の寺から、こっちに移すちゅう話だね」

年寄は腰を探って莨入《たばこい》れをとると、すぽんと音立てて煙管《きせる》筒の蓋《ふた》を取った。うまそうに莨を一服喫うと、年寄は言葉を続けた。

「ここの殿さまが、今度出羽の荘内というところに移ることになってね。お侍衆の墓を持って行くわけにゃいかねえちゅうことで、ああして始末しておいでだね」

「もう移る準備をはじめているんですか」

「一所懸命だね、ここ二、三日。町へ入ったら、あっちこっちと、お侍衆の屋敷で庭の木《き》を伐ったり、小屋を潰したりしているのが見られるわ。騒がしいこった。この後に、長岡の牧野ちゅう殿さまが来るらしいがね」

男は、少し訛《なまり》のある言葉で礼をのべて、畑から道に戻った。

男の名は万平。いま荘内の預かり支配になっているもと幕府の直轄《ちょっかつ》領大山村の酒屋、加賀屋の当主だった。もっとも加賀屋は商売の不振から大きな借財を背負い、酒造を休んでいて、万平は江戸に出て、日本橋北の小舟町にある遠州屋という商家の帳付をしていた。

このことは家の者しか知らない。万平は鶴ヶ岡城下の五日町で生まれ、大山村の酒屋加賀屋黒井寛兵衛の婿《むこ》養子になった。間もなく家業をまかされたが、昨年酒造に失敗したことから、万平は思いがけない運命をたどることになった。仕込んだ酒はすべて酸敗し、加賀屋は大きな損害を出した。天保年代に入って凶作が続いたために、酒造米の減石、酒の売れ行き不振などから、家産を傾ける酒屋が出てきていたが、天明年間には大山村一番の酒屋であった加賀屋もその例外ではなかった。商売の不振に悩んでいたときに、万平の失敗は致命的な打撃となったのである。万平は止むを得ず家屋敷を抵当にして金策を謀《はか》ったが、金主の忠告に従って、一年間酒造を休むことにした。しかもこの間に、万平は米相場に手を出し、さらに損害を重ねてしまったのである。なんとかして家運を挽回《ばんかい》しようとした焦《あせ》りが裏目に出たのであった。

万平は郷里を後にして旅に出た。大坂の米値段を聞きあわせに越後に行くと周囲には触れたが、そのまま江戸に出て、伝手《つて》を頼って遠州屋に住み込んだのであった。帰国すれば、そこには債鬼が待っている。

いつ郷里に帰るというあてもなく、万平は馴れない江戸の町の底で暮らしていた。時々失敗した酒造りのことを思い出すことがあった。すると酒倉に籠《こも》っていた異様な匂《にお》いが鼻腔《びこう》の奥に甦《よみがえ》ってくるようだった。そして、国に残してきた若い妻や子供、酒造の失敗をひと言も責めなかった温厚な義父を思い出した。万平は二十八である。そういう日は、胸は暗く湿った。

万平が、三方国替えの噂を聞いたのは、主人の伝兵衛からである。それが、あるいは自分に好運をもたらすことになるかも知れないと気づいたのは、噂を聞いてから三日後だった。慎重に考えを練ったあとで、万平は伝兵衛に会い、川越藩の中に知っている人はいないかと訊ねた。

「勘定奉行を勤めておられる渥見さまを存じ上げているよ」

伝兵衛はこともなげに言った。伝兵衛は諸藩江戸屋敷に出入りしていて顔が広かった。

万平は胸が躍るのを感じた。

「旦那《だんな》さま、その方に私を引き合わせて頂けませんか」

「それは無理だ。渥見さまはいま川越にいらっしゃる」

「あッ、そうですか――」

と言ったが、万平は諦《あきら》めなかった。

「それでは旦那さまの添状を頂けませんか。そうしましたら、私二日ほどおひまを頂いて、川越まで行って参りたいのですが」

「それは構わないよ。書いて上げよう」

伝兵衛は言いながら、万平の顔をしげしげと見つめた。それから少し冗談めかした口調で続けた。

「何か儲《もう》かる話でもありそうだね」

「いえ、そういうわけではありませんが、川越の松平さまが荘内にいらっしゃると、酒屋の役銭なども変りましょうし、そのあたりをお聞きして、解ったことがあれば早速国に知らせてやりたいと思いますもので」

と万平は言った。

しかし万平は、伝兵衛が商人らしい鋭い勘で探ってきたように、儲かる話を考えていたのであった。

転封を前にして、川越藩は荘内領について情報を求めているに違いなかった。とすれば、一刻も早く川越藩に接近して、繋《つな》がりをつけることが必要だった。荘内藩の藩政のありよう、地理、人情風俗。荘内の人間である万平には、川越藩が知りたがっていることは、大よそ喋ることが出来るという自信があった。その上なお知りたいことがあれば、協力してもいいと思った。

国替えの噂話を聞かせたとき、伝兵衛は、荘内藩は内高三分の一に落とされるので、あちこちに歎願しているらしいとも言ったが、万平は気にしなかった。預かり支配地にはなっているが、大山村一万石は、荘内領とは違うという意識が心の底にある。

正保四年、酒井忠勝は第七子備中守忠解《ただとき》に大山一万石を分封した。しかし新領主は寛文八年傷寒を病んで、僅か二十六で死去した。忠解に嗣子《しし》がなかったため家名は断絶し、大山領は翌年幕府の直轄領に繰り込まれたのであった。

鶴ヶ岡の西、指させば見える場所に一万石の天領が存在することを、荘内藩は実収の上からも、風儀の点からも喜ばなかった。そのため宝永七年、幕府に預かり支配を願ったが、このときは許可は下りず漸《ようや》く七十八年後の寛延元年、五代忠寄《ただより》のときに預かり支配が実現した。しかしその時も翌二年忠寄が老中に就任したため、先例によって預り支配を解かれている。再び預り支配が実現したのは十九年後、明和六年のときであった。以来荘内藩の預り支配は続いているものの、百年近い年月を、直轄領として幕府の直接支配を受けた土地には、おのずから荘内藩本領とは異なる気風が形成されている。

荘内藩が転封を渋っていると聞いても、万平には荘内領民の痛みは伝わって来なかった。むしろそうなれば、川越は一層荘内の詳しい様子を知りたがるだろうし、川越に協力する仕事も出てくるだろうと考えただけである。情報を流し、便利を図ることで、川越藩の中に固い繋がりが出来れば、転封が実現したとき、悪い待遇を受けよう筈がない。願い出れば、あるいは独占的な株を与えられることも夢ではない、という気がした。

そうなれば、加賀屋の再起はいと易《やす》い。大手を振って村へ帰れるし、家のものたちにも会える。そう思いながら、伝兵衛の添状を懐《ふところ》にして、飛び立つように川越へやってきたのである。それが荘内の領民にとって重大な裏切りになるとは、考えもしなかった。冬晴れの川越領内の道は、澄み切った空気の中に光って延びているばかりだった。

川越城下に入ると、畑にいた年寄が言ったような光景があちこちに見られた。板塀を毀《こわ》して、その隙間《すきま》から、掘り起こした巨石を運び出している家があり、また伐り落とした庭木の枝を積み重ねて焼いている武家屋敷もあった。町筋にあるひとつの寺では、墓地に人が入り込み、墓を掘り返していた。ところどころに物を焼く煙が漂い、川越の城下は慌しい空気に包まれていた。

万平は真直《まっす》ぐ城に行った。運よく勘定奉行の渥見は登城していて、万平は間もなく城内の一部屋に招き入れられた。

あまり待たせることもなく、渥見は無雑作にその部屋にやってきた。手に、さっき万平が城門警備の武士に渡した伝兵衛の添状を持っていた。

「遠州屋で働いているそうだが、店の使いで来たか」

渥見は、坐るともう一度ちらと書面に眼を落としてからそう言った。渥見は白皙《はくせき》の品のいい容貌《ようぼう》をした五十がらみの人物で、声も穏やかだった。

初めてお目にかかります、と万平は丁寧に挨拶してから、顔を挙げて言った。

「使いではございません。私一存で、お奉行さまに申し上げたいことがあって、お城に上らせて頂きました」

万平は緊張していた。声が少し顫えたが、ここで臆《おく》しては、川越までやってきた甲《か》斐《い》がない、と自分を励ました。

渥見は黙ってうなずいた。その眼に少し怪《け》訝《げん》ないろが浮かんだようだった。

「私、じつは荘内領の者でございます」

「ほう」

渥見はまたうなずいた。だが、渥見の顔には急に珍らしい人間をみるような表情が浮かび上がってきている。

「お前は、荘内の者か」

「はい。加賀屋万平と申しまして、酒造りを営んでおります」

「ほう、酒屋か。まさか荘内の酒屋が、わが藩の引越しを祝って酒を献じようというわけではあるまいな」

渥見は冗談を言い、顔を仰向けて笑った。白い歯がのぞき、気さくな人柄のようだった。万平は少し緊張が解けるのを感じた。

「いえ、じつは江戸におりますうちに、このたびの三方国替えのことをうかがいまして、もし私にお手伝い出来ることがありましたら、何なりと御用を承りたいと存じまして、参上しましたような次第でございます」

「それは奇特な申しようだの」

渥見は万平の顔をじっとみた。笑い終った眼が、少し厳しくなったようだった。渥見は手焙《てあぶ》りに眼を落として、思案するように灰を掻《か》いたが、すぐに顔を挙げた。

「お前が申すことがまことなら、願ってもない人物が現われたものじゃ」

「むろん、まことの気持を申し上げました」

「だが、手伝う以上望みがあろう。申せ」

「はい。首尾よくお役に立ちましたら、お移りになりましたあと、私どもの家に目をかけて頂きとうございます」

「なるほど」

渥見はうなずいた。

「なるほど、相わかった。それでは早速頼みごとがある」

「彼の地の人情風格、地勢、産物何でもお訊ね下さいませ。荘内藩の仕置も、解っておりますことは、お訊ねがあれば申し上げます」

「いや、そういうことならおおよそは当方でも摑んでおる」

渥見は意外なことを言った。白い歯をのぞかせて笑い、機嫌のいい表情だった。

「わが藩の荘内移封の望みは古い話でな。ざっと七、八年前から、ひそかに人を遣《つかわ》して調べてある。荘内は良い土地じゃ」

「すると、私は……」

万平は当惑したように言った。江戸で考えたことと、少し事情が違ってきた感じがした。

「ほかに、私にお手伝い出来ることがございますか」

「ある。大事なことを頼まねばならん」

「……」

「荘内が長岡へ移るのを渋っておることを聞いておるか」

「はい。少々耳に入りましてございます」

「荘内にすれば無理もないことでな。表高でざっと半分、内高ではさらに下回るという長岡に移るわけじゃからの。そこであちこち手を回して、ご命令引戻しやら添地やらを懇願しているらしい。添地は知ったことではないが、ご命令返上というのは、当藩では困るのでな。彼の藩の動きは当分眼ばなしならんのだ」

「……」

「とくに彼の地の百姓どもが、何ぞ謀りはしないかと、これは厳重に見張る必要がある」

「百姓？」

万平はそういうことを考えたことがなかったのに気づいた。心の中に荘内の野面《のづら》を思い浮かべたが、黒い野のひろがりが見えるばかりで、農民の姿は見えなかった。

「百姓が何か事を起こす、という気配がございますか」

「いやまだそういうことは聞いてはおらん。だが何か起こると厄介なことになろう。そこで当藩としても、然るべき人間を荘内に入れて、内情を探り、動きを見張らせたいわけだが、いまのところ手引きする者も、根城にする場所もない。願ってもない人物が来た、と申したのはそういう意味じゃ」

「すると、私が手引きを？」

「そう、その役目を果たせば、これは手柄になる。荘内に引越したあとは、随分と面倒をみるぞ。約束してもよろしい」

「それは出来ないことでもございません。私の家は預かり支配地の大山村にございますし、鶴ヶ岡にも近うございますので」

「それは好都合じゃ。待て、少し人を引き合わせよう」

渥見は手を叩《たた》いたが、誰も現われないので自分で立った。襖際《ふすまぎわ》で立ち止まると、万平に笑顔を向けて言った。

「町の料理屋にでも行って、飯を喰わぬか。少しくつろいで打ち合わせをしよう」

渥見が部屋を出て行ったあと、万平は膝に眼を落として、少し考え込んだ顔になった。荘内藩が必死に歎願を続けている状況が漸く摑めかけてきていた。そして領内の百姓が、騒ぐかも知れない、という。もしそういうことがあれば、預かり支配の土地とはいえ、俺は自領を売るために動くことになるのだろうかと、ふと思った。

遠州屋の二階の部屋で、心が躍るままに、眠らずに考えたこととは違う、もっと生臭い動きに引き込まれてしまった気がした。

だが顔を挙げたとき、万平の心は決まっていた。そのほかに加賀屋を再興する手段はないと思い直したのである。そして、川越城内の、この一室から、もう引き返す道がないこともわかっていた。

廊下に足音が聞こえた。今度は一人でなく、数人の足音だった。

駕籠《かご》訴《そ》

一

本間光暉が城に入ると、取次の若い藩士はすぐに本間を表の一間に案内した。そこは一昨日の十一日、藩主忠器に会った表御座所から、さほど遠くない部屋のようだった。

案内の藩士が去ると、本間は部屋に一人取り残された。唐金の火鉢に炭火が埋《い》けてあって、平べったい造りの鉄瓶が微《かす》かな音を立てている。十一月には珍らしく晴れた日で、明かり取りの丸窓が日射《ひざ》しに染まっている。

そうして一人で坐《すわ》っていると、さまざまな物音が聞こえた。遠くで誰かが人を呼んでいる声がする。そうかと思うと、大勢が廊下を渡る乱れた足音がしたり、遠い気配ながら、人を叱責《しっせき》する険しい声が洩《も》れてきたりする。一昨日登城したときよりも、城の中がしきりにざわめいている感じがした。

「高橋さま」

そう遠く呼んでいた声が、次第に近づいてきたと思うと、廊下に人が蹲《うずくま》った気配がして、不意に襖《ふすま》が開いた。

「お、これは不調法」

開けたのは二十過ぎの藩士だったが、本間が坐っているのをみると慌《あわ》てて詫《わ》びた。本間の顔を知っている表情だった。

「不調法　仕《つかまつ》りました」

藩士はもう一度言い直すと、襖を閉めて去った。本間は随時郡代役所出仕、御雇船総御用掛の役職を勤め、禄《ろく》四百石を与えられている。禄高からいえば番頭《ばんがしら》並みの上士の扱いを受けていた。

――高橋というのは、小姓頭の高橋才輔さまか。

と、本間はぼんやり思った。

その高橋にも、今度の事件で本間は会っている。高橋だけでない。家老松平甚三郎、中老松平舎人をはじめ、郡代の秋保与右衛門、服部慎蔵、阿部孫太夫、石川権兵衛らとも会い、一昨日は表御座所で忠器にお目通りして丁重な挨拶《あいさつ》を受けている。

これだけの人間に会い、その間五日も経《た》っていながら、本間家が負担すべき金額が、いまだにひとつも明確になっていないことに、本間は少し苛立《いらだ》っていた。無論本間は、会う人ごとに相手の胸の内を叩《たた》いている。だが、誰も具体的な金額に触れようとはしなかった。本間の尽力が頼みだ、と強調はするが、肝心の金額になると曖昧《あいまい》な表情になり、口はにわかに重くなる。あるいは藩主自身の口から、金額が提示されるかと思ったが、忠器との会見は、異例なほど丁寧な挨拶があっただけで終った。

ただ一度、松平甚三郎が三万両という金額を口にしたが、それも後で考えるとごく曖昧なもので、最終的に金額を提示したものでは無論なかった。

そして一昨日、本間のひそかな苛立ちを一層掻《か》き立てるようなことがあった。

一昨日、本間は、忠器に会ったあと、城を下がって三ノ丸の端《はず》れにある郡代詰所に立ち寄った。郡代詰所は、二ノ丸の濠《ほり》にかかる大手橋を渡り、濠端を右に行った角地にある。角にあるのが、藩校致道館と藩の事務を執る会所が同居している宏大《こうだい》な建物で、郡代詰所はその東隣、十日町木戸に近い場所にあった。木戸を抜けて、内川にかかる橋を渡れば、その先は十日町の町家が続いている。

詰所には、郡代の秋保も服部もいなかったが、遊佐《ゆざ》郷代官の金谷橋良蔵が、藩医の

中台元倫、遠藤修二と雑談していた。金谷橋は無論、そろそろ代官の声がかかってい
ると聞く遠藤も、詰所の顔馴染《なじみ》である。中台にも面識があった。
知っている顔の気易さで、本間は何気なく雑談に加わった。城中で忠器にお目通り
してきたことを本間がいうと、話は自然に国替えの見通しなどに移ったが、不意に遠
藤が言った言葉が、本間の胸を刺した。
「噂《うわさ》では、本間どのはつねに二、三十万両の貯《たくわ》えを用意してござるそうですな」
と遠藤は言ったのである。
「まさか」
本間は苦笑した。だが言った遠藤は無論、金谷橋も中台も笑わなかった。黙って本
間の顔をみている。本間は笑いが途中でこわばるのを感じた。彼らは本気で、自分が
それだけの金を持っていると思っているのかも知れないという気がしたのである。金
谷橋ら三人の眼の背後に、謹厳な松平甚三郎の眼、さっき会ってきた藩主忠器の眼、
そして無数の荘内藩士の眼が、笑わずにこちらをのぞき込んでいるのを本間は感じた。
不快な気がした。その不快さは、本間の一種の防衛本能から出てきたようだった。
本間はそんな金は持っていなかった。人は本間の富をいうときに、直ちに祖父光丘
の時に立上米一万六千俵と称されていた田地、当時の貸付金五万四千七百両、貸付銀

四万九千九百六十三貫を指し、また父光道が新造した、本間船と呼ぶ六隻《せき》の渡海船をいう。そして光暉が当主である今の本間の富は、さらに膨れ上がっているとみる。それを否定はしないが、周囲が指さすそれは、本間の富の土台ではあっても、現金、現銀ではない。

事件がはじまってから、本間はしきりに胸算用を繰り返しているが、いますぐに用立てられる金は、かき集めても一万から一万五千両ぐらいのものだった。それ以上の金額となれば、あとは元を取り崩すか、借金するしかない。

その日、本間は日暮れまで詰所にいて、それから宿所に帰ったが、宿に帰ってからも、遠藤の言葉から受けた不快感は続いていた。宿の食事が済むと、本間は机に向かってその日の日記を書いた。遠藤が言った言葉も、そのまま書いた。書いているうちに、遠藤が言ったことが、藩の自分に対する瀬踏みだったのかも知れないと思われてきて、本間の不快さは一そう募った。藩が居据りを画策するにしろ、あるいは諦《あきら》めて長岡に転出するにしろ、膨大な出費は免れない。それについて応分の費用を分担する覚悟は出来ている。だが、それはあくまでこちらが献じ、金策するので、藩に財産をむしり取られるいわれはない。金がいくらあろうと、余計なお世話だと思った。その憤懣《ふんまん》を本間は、二、三十万両とは「不埒《ふらち》之事」だ、と正直に日記に記した。

だが、そう書きつけても、遠藤の言葉から受けた不快さは、執拗《しつよう》に本間の内部に残った。遠藤の言葉は、もっと正体のはっきりしない毒を含んでいたような気がしたのである。筆を指にはさんだまま、本間はその夜頬杖《ほおづえ》を突いた姿勢のまま、長い間考えに耽《ふけ》ったが、それが何であるかは解《わか》らなかった。

——俺の思い過ごしではない。

いまも、松平甚三郎を待ちながら、本間は一昨日のことをぼんやり考えていた。そのため家老が遅いのは気にならなかった。

二

「やあ、お待たせした」

不意に襖が開き、快活な声がして、もの思いに耽っていた本間を驚かした。にこやかな表情で、家老の松平甚三郎が入ってきた。松平は火鉢の向う側に坐ると、

「おう、茶も出ておらんではないか。これは失礼した」

と呟《つぶや》いたが、本間をみて打ちとけた笑い声を立てた。

「なにしろ混雑しておる。今日は白木の間に組頭を集めて、加藤が説諭しているので

な。儂《わし》もちょっと顔を出したので遅くなった。こういう有様だから、客人も粗末に扱われる」

「まだ家中の方々が騒いでおられる?」

こういう話になると、四百石取りとはいうものの、本間の言い方は、やはり部外者的になり、物言いも商人風になる。

「大勢の中には元気のいいのもおるからのう」

家老は品のいい顔に苦笑を浮かべた。だが深刻な表情ではない。

「それももっともなことでな。彼ら一人びとりにとって先祖伝来の土地だ。これを一度に遠方に移れというのは土台苛酷《かこく》な話よ。これを黙って承知するようでは気味が悪いわけで、ひと悶着《もんちゃく》あるのは止《や》むを得んな」

「藩全体としても、事情は同じわけでしょうが、いかがですか、その後の様子は」

と本間は訊《たず》ねた。

「江戸から大山が来たので、昨日は彼を囲んで主だった連中が話を聞いた。状況はまあまあといったところかな」

「まあまあとおっしゃいますと」

「外に洩らしてもらっては困るが……」

と言って松平は、一瞬鋭い眼で本間を見据えるようにした。

「つまり添地の望みが出てきたということだ」

「添地ですか」

本間も松平をじっとみた。

「すると藩では、もはや長岡行きをお覚悟で？」

「いや、そう決まったわけではない。ほかにも手は打っておる」

松平は急に曖昧な表情になって、「どれ、茶をひとつもらおうではないか」と言った。松平は手を叩いたが、返事がないので立って襖を開くと、

「誰か、おらんか」

と呼んだ。遠くで返事がして、いそいでやってくる足音が廊下にした。

松平が茶の支度を命じている間、本間は開け放した襖の間から見える庭を眺めた。葉が落ちて幾度か霜に晒《さら》され、骨のように白っぽい枝をひろげている庭木、築山《つきやま》の下の石燈籠《いしどうろう》、青空を映している浅い池が見えた。そろそろ七ツ近いと思われる時刻の日射しが、無気味なほど静かに庭を照らしている。

「そういうわけで、この間から話してあるように金がいる」

襖を閉めて席に戻ると松平は言った。

「漸《ようや》く費用の見積りも出来たので、今日はとくと談合したいと思っての。来てもらった」

「私も……」

本間は顔を挙げた。微かな緊張が胸に生まれた。

「今日はそのつもりで伺いました」

「で、どのぐらいなら調達出来ると考えておるな？」

探るように松平が言った。本間は微笑した。僅《わず》かに緊張をともなうこういう駆け引きは、嫌いではない。それに松平の物言いの柔らかさが、さっき一人で考えていたときの重苦しい気分を解きほぐしている。

「私は金貸しでございます。お入用の金額をうかがって、お貸しできるかどうかを判断いたしますので、先《ま》ずそちらさまの手の内をお聞かせ頂けませんか」

「それはそうだの」

松平はうなずいた。

「それでは申そうか」

そう言ったとき、藩士がお茶を運んできた。武骨な手つきで、若い藩士がお茶を支度する間、二人は黙ってその手もとを見つめ、藩士が去ると同時に茶碗《ちゃわん》を取り上げた。

熱い茶がうまかった。本間は黙って茶を啜《すす》りながら、耳を澄まして家老の言葉を待った。

「八万両じゃな」

不意に茶碗を置いて、松平が言った。本間は口に運びかけた茶碗を止め、のろのろと膝《ひざ》の上に戻した。松平の眼は、ひたと本間の顔に据えられている。さっきまでの柔らかい表情は、掃いて捨てたように顔面から消えている。

本間も見返した。心の中に、郡代詰所で遠藤に二、三十万両の貯え云々《うんぬん》と言われたときと似た強い不快感が動いた。それはやはり本能的な警戒心と繋《つな》がっている。

「それはちと……」

「多いか。しかしそれだけの金はぜひとも要る。都合してもらいたい」

「それでは、私の方の手の内を申し上げましょう」

本間は茶碗を下におろした。

「先だって三千両を持参致しました。あの金は当座の費用に献じてもよろしいつもりでおります。しかし無論それで済むとは考えておりません。ご命令があれば、私に出来る限りの金は調達してさしあげたいと、そのように思ってはおりますが、しかし私も手もとにそれほど金を持っているわけではありません。全部さし出せと申されましても、一万両から先に献じました三千両を含めて一万五千両。先ずこれがぎりぎりでございます」

「先日とは、ちと話が違うようだの」

松平は唇に微笑を浮かべた。だがその笑いは冷ややかに本間を突き放している。

「ざっと三万両もいるかと儂が申したとき、そなたは命令とあれば、三万といわず五万両でも工面すると申したが……」

「確かに申しました。しかしその仰《おお》せがありました節は諸国に借金せねばなるまいという考えでございました」

「では、その借金をやってもらおうか」

「それでは私も申し上げますが、その節、元は取らせて頂きたいと申しました。またお家を生かす方向にお使い頂くのでなければとも、申し上げた筈《はず》でございます。ご家老にうかがいますが、その保証はございますか」

「借金はいやか」

「無論、正直に申しまして私に利のあることではございません。また果して金を貸してくれる者があるかどうか。それにしても、八万という大金はまず覚束《おぼつか》のうございますな。私は、多くても、三、四万と思っておりました」

「それはちと、見当が甘かったようだの」

松平は無表情に言った。

「しかし、出来んことはあるまい。さきほど一万五千両という金額が出たが、それは本間本家だけなら、あるいはさもあろうが、一族分家がある。さらにわが藩はこの際措《お》くとして、松山、羽後本荘、矢島の各藩に対する貸付金、また城下町方に対しても貸付金がある筈だ。これらをここで取り立てれば、諸国に求める借金は、よほど少なくなりはしないか」

凝然と本間は明かり取りの窓に映る日影をみつめた。日の色はいつの間にか、か細く薄れている。本間は胸が凍るのを感じていた。

――根こそぎ、財産を取り上げるつもりだ。

と本間は思った。

すると突然自分が置かれている立場が、一条の光に照らし出されたようにはっきりと見えてきた。

本間はこれまで、藩はもとより、荘内藩家中の間にも手びろく金を貸しつけている。ふだん郡代役所出仕という形で、時どき鶴ヶ岡に来てにこにこ笑っているだけだが、いざとなればうむを言わせない、というほどの気持が、本間の腹の底にあった。本間家の財力は、網の目のように荘内藩の中に浸透し、無形の強靱《きょうじん》な力で藩を縛りあげている。四百石という封禄も、騎馬席寄合という身分も、本間は利息の一部として鷹揚《おうよう》に受けてきている。事実そのとおりで、藩と本間の呼吸はぴったり合ってこれまできている。

だが、国替え一件が表面化してから、この関係は微妙に変ったのだと、本間はいま、ここ数日の奇妙な苛立ち、不快感を顧みている。驚くほど鮮明に、それがよく見えた。今度の一件で、これまで本間の財力に骨がらみになっていた藩と藩士は、いわば公《おおや》けの命令を盾に本間の緊縛から遁《のが》れ得る機会に恵まれたのであった。藩も家中藩士も、いざとなればいつでも本間の手から逃げ出せる。無論債務は残るが、無い袖《そで》は振れぬと居直ることも出来る。その大義名分を、彼らは手に入れていた。

優位は、ここ僅か五日ほどの間に静かに逆転して、本間はいま逃げる彼らに追い縋《すが》る立場に変っている。すでに藩財政の担《にな》い手でもなく、家中藩士の、金持ちで鷹揚な仲間ですらない一介の金融家。巨大ではあるが、それだけの一人の町人の立場に、本間は還元されたようだった。

遠藤の言葉が含んでいた毒も、いまは理解出来る。天明の頃、藩士白井惣六郎重固《しげもと》は、本間の祖父光丘を、「四郎三郎輩財利かしこき者なれば油断ならぬ也」と批判したが、そうした町人蔑視《べっし》の気分は、藩内に隠された底流れとしてある。藩と本間、家中と本間の間に生じた亀裂《きれつ》の間から、不意にそれが顔をのぞかせ、遠藤の言葉になったとも言えた。

そして家老松平甚三郎も、いま本間にもとめているのは、永続する藩財政の担い手との繋がりではなく、一人の巨大な町人が持つ財力にすぎないのだ、と本間は思った。それどころか藩は、本間の財力をここまでのものにした、藩の貸し分を一挙に取り立てようとしている。

「どうした？　そう考えれば、あながち難しい金額でもあるまい」

「それにしても、八万両というのはご無理でございます」

「そなたの申すことだけではわからんな」

松平は突き放した言い方をした。

「どうしても無理と申すなら、諸方への貸付け額、現金、本間家の財産、宝物の目録を持参してもらうしかない。無理かどうか、当方で判断しよう」

「厳しい仰せでございますな」

本間は青白い顔に、歪《ゆが》んだ笑いを浮かべた。

「しかし、いずれにしろ八万という金は、どうやっても出てくるわけはございません」

「いくらなら調達出来る？　一万五千両ということではなく、別の返事を聞かせてもらおうかの」

「諸国に借金しても、考えられるのは五万両どまりでしょうか」

「それでは、こう致そう」

松平は不意ににこにこ笑った。

「先だっての三千両を加えて七万三千両。つまり七万両の金策でいいわけだ。これなら出来よう」

「一存ではご返事出来かねます。思いもよらぬ大金のことでございますから、お引き受けするとなれば、当然一族を挙げて必死に金策せねばなりません。明日にも酒田に帰り、早速相談の上、出来るかどうかご返事を申し上げます」

「それはもっともだの」

松平は不意にあっさり言った。

「十分に相談してくれ。七万両という金額は、藩としても譲れぬ金額だとそなたからも申し含めてな」

「松平さま」

本間は懐紙を出して汗を拭《ぬぐ》った。額も首筋も、じっとりと冷や汗が滲《にじ》んでいた。

「それにしても、一族の者に言い聞かせるのに、宗家である私に確信がなくては、十分な説得も出来かねます」

「……………」

「捨て金にならないという保証はございますか。僭越《せんえつ》でございますが、その金がどう使われようとしているか、差支えのないほどにお聞かせは願えませんか」

「ふむ」

松平は腕を組んで眼をつぶったが、やがて眼を開くとあっさりした口調で言った。

「それはさっき申した筈だぞ。添地を歎願《たんがん》しておるので、あちこちに金を使わねばならんのだ」

「それだけでございますか」

本間は喰い下がった。

「台命撤回の歎願ということは、もはや望みございませんか」

「金を出すそなたとしては、それが一番望ましいことだろうの」

松平は苦笑した。

「しかし一たん将軍家の名で下した命令を、取り止めに持って行くというのは、先ず至難の業じゃな。万にひとつといったものだろう」

「……」

「だが今度のご命令は、先方にも落度がある。当藩としては、あくまでもそこを衝《つ》いて懸け合わねばならん。言えば武門の意地じゃな。納得し難いままに、むざと畏《かしこま》るわけにはいかぬ」

　松平の眼が、鋭く本間をみた。

「他言はするな。洩れては家中が騒がしくなる」

「一切他には洩らしませぬ」

「じつはご命令お引き戻しも、手を回して願っておる。万にひとつと申したが、それでも望みがある間は、あらゆる手を打って行くつもりだ。金は、惜しむな」

三

　馬町村の本間辰之助の家に、西郷組内の村々の肝煎《きもいり》、長人《おとな》二十名が集まったのは、十一月十八日であった。大庄屋から廻って来た公用について、相談、打ち合わせが済むと、辰之助が家の者に改めて茶の支度を命じ、部屋の中はくつろいだ空気になった。

「さーて、これから帰ると、とっぷり夜中えなるのう」

黒森村の長人仁助が、隣に坐っている長崎村の肝煎兵四郎に言った。時刻は七ツ（午後四時）近いと見えて、辰之助の家の座敷の障子は薄暗くなっている。

兵四郎は喫《す》っていた煙管《きせる》を口から離して、仁助をみた。

「あんだのところは遠ぐでのう。ごくろうだで」

黒森村は、馬町村から道のりで長崎村までの倍はある。外で風の音がしていて、夜道の寒さが思いやられた。

「ま、途中まで一緒え帰《けえ》るが」

兵四郎は血色のいい赤ら顔に、微笑を浮かべた。

「少《ちこ》し酒でも入っていれば、夜道も何てごどはねども、茶腹では今夜《こんにゃ》は寒がろの」

兵四郎は、若い頃鶴ヶ岡七日町の女郎屋に通った話を始めた。

「少《ちこ》しぐれえ雪空だって、どうってごとなかったの。二、三人で行き帰りわっちわっちと走ってのう。今《えま》はとてもそげだ元気はねえども」

「皆さん方」

突然辰之助が大きな声で言った。

「お疲れのどこ、申しわげねども、少《ちこ》し相談してえことがありますので、もうしばらぐおつき合い願います」
それまでがやがや雑談していた人びとは、辰之助の改まった様子に、驚いたように
ひっそりと鳴りを静めた。
「ほがでもねども……」
辰之助は国替えの話を持ち出した。とくに鶴ヶ岡で聞いた話では、酒井家の代りに
くる川越の松平という殿さまは、元来が裕福な家でなく、これまでも百姓に対して厳
しかったらしい。そういう殿さまが移ってくるとなれば、その後の年貢《ねんぐ》の取立ては、
酒井家とは比べものにならないほど厳しくなるはずだと話した。
「ま、我われとしては、お上のなさること、ことにご命令が江戸の将軍さまから出だ
となれば、どうそようもこうそようもねえようなわげだども、しかしみすみす苦しく
なるのが解っているもんださげ、何かここで我われで出来るごとはねえもんだがど、
ま、思うわげでがんす」
皆はしんとして辰之助の顔をみている。その人数の中には、馬町村の肝煎の長右衛
門と清兵衛もいた。
「たどえば、こうです」
辰之助は、そろそろ年貢の取立てが始まるが、今年は米一粒残さないほど、厳しい

取立てが行なわれるだろうこと、また入部してくる松平は、転封費用だけでも、一万両から二万両という借金を背負って移ってくるわけだから、来年の年貢はこれまでにない手厳しい割当てが予想される。それに、まだ表面に出てきていないが、酒田の本間を初め、村方に金穀を貸しつけている分限者は、こういう状況をみて慌てて貸しを取り立てることが考えられる。

「ひとつもええごどはねえわけです。まず、この国替えで、飯喰《ままか》えなぐなる百姓がどっさり出はるど。この先何年だか知らねども、そういうごどが続ぐど、私はみているわげですのう」

「辰之助ど」

隅の方にいた辻興屋《つじこうや》村の長人太郎左衛門が手を挙げた。部屋の中はすっかり薄暗くなって、太郎左衛門の顔もぼんやり見わけがつくだけだった。

「そういえばこのじょ（この間）、妙なごど聞いだちゃ」

「どげだごどだろ？」

「俺方《おらほ》の村の嘉右衛門では、ほれ、加茂の秋野はんから金借りていだなだども、時期でもねえなに、秋野はんの手代という人が来ての。金返してくれって、まんずやかましい催促で、ひんで目あったたって言ったけのう」

座敷の中は、急に騒然とした。秋野というのは、隣村加茂組の大地主である。辰之助が言った分限者の貸付け取立ては、もうはじまっているようだった。辰之助は座敷に行燈を運ばせ、また新しく茶を換えさせた。人びとは帰るのを忘れたように、思い思いに高声で話をしている。ひとしきり莨《たばこ》の煙が立ちのぼって、行燈の光を曇らせた。

「さて、皆さん方」

辰之助は手を挙げて言った。

「そういうわげで、黙って見でいれば、飯喰《ままか》えなぐで、外《ほが》さ逃げだり、子供を売ったり、そえでもまにやわなぐ（間に合わなく）で、餓え死《じに》する人が必ず出はる。この見方は間違っていねど思うども、ンだばどうしぇばええか。なにかええ考えあれば、聞がしぇでもらいでと思ってのう」

「どうしぇばええたって、なにするろお上の言いつけではのう」

と一人が言った。

「まさが、殿さまさ、外《ほが》さ行《え》がねでくれても言えねしのう」

「袖さ、しがみついでが？」

二、三人が笑った。そう言ったのが体格のいい長崎村の兵四郎だったからである。

「兵四郎どがらたもつがえでは、殿さまも重《おぼ》だぐで困んだろのう」

「多右衛門《たえん》どだば、どうだてごどもねえだろども」

林崎村の長人《おとな》多右衛門は小男である。笑いの輪がまた少しひろがった。百姓たちは、この種の諧謔《おどけ》を好み、また巧みでもあった。

「やや（いやいや）、笑いごどでなぐで……」

馬町村の清兵衛が言った。

「殿さまお引き止めていうごどは、あっちこっちであるごどらしいのう」

「やっぱし袖さ、たもつだが？」

真顔で訊ねた者がいたので、またその周囲の者がくすくす笑った。

「やや、そうではなぐで、行《え》がえでは困るさげ、それはやめでくれど、江戸さ訴《うって》だわけだの」

「江戸さ？　将軍さまさが？」

一人が訊ねたあと、座敷の中は急にしんとなった。人びとは、突然に予想もしなかったものの姿を、ちらと見たようだった。

「実は……」

辰之助の声が、その静寂を破ってひびいた。

「組の衆《しょ》さ、相談というのは、そのごどだども。行《え》がえでは困るていっても、俺方《おらほ》の殿さまさなんぼ願っても、これはその、無理だわげだ。殿さまは、なにすろ江戸の将軍家から使わえでいる人ださげ、向うの命令だば、やっぱり長岡さ行がねまねでだの。手向《てむげ》えは出来ね立場さある」

「……」

「ンださげ、どうしても引き止めでえとなれば、我われが江戸さ行《え》って、訴《うって》るわけだの。将軍家さ訴《うって》るなだがって、さっけだ（さっき）久太郎どか誰が言ったども、命令は将軍家の名前《なめ》できたども、実際に決めだのはご老中ていう役人方ださげ……、ちょっと待ってくだんしょ」

辰之助は、そばに置いてある書類の重なりの中から、一枚の半紙を探し出して読み上げた。

「井伊掃部頭さま、これは彦根の殿さまだの。この方が大老で、一番偉《えら》ぐで、それがら老中が水野越前守さま、これは浜松の殿さま、それがら、太田備後守さま、脇坂中務さま、太田さまは掛川、脇坂さまは、ええーと、播州竜野の殿さまですのう。それがら下総古河の殿さま土井大炊頭さま、と。俺方《おらほ》の殿さまを長岡に移すと決めだなは、この人方《ひとがた》だの」

「……」

「ンださげ、江戸さ訴《うっ》えで出はるというなは、この人方さ、願書上げるわげでがんす」

「……」

「どげだもんだろ? 我われで、ひとつ江戸さ訴《うっ》えさ行《え》ぐていうなは、無理だがのう。誰のためでもね、我われのためであるわけだどもの」

「それは、ええ考えだども、誰が行ぐや」

「行がえる人は、みんな行ぐわけだの。皆さん方の腹が決まれば、村の衆《しょ》さ話して、誰が行ぐが決めてもらい、その、路銀やだかしは、皆で出すど。そういうふうに持って行きでわげだどものう」

人びとは互いに顔を見合わせたが、誰も進んで発言する者はいなかった。重苦しい空気が座敷の中に淀《よど》んだ。

「ンだども」

一人が言った。

「百姓がお上さ訴《うっ》るていうなは、罪になるわげだろの?」

「ンだ」

と辰之助は言った。

「はっきり言って置ぎますども、江戸さ駕籠訴すっど、それは越訴《おっそ》ていって、重い罪になるわけですの。先ず牢屋《ろうや》さは間違《まぢげ》ねぐ入《え》らえるだろし、その後のお裁ぎ次第では死罪も覚悟さねまねわけでがんす」

水を打ったように、座敷の中は静かになった。

辰之助の太い声だけがひびいた。

「怖《おっか》ね話です。私《わだし》も怖ね。ンだども黙っていれば、さっけだ話したようだわけで、荘内の百姓が潰《つぶ》れでしまう。何人、何十人、下手すっど何百人の百姓が、腹へって死ぬなは、目《めえ》さ見えでいるわげださげのう」

「殿さまは、どげだ気持だろのう、辰之助ど」

と一人が言った。

「殿さまがらひと声指図でもあれば、そりゃ何万ていう人が動《よご》ぐがも知《し》ねども」

「金も相当入用《よ》だろしのう。少《ちこ》し無理でねがのう」

「ンだば聞ぎますども……」

辰之助は声を励ました。

「あんだ方は、荘内《しょうねえ》が、我われの村が、まだ我われの家《え》が、どげなってもええてう考《かん》げですがの？」

「そん時《どぎ》はそん時《どぎ》で、何とかなんなでねがのう。やっぱし命はいだましい（惜しい）し」

「待で、待で」

長崎村の兵四郎が言った。

「もしもだ、そん時《どぎ》になって、なんともならながったらどうする？　あん時《どぎ》、思い切って訴《うつ》えればよがったと思っても、後の祭だぜ。頭の上さは、ほれ、川越がら来る松平てう殿さまが、デーンと構《かめ》でな。稼げ、稼げて言うわげよ。さっきがらずっと考えでいだわげだども、これは辰之助どが言うとおり、大変だごどになると思うのう」

「俺《おら》もそう思う」

馬町村の長右衛門が、ゆっくりした口調で言った。

「こごさ集《あづ》ばっている衆《しょ》は、一応の地所持ちで、腹へって死ぬなんてごとは、俺《おら》さ係わりねと思っているがと思うども、果《はだ》してそうだろが？　持っている者は持っているように、沢山《えっぺ》絞らえるていうごともあるさげのう。とにかく今《えま》までみでえなわげには行がねど思うども」

「……」

「俺は越訴さ、加担《かだ》る」

長右衛門はきっぱり言った。すると馬町村の清兵衛と、長崎村の兵四郎も「加担《かだ》る」と言った。

「俺も入《え》でもらうがの」

と、辻興屋村の肝煎甚之助が言った。だが、座の空気が動いたのは、そこまでだった。その後にきた沈黙は、さっきより重苦しくなった。明らかに青ざめた顔を俯《うつむ》けている者もいる。

「大よそ、皆さん方の考えはわがりました」

と辰之助は言った。

「訴《うって》だほうええという人もあり、怖《おっか》ないという人もいるわげですども、この訴えは、実《じつ》は差し迫っているわげです。殿さまが長岡さ行《え》ってがらでは遅い。一日も早く、我われの意志のあるどごろを、江戸のご老中方さ知ってもらわねまねわげで」

「……………」

「そごで、今夜《こんにゃ》加担るといった人も、も少《ちこ》し考えでという人も、今夜帰ったら、明日にでも早速村の衆を集べで、江戸行きのごどを話し、一応は人数を募ってもらいでえと思います。言うまでもなく、一間さ呼び集べで、集ばった人間のほがは、親兄弟にも洩れぬように、内密に願います。そえで、人が集ばれば、すぐ江戸さ発《た》つど。また、年貢取立ての仕事がありますさげ、このだびの一番登りには、今日お集りの肝煎、長人《おとな》の方々は入らねように。村々の長役《おさやく》が突然抜げでは、藩の方から怪しまえて、引きとめらえでは大変ですさげ」

辰之助の言葉に、二、三人が顔を挙げた。その顔に、明からさまに安堵《あんど》の表情が浮かび出ているのを辰之助はみた。やはり彼らは越訴によって科されるだろう刑罰を恐れているのであった。

辰之助の胸に、一瞬憤《いきどお》りが走った。

——身代りを立てるのは、出来るというわけか。

だが、その感情を押し殺して、辰之助は言った。

「明後日には、江戸行きの人数を、まとめて頂ぎます。そして二十二日には出国、という段取りに願いたい。なにすろ急がねばならねもんでの」

四

京田通西郷組黒森村の山王様で、村の寄合いが開かれていた。十九日の夜である。

「では、仁助はんから話を出してもらうが」

と、肝煎の九郎右衛門が言った。九郎右衛門は寒がりで、厚く着膨れていた。九郎右衛門だけでなく、集まった者は皆寒そうに肩をまるめている。

神社の外には木枯しが吹き荒れていて、境内の欅《けやき》が潮騒《しおさい》のような音を立てている。風は社の板壁の隙間《すきま》から、容赦なく中に入ってきた。莚敷《むしろじき》の上に、ぎっしり詰め合った人びとは、ともすれば風の音に消されそうになる仁助の話声に、じっと耳を傾けた。

「そういうわげで、村々がら、江戸さ行ぐ人間を出すごどえなったもんでの。ご苦労だども黒森の名代で、ンだば俺が行ぐて言ってくれる人がいれば、名乗り出てもらいでわげだども」

仁助は喋《しゃべ》り終ると、懐《ふところ》から手拭いを出して顔の汗を拭《ふ》いた。仁助は村で長人《おとな》を勤めているが、こんなに長い話をしたのは初めてだった。長いだけでなく、中味の難しい話だった。

「権太郎《ごんたろ》ど」

仁助は、言い落としたことがあるのに気づいて、隣に坐っているやはり長人役の権太郎にそっと囁《ささや》いた。

「江戸さ訴《うって》さ行ぐど、牢屋さ入《え》らえるがも知《し》ねていうごとを話さねまねがのう」

「そげだごとは、村の衆《しょ》もおぼえていんなでねが」

権太郎は突き放すように言った。権太郎は、仁助の話しぶりが廻りくどく、無駄に長いのに少し腹立たしさを感じていた。仁助はいったいに口下手で、寄合いの席で仁助が話し出すと、いかにも無駄な時を喰っている気がするのであった。話を聞いている間、権太郎はひどく寒かったのである。

「ンだども、ひょっとせばこえだろ」

仁助は片掌《かたて》で首を斬《き》る真似《まね》をした。

「後で、嘘《うそ》こいで（嘘ついて）江戸さやったなんて言わえだぐねさげのう」

「ンだども、今《えま》そげだ話したら、行《え》く人誰もいなぐなろちゃ」

権太郎は、仁助が掌で首を斬る真似をしたのを、軽率だと思っていた。皆がおし黙ってこちらを見ているのに、どういうつもりだ、と思った。

だが仁助は、自分の役目がまだ全部終っていない感じがして落ちつかなかった。

「ちょっと言い残しましたども」

仁助は、権太郎の咎《とが》めるような視線を無視して言った。

「村の衆もご承知がと思いますが、百姓が塊まって、お上さ訴るというのは、罪になるわげですのう。ンださげ、今度江戸さ行《え》ぐについでも、その覚悟で行《え》ってもらわねまねさげ、そごをひとつご承知で、われと思わんひとは名乗り出てもらいでど、思うわげです」

言って仁助はほっとし、また額の汗を拭いた。仁助の声が終ると、村人の間にざわめきが起きた。彼らはすばやく私語を交わし合ったが、どんな罪になるのかを問う人間もなく、ざわめきはすぐに鎮《しず》まった。

「仁助どが言ったとおりで……」

肝煎の九郎右衛門が、空咳《からせき》をひとつしてから言った。

「牢屋さ入《え》らえるのを覚悟で行ってもらうわげで、まったぐご苦労さんでがんす。しかし仁助どの話にあったように、黙って見過していれば、殿さまが変って、変るど、ま、我われ一同大変なごどえなるど、やがては村の中から飯喰《ままか》えなぐなる人が出はるだろうと、これは火をみるよりも明《あ》ぎらかなわげですのう。そごで、江戸さ行ってくれる人は、村の難儀を、ひとつ未然に防ぐという義侠心《ぎきょうしん》をふるい起こして、行ってもらいでわげでがんす」

九郎右衛門は、今度は空咳でない、本物の咳を二、三度し、襟巻きを指で掻き集めた。

「実はこの間……」

村の清右衛門が鶴ヶ岡に行ったとき、転封の話を聞いてきた。清右衛門にその話を聞いた権太郎、助右衛門、久右衛門ら長人《おとな》が集まって、黒森は巳年の凶作以来、他村にくらべとりわけ藩からの拝借物が多かったにもかかわらず、快く救って頂いた。その上九年には拝借米金を残らず切捨ててくれた。こういう殿さまが外にあろうとも思われないから、他村にはかかわりなしに黒森村一村、残らず殿さまのお供をして長岡に行こうかという話があったほどだ、と九郎右衛門は言った。

「長岡さお供しましょうというほどの村がら、今度の江戸行きに一人も出ながったとあっては、村の恥でもあるわげださげ、誰が、ンだば俺がと、言ってもらいでのう」

だが人びとは下を向いて、おし黙っているだけだった。肝煎と長人たちは顔を見合わせた。

「どうだ、誰もいねが……」

九郎右衛門がもう一度催促したとき、大勢の中から彦右衛門がひょいと顔を挙げた。

「彦右衛門《ひこえむ》、お前《めえ》行ぐが」

「う、う」

と言って彦右衛門は人を掻きわけて前に出てきた。

「俺で良《え》ば、行《え》ってくる」

前に上納納めらえなぐで、もう少《ちこ》しで家屋敷を取らえでも仕方のねえどごろ、お上から助けらえだごどがある、と彦右衛門は、ぼそぼそとした声で九郎右衛門に言った。

「ンだが、お前《め》行ってけるが」

九郎右衛門は嬉《うれ》しそうに言った。

「さて、ンだば何はともあれ、一杯《ぺえ》やっが」

九郎右衛門が長人の助右衛門に合図すると、助右衛門は上段の御簾《のれん》を捲《めく》って、そこに用意して置いた酒と盃《さかずき》を持ち出してきた。彦右衛門が名乗り出たときには、茫然《ぼうぜん》としていた村人が、酒の香を嗅《か》ぐと、急にざわめいた。

「さ、みんなこっちゃ寄ってくれ」

長人の権太郎は、村人を手で招くと、彦右衛門を上座に坐《すわ》らせた。

「彦右衛門《ひこえむ》はここだ。今夜《こんにゃ》は村一番の席さ坐ってもらわねまね」

社の中はじきに騒然となり、立て並べた百匁蠟燭《ひゃくめろうそく》の下で、酔った高声や笑い声が飛び交った。その笑い声の中には、難をのがれた喜びもまじっていた筈だが、誰も口に出してはそれに触れなかった。

「何にも心配すっごどはねえぞ、彦右衛門」

と九郎右衛門は言った。

「もしもの話だども、江戸でお仕置になるようなごとがあれば、村でちゃんと法事してやっぞ。石碑もちゃんと立ててやる。こーんな大きいのをな」

「有難えごどだ」

彦右衛門は盃を呷《あお》った。伸びた無精髭《ひげ》に酒がこぼれて、火に光った。

「俺《おら》ほんとに、殿さまどご有難えど思っている。あげだ、ええ殿さまはどごさ行ったっていねぞ」

「ンだ。後のごどは心配さねで、行ってこい。万一のごどがあれば、後あとのごどは全部村で面倒見っさげの」

社の中の酒宴の賑《にぎ》わいは、夜空を走る木枯の音を圧倒していつまでも続いた。彦右衛門は、村人が次々に指す盃をひとつも遠慮せずに受けながら、

「俺《おら》ほんとに、今《えま》の殿さまほどええひとはいねと思うのう」

と言った。その声は酔いのために次第に高調子になり、同じ言葉の繰り返しになって行くのだった。

二十二日の早朝。彦右衛門は黒森村を発って、辻興屋村に向かった。そこで西郷組各村から江戸に行く者と落ち合うことになっている。

肝煎の九郎右衛門以下、長人、五人組頭、家族、親戚《しんせき》、近隣の者が、彦右衛門を村

の鎮守堂前まで見送った。そこで肝煎、長人、五人組頭など十九人から、金二朱ずつ予備の路銀として立て替えて持たせ、また親戚、友達などが草鞋《わらじ》、薬を贈って、堂前で軽く盃を回して酒を汲《く》みかわした。やがて彦右衛門は礼を言って、見送りの人びとに別れを告げたが、別れを惜しんで村端《はず》れ、あるいは遠く広岡新田あたりまで見送った者もいた。

寒い朝だったが、野にはうっすらと日が射《さ》しはじめていた。彦右衛門の頑丈な後姿は、みるみる見送り人の眼から遠ざかった。

五

宮野浦村の佐助が、五ツ（午前八時）ごろに到着したのが最後で、人数はそれで揃《そろ》った。挨拶《あいさつ》を済ませると、佐助は曲がった腰をさらに折り曲げるようにして、すでに到着して座敷の隅に塊っている人びとの中に割りこみ、坐った。

その佐助の姿が、村々から届けが出ている江戸登り十二名の名簿を、一分の空白もなくピタリと埋めたように辰之助は感じた。

「これで、全部でがんすのう」

と言って、西郷組書役本間辰之助は帖面《ちょうめん》を閉じ、同じように床の間の前に坐ってい る長右衛門と甚之助の顔をみた。辰之助と馬町村の肝煎長右衛門は、朝早く村を出て、江戸登りの集合場所と決めた、ここ辻興屋村の肝煎甚之助の家にきて、人数が揃うのを待っていたのである。

「ンだば、皆さんさ、もう一杯お茶あげるがのう」

甚之助はそう言って家の者を呼んだ。甚之助の女房と女中が、いそがしく座敷を出入りしてお茶を換えた。最後に女房が座敷を出るとき、甚之助は、これから大事な話が始まるから、座敷には誰も入れないように、と言った。

「それでは皆さん。もう少しこっち《ちこ》ゃ寄ってくだへちゃ」

と甚之助が言った。

すると、それまで茶を啜りながら、低い声で私語を交わしていた男たちが、ざわざわと畳を鳴らして前に出てきた。座敷の真中に出ている大きな箱火鉢を、みんなで取り囲むような形になった。座敷の中は静かになり、火鉢にかけてある鉄瓶の鳴る音だけが、急に耳についた。

雪囲いをめぐらしているために、家の中はいくらか薄暗い。辰之助は眼の前に膝をそろえて畏っている男たちを眺めた。冬も日焼けのさめることがない黒い顔をした男たちは、黙々と辰之助たち三人を見つめている。

菱津《ひしづ》村からは九兵衛と甚太郎の二人、林崎村から彦右衛門と伝兵衛の二人、他は村から一人ずつで、中野京田《なかのきょうでん》村の権太郎、宮野浦村の佐助、辻興屋村の嘉右衛門、西茅《にしち》原《わら》村の太郎吉、下興屋村の重治郎、黒森村の彦右衛門、馬町村の伊助、長崎村の仁兵衛の計十二名だった。

中野京田の権太郎と長崎村の仁兵衛は、まだ若者といってよい年頃にみえるが、ほかはいずれも一家の大黒柱といった感じの中年の男たちだった。宮野浦の佐助と、辻興屋の嘉右衛門はかなりの年輩である。二人とも髪は真白で、とくに佐助は年寄にみえた。嘉右衛門は髪が白いだけで、しっかりした身体《からだ》つきをしているが、佐助は少し腰が曲がり、痩《や》せている。佐助は宮野浦で書役をしている老人だった。

宮野浦は、最上川の河口をへだてて、酒田を望む海辺にある。半農半漁の村で、西郷組の中では最北端に位置していた。そこから辻興屋まで来ただけで、佐助の顔にははやくも疲労のいろが滲んでいるようだった。

男たちを眺めているうちに、辰之助の胸に、ある惨《いた》ましさがこみあげてきていた。この男たちに、幕府はどのような刑罰を用意しているだろうかと、改めて思ったのである。男たちはそれを承知で集まってきている筈だった。だがこうしてひとりびとりの顔をみていると、馬町村の自分の家で、長右衛門、清兵衛と密談したときには感じなかった不安が心の中に騒ぐようだった。将軍家が決めたことに、百姓が不服を申し立てるなどということは、土台無理なことなのではなかろうか。百姓は、ただ命令に畏り、どのようなことがあろうと、じっと我慢するしかないのではないか。

――いままで、我われの先祖はそうして生きのびてきた。辛《つら》いからと反抗したものは、罰され、滅びた。

だが辰之助は、その不安を押し殺した。すでに賽《さい》を投げてしまったのだ。ここから引き返す道はない。それに老中に上げる願書は、ひたすら殿さまの徳をたたえ、仁慈の殿さまに去られる百姓の困惑と悲嘆を記している。少なくとも建前は不服ではなく歎願である。

「ごくろうさまでがんすのう、皆さん」

辰之助は改めて、越訴しなければならない事情を嚙《か》んで含めるように話した。訴えは我われのためでもあるが、むろん殿さまのお為《ため》でもある。荘内二郡の百姓の生死は、いまここにいる十二名の訴えの成否にかかっている、と少し誇張を加えて激励した。

「羽織を持ってござったひともいるようですが、じょなめる（飾る）必要はまったくありません。百姓の恰好《かっこう》のまんまで、上さ着るものは蓑《みの》と笠《かさ》。今荘内《えま》がら百姓が来たど、という恰好で行《え》ってもらいでと思います」

「ンだども、そえでは少《ちこ》ししょす（恥ずかしい）ようだ気もすんどものう」

と中野京田の権太郎が言った。権太郎は人数の中で長崎村の仁兵衛と並んで、一番若かった。

「若えひとはしょすがも知ねども、そういう恰好で行《え》けば、江戸さ着いだどぎ否応《いやおう》なしに目立つわけでがんす。そごがつけ目で、荘内がら、百姓が何しさ来たなだろ、と思わせせで置けば、訴えだあど評判がぱっとひろがるわけですのう」

「……」

「つまり、我われは、江戸の人方《がた》がら、同情され、味方になってもらわねばならねえわけで、羽織、袴《はかま》の役持ちの百姓でなく、ただの百姓が、やむにやまれず殿さま引きとめを訴えさ来たというどごろをみて頂ぐわげでがんす」

「わがりました」

「黒森の彦右衛門《ひこえもん》どは、大した髭面《ひげづら》だようだども」

辰之助が不意にそう言ったので、皆が一斉に彦右衛門をみた。彦右衛門は困ったようにうつむくと、大きな手で顎《あご》の無精髭を撫《な》でた。遠慮がちな、低い笑い声が起こった。

「これもまだ、結構だど思います。お上さ訴えたい一心で、荘内の百姓が取るものもとりあえずやってきたど、それを江戸の衆《しょ》がらわがってもらえばええわげです」

辰之助は、なお細ごまと道中の注意、宿についてから駕籠訴《かごそ》までの心得を述べ、それでは持って行く歎願書を読み上げましょうと言った。願書は辰之助が練りあげたものので次のようになっていた。

恐れながら荘内二郡之百姓ども一統
御歎《なげ》き中上げ候《そうろう》書付之事

酒井左衛門尉様今度御所替仰《おお》せつけられ候御事、お達し御座候ところ、田川、飽海郡百姓ども、老若《ろうにゃく》男女どもまで、皆みな歎きなきしずみ居《お》り申候。二百年以前より御住居の殿様にて、御代々様より御厚恩に預かり、昔より凶作年は申すにおよばず、八年前巳年は、前代聞きおよびなき大凶作にて、荘内外御国々にて餓死人その数分らず候様承りおよび申候。また他所よりは御国へ袖乞《そでごい》に参り候者ども大そうおびただしく御座候えども、荘内の殿様は御米、御金共沢山に町在のものどもには下し置かれ、そのほかにも沢山に御拝借も仰せつけられ、諸国よりも米も大そうにお買入れなされお救い下され候間、二郡の金持衆我おとらじとすくいの金銭を出し、荘内にては一人も袖乞非人など出候者御座無く候て、有難き仕合せなる事に候とて、皆々泪《なみだ》を流し居候。（中略）思いも寄らず御国替仰せつけられ候と承り候えば、荘内の御扶持《ふち》取り候ほどの金持は、みなみな長岡にお供仕《つかまつ》りたしと願い奉《たてまつ》り申候。然《しか》れば巳年より続き候ての凶作にて、みなみなつかれおり候ところ、当年漸《ようや》く作合宜く悦《よろこ》びおり候えども、右の米金下され候あとにても、莫大《ばくだい》の御拝借上納仕り候えば、来年の夫食さっぱり御座無く、百姓どもばかりにて、このたび色々またまた御拝借、そのほか色々御救下され米も願い奉りおり候事、かつまた人々の親方より、これまた夫食金銀等沢山に借り入れ置き候えば、これまたねだり候事も相成らざる事にて、このたび御所替相成り候てあとへは、なおなお有難き殿様お出《い》で成られ候て、結構に御手擬りは成し下され候ても、二郡之金持衆みなみな長岡に参り候ことにては、極窮のみなみな何と仕り候て御百姓相成るべく候哉、渇命《かつめい》に相成り候よりほか御座無く候。今までと大きに違い、さびしき御国に相成り申すべしと、一同なきさわぎ、殿様お留申すよりほか御座無く候と、二郡之者ども、小供まで神々様へ願掛け致し候よりほか御座無く候と、みなみな精進仕り、湯殿山、金峯山、羽黒山、鳥海山そのほかの御城下在々の神仏に参詣《さんけい》仕り、何卒《なにとぞ》殿様これまでの通りに御出遊ばされ候様祈り、眼を泣きはらしおり申し候。恐れながら右之通りに御座候間御歎き申し上げ候。荘内二郡之百姓共、ただいま御厚恩の殿様永々荘内へ御在住なされ候様、恐れながらよろしく御沙汰《ごさた》成し下し置かれたく、御百姓ども皆々御願い申し上げ候　以上。

天保十一年子十一月

田川郡

飽海郡　村々百姓共

御公儀様　御役所

男たちは、辰之助が歎願書を読む間、じっと頭を垂れて聞いていたが、読みおわると顔を挙げて眼を見かわしたり、短い私語をかわしたりした。

「立派な願書ですのう」

と、辻興屋の嘉右衛門が言った。男たちは嘉右衛門の呟《つぶや》くような声に、顔を見合わせてうなずき合った。

男たちの顔に、さっきまでと違う生気のようなものが動きはじめているのを、辰之助はやはりいくらか惨ましいような気持で眺めた。集まってきた男たちのすべてが、荘内の百姓の危難に奮いたって、決死の覚悟できたとは思われなかった。ある者は避けがたい義理から、ある者はその場の成行きから引き受けたかも知れない。

だが、男たちはいま腹を決めたようにみえる。それは願書に綿々と記した荘内の百姓の苦衷と歎きに心を動かされたためだろうか。だが長文の歎願書を埋めた歎きは、建前なのだ。辰之助の本音は、最後にさりげなく忍びこませた殿様永住の願いにある。辰之助は、男たちを欺《あざむ》いたような後めたさも感じる。

――だが、この男たちが行かなければ、何事も始まらないのだ。

あるいは男たちは、単純に荘内二郡の百姓名代ということに感激したのかも知れない、と思うことにした。

「宮野浦の佐助ど」

辰之助は呼んだ。はェ？　と佐助が小ぶりな白髪頭をあげた。

「不調法だども、あんだは年なんぼでがんすがの？」

「六十二でがんす」

佐助はそう言うと、自分の年を恥じるようにうつむいた。

辰之助は、佐助が座敷に入ってきたときから、一種の気がかりに把《とら》えられていた。名簿をみたとき、これほどの老人とは思わなかったので、曲がった腰をみ、宮野浦村の佐助と名乗るのを聞いたとき、辰之助は強い衝撃を受けたのだった。宮野浦村では、どうしてこのような年寄を選んだのだろうか。屈強な身体をした浜の漁師たちは、一人も行くと言わなかったのか。それとも、佐助が自分で望んでここに来たのか。

佐助に話しかけながら、辰之助は、いまもこの疑問を、小柄な老人にぶつけてみたい衝動に駆られたが、その気持を押さえて別のことを言った。

「遠くまで、ごぐろうでがんすのう。年寄《としより》にはちっとばし（少しばかり）長旅だがも知ねども、あんだのような年寄が行《え》ったとなれば、あどの人も、俺《おら》もこうしてはいらえねと思うだろうし、がんばってくだへちゃ」

「はェ」

「いずれわだしらも行きますさげ」

と辰之助は言った。

そのとき部屋の中に紫色の閃光《せんこう》が走ったと思うと、すさまじい雷が轟《とどろ》いた。辰之助が歎願書を読み上げていたころから、遠くを馬車でも通るように、絶えずごろごろと異様な音が聞こえていたのは雷で、いま不意に間近に移ってきたもののようだった。

気がつくと座敷の中は、夕方のように薄暗くなっている。

雷の音が合図だったように、突然ぱしん、ぱしんと障子に硬い音がはじけ、やがて家は騒然とした雨の音に包まれた。その間にも、板戸や庭に置かれているらしい材木のようなものが、硬く乾いた音を立てるのは、雨の中に霰《あられ》がまじっているためだった。

「霰《あらね》ごち、

「今《え》ごろ雷さま《ま》どは、珍らしいごともあるもんだ」

男たちはひそひそと囁き合っている。

「こえだば、灯り持って来ねばだめだ」

甚之助が立って行った。甚之助が座敷を出ると同時に、また光と雷鳴があたりをゆるがした。そして追いかけるように風の音がし、雨は横なぐりに雨戸を叩《たた》きつける音に変った。ごう、ごうと天地が鳴り、その間に、威嚇《いかく》するように光が明滅する。外はすさまじい嵐に変っていた。

「こえだば、発つのは無理でねがのう」

と長右衛門が言った。

「昼までで模様みで、晴れねば一日延ばすがとねえの」

辰之助は腕を組んで言った。また光がきらめいて、黙りこくって坐っている男たちの顔を照らした。

――これは何かの前兆《まえぶれ》か。

辰之助は迷信深い人間ではなかったが、そう思い、無理に今日出発することはない、と思った。

嵐は一日中荒れ狂い、西郷組十二人は、結局足どめをくって、翌日二十三日に出発した。辰之助はその朝も、長右衛門、清兵衛と連れ立って早朝に村を出、辻興屋で一行を見送った。

「さて、どうなりますがのう」

清兵衛が、辰之助に囁いた。

「はい、どうなるもんですが。ンだども、これよりほがに手はねえわげださげ」

辰之助は答えて、手をかざして遠ざかる男たちを見送った。男たちは、辰之助に昨日言いふくめられたように、蓑、笠姿だった。藁《わら》はばきと草鞋が旅支度といえばそう見える程度である。

昨日とは打って変って、空は晴れあがり、冬ざれた荘内の野に、さんさんと日が降りそそいでいた。昨日の嵐で、山は一ぺんに雪が降ったとみえ、鳥海山も月山も七合目あたりまで白く雪をかぶっていた。雪の斜面は、日のあたるところはまぶしく光り、日陰になった部分は青白くみえる。

男たちの黒い姿は、鳥海山、月山と連なる山脈の麓《ふもと》の方角を目ざして小さく消えて行こうとしていた。

――あの男たちが、荘内の百姓が幕府につきつける、一本の鎌《かま》だ。

と辰之助は思った。白木の箱に納めた歎願書は、佐助の曲がった背に背負われているはずだった。

六

江戸馬喰町《ばくろちょう》の旅籠《はたご》、大松屋の亭主佐兵衛は、階下の十畳間にいる客が気がかりで落ちつかなかった。

客は十二人で、一昨日十二月十二日の九ツ半（午後一時）頃、大松屋に到着して宿をとった。重い訛《なまり》のある喋り方、布子姿に背に蓑を背負い、笠を持った姿は荘内の百姓に紛れもない。大松屋は、荘内の者が定宿にしている旅籠で、江戸見物の百姓が泊ることも珍らしくなく、濁音が多く、晦渋《かいじゅう》な彼らの話し言葉も、難なく理解できる。佐兵衛は十二人の泊り客の素姓を疑っているわけではなかった。

それなのに、疑惑とも不安ともつかないものが心を離れないのは、客たちの出府の目的がさっぱり腑《ふ》に落ちないためだった。十二人の百姓は、部屋に通されると、着いたその日はじっと部屋に閉じ籠《こも》ったままだった。お茶を運んだり、晩飯を運んだりした女中の話を聞くと、客はいつ行っても額を集めて、わかりにくい言葉でひそひそ密談しているということだった。入って行くとぴたりと口を噤《つぐ》み、お互い素知らぬふりをしているのが、気味が悪いと若い女中は言った。

昨日は五人ばかりいつの間にか外に出て行ったが、昼前に戻ってくると、またじっと部屋に閉じ籠ったままだった。そのままの状態が今日まで続いている。

疑えば、ほかにもいろいろと不審なことがあった。第一に江戸見物の人間が、あのような百姓丸出しの恰好でくるものだろうか。それが悪いというのではないが、佐兵衛の記憶に間違いなければ、こういう恰好の見物客は初めてである。それに宿帳を仔《し》細《さい》に眺めているうちに、佐兵衛は奇妙なことに気づいた。百姓たちは、ほとんど村から一人ずつの割で出府してきていた。普通江戸見物などというと、一村から五人、十人とまとまって来るものである。

そうかといって、それでは何のために江戸に来た客かということになると、佐兵衛の考えは、そこではたと行き詰まる。不審だからと言って、蓑笠つけた荘内の百姓が、江戸に夜盗や火つけを働くために来たとは思われない。

「旦那《だんな》さま」

ひょいと茶の間に番頭の竹蔵が顔を出した。

「どうした？　何かわかったかね」

「わかりました」

竹蔵は部屋に入ると、後手に障子を閉めて、声をひそめた。茶の間には佐兵衛一人しかいない。

「訴訟です」

「はん？」

佐兵衛は口を開いて竹蔵をみたが、ぱんと膝《ひざ》を叩いた。訴訟の一言が、ことりと納得行ったのである。

――なるほど、公事《くじ》か。

「ははあ、公事で来たわけだ。なるほど」

「ところが……」

竹蔵はにじり寄って、いよいよ声をひそめた。みると、四十過ぎてから急に肥《ふと》った竹蔵は、肉づきのいい顔にじっとりと汗をかいている。

「何だね？」

「お相手は将軍家です」

「何を言ってるんだね、お前は」

佐兵衛は思わず大きな声を出したが、あわてて廊下の気配を窺《うかが》った。竹蔵は冗談を言うような人間ではない。真面目《まじめ》一方で番頭になった男である。

「よし、話してもらおう。何を聞いて来たね、え？」

竹蔵は今日、荘内の客がいる十畳の隣の部屋が空いたあと、しばらくその六畳に潜んだ。主人の佐兵衛に言われるまでもなく、竹蔵自身が十畳の客の挙動が不審でならなかったのである。竹蔵は荘内言葉がわかる。

「太田備後さまに……」

という声が聞こえた。そして年寄の声が続いた。その声は低くて、ところどころ聞きとりにくかったが、大概の意味は摑《つか》めた。年寄は、この通りの年で足も弱くなっている。駕籠を目がけて走っても、役人にとめられたり、願書を差し上げ兼ねるかも知れない。それでは折角の願書が無駄になるというものだから、その役目は誰かほかの人が代ってもらいたいと言っていた。

——喋っているのは、佐助という年寄だ。

と竹蔵は思った。十二人の中に、一人目立った年寄がいて、大松屋に着いたときは、屈強な身体の中年男に背負われていたことを思い出したのである。後で佐助という名前がわかっている。

——駕籠訴の話をしている。

竹蔵はぞっとした。穴から出てきたような真黒な顔をし、舌に錘を下げたように重い喋り方をする男たちは、老中に駕籠訴をしかけようとしているのだった。

足音を忍ばせて、竹蔵が襖際《ふすまぎわ》から離れようとしたとき、太い声が言った。

「心配《しんぺえ》いらね、佐助ど。俺《おれ》がどこまでもお前《め》さ附ぎそって、必ず願書は差し上げるようすっさげ」

ンだ、彦右衛門どにまがせておけばええ、と、ほかの者が口々に年寄を慰める声がした。

「よしわかった」

佐兵衛はうなずいて、額に深い皺《しわ》を刻み、火箸《ひばし》で灰をならした。それから火箸を捨てて、慌《あわただ》しく煙管《きせる》に莨《たばこ》をつめると、深々と一服した。

「うん、間違いなく駕籠訴です」

煙を吐き出すと、佐兵衛は言った。大松屋も荘内の定宿である以上、荘内領にいま何が起こっているかは承知している。国替えで、石高が半減するそうだ、あるいは実収からいうと三分の一になるらしいなどという噂《うわさ》を聞くと、一体先行きどうなるのかと心配になる。佐兵衛は商売気を離れて、荘内藩の立場に同情していた。しかも誰言うとない町の噂によれば、どうやら今度のお上の処置には手落ちがあるということだった。手落ちのある処置であるから、国元から百姓が駕籠訴にやって来たのだ。それはあり得ることだった。

佐兵衛の眼には、この寒空に空っ脛《すね》で江戸に出てきて、いまはもぐらのように階下の十畳に籠っている百姓たちの姿が浮かんでくる。あれが、お咎めを承知で、遥《はる》ばると来た男たちなのだ。

――だが、それとこれとは話が違う。

この家から駕籠訴に出られては困る、と佐兵衛は思った。天下の大罪である。同情はするが、後でこちらも咎められては間尺にあわない。糺問《きゅうもん》されるのは、まず間違いないし、知らなかったという言訳を通すほど、役人は甘くないのだ。

「どうしましょうか？　旦那さま」

「私が話そう」

佐兵衛は煙管を置くと、重苦しい表情で立ち上がった。

「話して、この家を出てもらいましょう。あのひとたちがきかなければ、酒井さまのお屋敷に知らせるしかないね」

「………」

「それで、今何をしているね、あのひとたちは？」

「さっき台所に酒を頼んだようです。手配りが済んで前祝いという意味でございましょう」

冗談ではない、と佐兵衛は思った。佐兵衛は立ち上がり、額に皺を寄せながら、帯を締め直し、茶の間を出た。

——私はただの商人にすぎない。

商人らしく始末をつけるしかない、と佐兵衛は廊下を踏みながら思った。面倒はご免だった。

七

神田橋の荘内藩江戸屋敷に、大松屋から使いがきたのは、十六日の朝だった。使いは番頭の竹蔵と名乗った。下の者の報告を受けて、小姓頭の都筑《つづき》十蔵が竹蔵に会った。

「ほほう」

大松屋の番頭から、国元から駕籠訴にきた百姓十二名が泊っていると聞いたとき、都筑は一瞬意表を突かれたような気がした。次には、何と無謀なことをするものだ、といった感嘆に似た気分がこみ上げてきた。

だがすぐに感嘆している場合ではないことに思い当った。竹蔵という番頭の話によれば、百姓たちは明日にも、老中に国替え取りやめの駕籠訴を仕かける模様だという。それをやられては、藩がいまあちこちに手を回して進めている添地歎願《たんがん》がぶち壊しになる。場合によっては、ここぞとばかり領民取締りの不備を咎められて、事態は一ぺんに悪化し兼ねない。

「百姓どもは、いつ参った？」

「十二日でございます」

「なぜ、もっと早く届け出んか」

「それが……」

竹蔵は鼻紙を出して、額の汗を拭いた。

「初めは江戸見物と思っておりましたが、今朝ほど事情がわかりましたもので」

むろんそれは嘘で、宿を出るときに、佐兵衛にそう言訳するように、言い含められたのである。大松屋の主人佐兵衛は、一昨日十畳の部屋に乗りこんで、立ち退きをかけ合ったのであるが、不思議なことに、百姓たちが訥々《とつとつ》とした口調でのべる訴えに言い負けて、その日は追い出すことも、藩屋敷に届け出ることもやめてしまった。それでも今朝、にわかに決心がついて、竹蔵を神田橋まで走らせたのであった。

都筑は役宅にいる中老の水野内蔵丞に連絡する一方、折よく詰所にいた留守居役の矢口弥兵衛、関茂太夫の二人を呼んで相談し、急遽《きゅうきょ》大松屋から百姓たちを藩邸に引きとることを決めた。都筑の命令で、竹蔵に附きそった藩士三名が、慌しく出かけて行った。そのあとで都筑は、長屋を一軒空けて掃除させた。

百姓たちが、江戸屋敷に連れてこられたのは、五ツ半（午前九時）過ぎであった。報告を受けて、都筑が長屋に歩いて行く途中で、大松屋に行ってきたその藩士が、声をひそめて言った。

「油断なりませんぞ。途中で二人ほど、危うく逃げられるところでした」

「逃げてどうするつもりだ」

「むろん、駕籠訴を致すつもりでございましょう」

都筑は無言で足を運んだ。手に負えぬ無知蒙昧《もうまい》の連中らしい、と都筑は思った。何ごとか思い詰めたまま、情勢も何もお構いなしに、暴走するつもりだったらしいが、間に合ってよかった。都筑はほっとした。

長屋の前に人だかりがしている。国元の百姓が駕籠訴にきて捕ったという噂は、もう屋敷中にひろまったらしく、藩士だけでなく、台所、庭の使用人、女子供までまじって、しきりにのび上がって、戸口から中をのぞこうとしている。人だかりの中から、くすくす笑い声が洩《も》れるのは、蓑笠を持った百姓姿を、初めて見た者がいるのだろう。都筑が行くと、人びとは道を開けた。

中へ入って、都筑は畳に坐ったが、しばらく茫然と男たちを眺めた。百姓とは聞いたものの、訴えに出てくるからには羽織ぐらいは着ているだろうと考えていたのである。だが眼の前にいる男たちは、荘内の野良《のら》からそのまま駆け出してきたような百姓姿でうつむいている。手も顔も真黒なうえに髭面で、布子の裾《すそ》からは寒ざむと膝頭が突き出している。

――この者たちが、お上を引きとめるために、越訴《おっそ》に来たというのか。

都筑は何となく胸が塞《ふさ》がるのを感じた。都筑はむろん定府ではないが、世子忠発の守役に就任してから、めったに郷里に帰ることがなく、長い間江戸勤めをしている。久しぶりに荘内の百姓をみたという気がした。中には都筑と年も似通った年寄が、二人も混っているではないか。

「小姓頭を勤める都筑じゃ」

都筑は取りあえず言った。百姓たちが一斉に頭を下げた。楽にしろ、と都筑は言った。

「そなたたちの考えはわからんでもない。いや、途中すでに雪も降ったはずの長い道を、こうしてやって来たことは感心だ。志は感心だが、しかしやろうとしたことはいいこととは言えんぞ」

都筑は噛んでふくめるように説教した。いま藩は大事な交渉にかかっていて、ここで老中に駕籠訴などやられては、藩が窮地に立たされる。諦《あきら》めて帰国し、二度とこういう騒ぎを起こさないように、と言った。

百姓たちは黙々と首を垂れている。

「それでは、持参した歎願書というのをこちらにもらおうか」

都筑が言うと、初めて男たちは顔を見合わせ、早口で何か言い合った。だが、すぐに諦めた様子で、一番前に坐っていた小柄な年寄が、膝のそばに置いていた風呂敷《ふろしき》包みを解いて、白木の状箱を出すと、都筑の前に押し出した。

「どれどれ」

都筑は蓋《ふた》を開けて、中に畳まれている歎願書を取り出した。

——これで、ひと安心だな。

そう思いながら、都筑は歎願書を読み下した。だが、途中から都筑の眼は、記されている文字に吸いつけられたようになった。文章は意を尽くし、文字は百姓が書いたとは思われない達筆だった。そして何よりも国替えという前代未聞《みもん》の出来事の前に、当惑し歎き悲しんでいる百姓の心が惻々《そくそく》と伝わってくる。

「感心なものじゃ」

都筑は眼が濡《ぬ》れてくるのを感じ、歎願書を箱に戻すと、懐紙を出して洟《はな》をかんだ。年のせいか、都筑は近頃少し涙もろくなっていた。

都筑は、もう一度しげしげと眼の前の男たちを眺め、それから入口に立っている藩士を呼んで、火鉢を運び、男たちに茶を振舞うように言いつけた。

「追て沙汰致すが、十分に休め」

都筑はそう言って立ち上がったが、入口まで出たとき、外からぬっと顔を突っこんだ者がいた。大柄な男である。

「おお、大山か」

「駕籠訴をしかけようとしたのは、あの男たちでございますな」

大山庄太夫は、鋭い眼で中を覗《のぞ》きこみながら言った。

「いま説得したところだ。歎願書も無事取りあげたが、いやなかなか感心な者たちだ」

「それを拝見出来ますか」

大山は丁寧な口調で言った。大山は中途から召し抱えられた人間であり、禄高《ろくだか》も都筑の方がはるかに上だからでもあるが、大山にはやり手の留守居役として身についた慇懃《いんぎん》さがある。

「これこれ、見せ物ではないぞ」

都筑は戸口の前に、まだ塊っている人びとを、手を振って散らすと、大山に状箱を渡した。大山はすぐに蓋をとって中味を取り出すと、箱を小脇《こわき》にはさんで立ったまま、歎願書を読み下した。

やがて、大山の顔に微笑が浮かんだ。

「どうじゃな。いじらしいものだ。親を慕う子の情というか、儂《わし》は読みながら泣けてきて困った」

「さようでございますな」

歎願書を箱に戻しながら、大山は応じたが、心の中では別のことを考えていた。ひと握りの、黒い顔の男たちが、暴発して江戸にやって来たということではないようだった。それは歎願書の出来をみればわかる。仁慈の領主に別れる悲しみを綿々と綴《つづ》っている文章の陰に、巧みに隠蔽《いんぺい》された百姓の利益擁護が感じられる。歎願の姿勢をとりながら、そのじつ幕府に一本の匕首《あいくち》を突きつける気迫さえ感じられるではないか。

そして、さっきみたあのむきつけな百姓姿にも、誰かがそう仕組んだ匂《にお》いを嗅ぎとれないでもない。即《すなわ》ち背後に何者かがいて、男たちを江戸に送り込んで来たのだ。国替えを彼らは不利と判断し、歎願の腹を決めたのである。

――とすれば、これは第一陣で、まだ後から続いてくる者がいるということだ。

都筑が藩士に、男たちの見張りを命じて歩き出した後から、ゆっくり随《したが》いながら、大山はそう思った。やがて雪に埋もれる羽州街道を、蓑笠姿の百姓が、次々と南下してくる光景を、大山は脳裏に描いてみた。

――ただ、それが今の情勢によく影響するか、悪く働くか。そこが問題だな。

その見通しは、さすがの大山にも容易につき兼ねた。

情勢は膠着《こうちゃく》していた。藩の基本方針として、各方面に添地歎願の願いを出すと同時に、大山たちは中野碩翁を通じて、ひそかに幕命撤回の歎願を続けていた。賄賂《わいろ》と間をおかない熱心な働きかけが利《き》いて、一時は中野の斡旋《あっせん》で、江戸屋敷の水野中老が、水野越前守の江戸家老佐藤新兵衛に会うところまで行った。そのとき中老水野内蔵丞は、佐藤を通じて大枚の賄賂を越前守に献じ撤回を懇願しようとはかったが、越前守の冷ややかな拒絶に会って果さなかった。先月の二十日のことである。

だが、まだ添地歎願に対する回答は出ていなかった。その回答が出て来ない間は、荘内藩の首はまだつながっていた。いま大山は、有力外様各藩、さらに荘内藩に、以前から好意を示している水戸藩などに働きかけている。

その効果が現われたのかどうか、明らかではないが、勢州津藩の藤堂和泉守が殿中で井伊大老をつかまえ、今度の荘内藩国替えは納得行かない処置だと厳しい口調で詰《なじ》り、それを苦にして、井伊は屋敷に引きこもっているという噂があった。しかし大山が殿中で御用部屋坊主《ぼうず》に聞いた話では、井伊が御用部屋に出て来ないのは、国替え決定のとき自分を軽く扱った水野老中に腹を立てているというのであった。

そういう老中間の不一致が、国替え命令の進行を遅らせていることは有難かったが、そうかといって事態が好転する動きもないというのが実情だった。

だがこうした膠着状態の中で、殿中、あるいは大山が訪ねる各藩邸、あるいは江戸市中で、今度の三方国替えの無理を指摘する声が少しずつ高まってきているのを、大山は感じる。十二月二日の夜、藩屋敷門前に落とし文をした者がいたが、その中には、先年彦根藩に領地替えの沙汰があったが、権現《ごんげん》さまから頂戴《ちょうだい》した城であると主張して難を遁れた。荘内藩も同様の立場であり、「昔より御国替と申せば、前廉《まえかど》人も存じたるくらいの事なければ、御所替はこれ無く候」、別に不調法があったわけではないから、引き移るには及ばないと励ましていた。

――百姓の訴願は、こういう情勢にどう働くか。

大山はなおも考え続けていた。それにしても、彼らを動かしているのは何者だろうか。

「都筑どの」

玄関を入ろうとするところで、大山は声をかけた。

「あの歎願書を認めた者は誰か、お調べになりましたか」

「いや、別に聞いておらんが、そんな調べが要るかの」

「いえ、結構でしょう。それで、あの者たちはどうなされます？」

「よく言いきかせて帰すほかはあるまい。そうだ。二度とやらんという一札を取る必要があるのう」

「国元へは？　お知らせになりますか」

「むろんだ。水野どのと相談して、すぐに飛脚を立てよう。向うでもしっかり押さえてもらわないと困る」

松平家老は、今度の百姓の動きをどう判断するだろうか、と大山は思った。

「いや、それにしてもけなげな者たちだ。この雪空をはるばるとのう」

背を向けて、都筑はまだ言っていた。

都筑が言いひろめたために、越訴の百姓のことは邸内くまなく知れわたり、人びとを感動させた。まだ知らなかったものは、わざわざ長屋まで彼らを見に行った。

藩士野沢玄吉も長屋をのぞきに行った一人だったが、野沢は翌日叔父に宛《あ》てた手紙の中に、次のように記した。

……今朝右之百姓ども居り候御長屋へ参り見候ところ、いずれもこぎん、布子、膝もかくれぬ着物にて、寒そうに相見え候。一、二事尋ね候とも、挨拶も六に出来候者もこれ無く、かようの者までも、御恩沢を有難く思い候て、密々この雪中、江戸まで出候事と存じ候ところ、たちまち落涙に及び候。あまり憐《あわ》れに御座候間、せめて心ばかりもと、酒一升五合何となくやり候。

駕籠訴に失敗した男たちに、屋敷に引き取られた夜、殿さまの名で酒樽《さかだる》が届けられた。翌日には定府《じょう》の家中から酒、十九日には本間駒之助から銀二朱、味噌《みそ》と汁の実、白砂糖、薬、半紙一帖など、同じ日御普請方《ごふしんがた》役人から酒二升、御買物方から金二百疋《ぴき》と鰹節《かつおぶし》二本、係役人から酒樽一荷。さらに若殿から銀十両、手拭《てぬぐい》一筋ずつ、殿さまから蓑入れひとつずつ、扇子一本ずつが届けられたが、これは上﨟《じょうろう》の朝井、老女染岡、駒沢の三人が、長屋まで届けたのであった。

八
「動きはどうだ?」

と松平甚三郎が言った。会所奥の一室で、松平の前には平田郷代官の朝比奈仲右衛門と遊佐郷代官の金谷橋良蔵が、やや緊張した顔で坐《すわ》っている。

「八十右衛門は、昨日酒田へ参ったようです」

「本間に行ったかな?」

「いえ、本間ではなかったようです。帰りにまた玉龍寺に寄りました。恐らく文隣和尚《おしょう》に会ったものと思われます」

「間違いない。やはり連中は本間に繋《つな》がっているようだな」

と松平は言った。文隣は酒田の本間家に出入りしている僧侶《そうりょ》である。

「善三郎は、やはり平田郷に行っているか」

松平は今度は朝比奈に訊《き》いた。

「いえ、昨日は姿を現わしていないという知らせがきております」

「それでは、もう人数がまとまったのだ」

松平は言い、思案するように火鉢の灰をかきならした。

庭に積もった雪のために、障子窓から白っぽい光が部屋の中に流れこみ、三人の顔を明るく浮かび上がらせている。だが外は激しい風が吹き荒れているらしく、建物を取りまく老杉が、絶えず潮騒《しおさい》のような音を梢《こずえ》に鳴らしつづけている。時どき庭に突風が吹きこんで、捲《ま》き上げた雪を障子にぶつけた。そのあと庭はいっとき静かになる。

梅津八十右衛門は遊佐村八日町の大組頭で、善三郎は上野新田の肝煎《きもいり》である。彼らは、すでに厚く雪が降り積もった飽海三郷、平田郷、遊佐郷、荒瀬郷の中で異様な動きをしていた。十日ほど前から、早朝に家を出て隣郷の村々を駆けまわり、夜は遅く家に帰る。そういう動きをしている者はほかにもいた。鶴ケ岡にある酒田の代家守、信右衛門、そして荒瀬郷本楯村正龍寺の大組頭堀謹次郎。

藩では国替え命令以後、領内の百姓の動きを警戒していた。藩としては一俵でも多く米の欲しいときである。移封をめぐって幕府とかけ合うには何よりも資力が要る。年貢《ねんぐ》は例年になく厳しく取り立てねばならなかった。しかし百姓たちは、すでに藩主交代そのものが、彼らにとって利でないことを察知し、動揺しているとみなければならなかった。彼らにとって何が利益であり、何が不利であるかを測るとき、百姓たちが商人はだしの鋭い感覚を働かせることを、松平は熟知している。その上に厳しい年貢をかぶせるとき、領内のどこかから不満の声が挙がりはしないかと心配された。

このため藩では、命令以来代官を通じて、公式、非公式に百姓の説諭を行なってきていた。とくに「臨時打寄等致し、酒食を催し候儀、甚だ宜《よろ》しからず」と、百姓の集会を戒めながら、警戒を続けていたのである。

遊佐村の八十右衛門たちの行動は、初めそのようなものとして、ひそかに監視された。だが三日前、江戸から早飛脚がとどき、彼らの動きの真の意味がわかったのであった。彼らは西郷組越訴の事実をどこからか突きとめ、いま飽海郡三郷から、越訴の人数を募っているのである。その後の探索により、彼らの動きの中心に、遊佐郷江地村玉龍寺の文隣和尚がいること、また文隣の弟で、鶴ヶ岡七日町で旅籠を営む加茂屋文二も繋がりがあることが浮かび上がっている。文二は藩の目明しを兼ね、太っ腹で俠気《きょうき》のある男として知られている。

「人数がまとまったとなると、そろそろ押さえなければいけませんか」

と金谷橋が言った。金谷橋は、松平家老が何となく優柔不断といった恰好で、迷っている様子なのが不満だった。押さえるなら早い方がいいのだ。

「いや、まだよかろう」

と松平は言った。

「番所は押さえてあるな」

「は。それはもう」

領内の出入口は、吹浦口、鼠《ねずみ》ヶ関口、小国口、大網口、清川口の五ヵ所である。藩ではここに番所を置き、旅人、物資を改めている。越訴した西郷組の百姓たちは、早飛脚が到着したあと調べてみると、清川口から領外に出ていた。清川口から羽州街道に出る道筋は、江戸に行くもっとも普通の道で、参覲《さんきん》の行列もこの道筋を通る。彼らは蓑笠、藁はばきという恰好で、隣国の新庄領まで行くと称し、三三五五、番所を通り抜けたのである。

だがいまは、番所は厳しく警戒の人数を配っている。

「それでも行くというなら、仕方ないの」

「は？」

金谷橋と朝比奈は、松平の独り言じみた言葉の意味を判断しかねて顔を見合わせた。

一度駕籠訴をやらせてみてもいい、という気持が、松平にはある。飛脚は、水野中老と都筑十蔵の報告書、歎願書の写し、それに大山庄太夫の短い意見書を運んできた。それをじっくりと読んだとき、松平の中にこの考えが浮かんだのである。大山は意見書の中で「ことごとく不為《ふため》とも存じられず」と書いていた。

――あれは、物が見え過ぎる。

大山のその文章を読んだとき、松平は苦笑したが、彼が抱いた感想も、大筋ではそういうものだった。

今度の西郷組は、江戸屋敷で押さえてしまったが、百姓たちが駕籠訴を決行したときの江戸の反応をみたいと思った。市民がどう噂するか、在府の各藩主はどうみるか、そして当の老中諸侯がどういう態度に出るか。

それは危険な賭《か》けだった。あるいは藩に不利な口実を与えるかも知れなかった。だが大山が言うように、必ずしも不為とは存じられず、つまりいまの膠着した情勢をゆさぶる一石になる要素もないとはいえない。現に都筑十蔵の報告書は、随所に泣かんばかりの感激を書き連ねている。水野の文章も似通ったものだった。

――番所を押さえておけば、いざというときの言訳は立つ。

それでも、行くとなれば百姓たちは穴を潜っても行くだろう。むろん、彼ら自身のためだが、今度の飽海三郷の動きには、本間が一枚噛《か》んでいる気配があった。恐らく旅費その他は本間の手から出るのだろう。

「しかしこの天気では、今日、明日出発するということもなかろう」

松平が言うと、金谷橋と朝比奈は言い合わせたように、白い障子に顔を向けた。

だがその頃、遊佐、平田、荒瀬三郷の百姓二十名は、吹きつのる吹雪の中を鳥海山の麓にさしかかっていた。

吹浦川の渡しは荒天で休んでいたが、漸く川を渡り、畦道《あぜみち》伝いに丸池にまわり、山越しにかかったのである。山を突っきり、番所の裏に出て、隣国秋田領の小砂川に抜けるつもりだった。

海から吹きつける風は、一瞬の休みもなく雪を捲いてごうごうと地を奔《はし》る。二、三間先は白い闇《やみ》のように何も見えなかった。全身雪にまみれて、一行は白い芋虫のように進んで行った。

「こえだば、かんじき履がねばだめだ」

先頭に立っていた信右衛門が呟いたが、もちろんその声はほかの者には聞こえない。平地は雪が飛んで、雪の深さはそれほどでもないが、山の斜面にかかると、雪は腰まで埋めてくる。

「えがのう（よろしいか）。ここでかんじきつけっさげのう」

信右衛門はしわがれ声を張りあげた。人びとは背負っていたかんじきをおろし、黙々と足に結んだ。その間にも、吹雪はごうごうと鳴り続け、海も山も見えなかった。

九

飽海郡遊佐、荒瀬、平田のいわゆる川北（最上川以北の謂《いい》）三郷の百姓たちが、江戸に着いたのは天保十二年正月十五日だった。

荘内から江戸までの、通常の旅の三倍もの日数がかかっているのは、彼らが北上して秋田領に入り、秋田領内を横断して東に抜け、さらに南に下って新庄領に入るという迂回路《うかいろ》をとったためである。加えて六十年来といわれる大雪が、彼らの歩みを一そう遅くした。

十五日の七ツ（午後四時）前後に、彼らは三三五五千住宿に入り、千住大橋を渡ると、分散して宿を取った。国元を発《た》つとき二十人いた人数が十一人に減っていた。千住宿は、大橋をへだてて上宿または大千住と呼ばれる橋北に、家数千二百三十軒のうち、百四十軒の旅籠《はたご》、橋南の小塚原町、中村町という下宿に、家数五百軒のうち七十四軒の旅籠がある。

奥州街道、日光街道の出入口としてにぎわう町には、まだ小正月のはなやかな色どりが漂っていて、憔悴《しょうすい》して潜みかくれるように宿をとった百姓たちを、見咎《とが》める者もいなかった。

人数が半数近くに減ったのには、わけがある。

晦日《みそか》の夜。一行は秋田領を横断して、明日は新庄領金山宿に着くという地点にいた。その宿に、思いがけなく国元から急使が追いついて来たのである。使いは二人で、西郷組の百姓十二人が、江戸で牢舎《ろうしゃ》に入れられ、やがて御仕置があるだろうと噂が聞こえてきたこと、そういうところに、また新たに訴えに登っては、むざと命を捨てるようなもので、かたがた殿さまの不為にもなりかねない。城内から追手がかからないうちに、急いで帰郷するようにという口上を持ってきたのであった。それが玉龍寺の文隣、遊佐村八日町の大組頭梅津八十右衛門、荒瀬郷本楯村正龍寺の大組頭堀謹次郎ら、国元に残っている首脳部の判断だった。

その夜は何とも決断がつかず、翌日使いも一緒に金山宿まで来たが、そこで一行と使いの者との間で、夜を徹して激論が交わされた。ここまできて帰ることは出来ないと、百姓たちは主張したが、使いの者も強硬だった。百姓たちは激昂して、空手で帰れないというなら、使いの二人も一緒に江戸へ連れて行けばよいと言い、それもいやだというなら、明日山中に引き込んで谷間へ転がすか、打ち果しても江戸に登ろうと喚《わめ》いた。

一行の宰領格で来た酒田代家守の信右衛門には、百姓たちの気持が痛いほどわかった。彼らは、大吹雪の中を何度も強風に転び、腹の底まで凍えながら、髭《ひげ》につららを下げて山を越え、秋田領に抜けた。そのあとも雪に悩みながら、眼もくらむような谷を見おろす道をたどって、漸《ようや》くここまで来たのである。彼らはいま、その辛苦をいとおしんでいた。それがむなしいものになることに抗《あらが》っていた。そしてじっさい、彼らは辛苦に鍛えられて、わずかの間に驚くほど意志強くもなっていたのである。

しかし信右衛門は、使いの者の一歩もひかない強硬さの、裏にあるものも理解していた。首脳部の判断の背後には、酒田の本間家の意志が働いている。しかしそれは、百姓たちに言うことではなかった。

信右衛門は、激論の場所から、上野新田の肝煎善三郎を呼び出して、暗い廊下に立った。善三郎は、今度の江戸登りのために、最初から働いていて、ある程度本間との繋がりも理解している。

「少《ちこ》しは、向うの顔も立てねまねだろのう」

と、信右衛門は言った。代家は、藩の会所、郡代役所に用があって城下に来た者、訴訟で城下に来た者が泊る指定の宿泊所である。代家守としてそこを差配している信右衛門は、人事を取り捌《さば》く感覚に長《た》けていた。

「顔立でるていうと……」

善三郎は不満そうな口ぶりだった。

「やっぱり帰《けえ》らねまねがの？」

「やや（いや）、みんなでなくで、半分ほど」

と信右衛門は言った。

「殿さまの不為て言っても、俺《おら》だは西郷の衆《しょ》と違って、まず上野さ願うわげださけ。そう江戸中を騒がせるわげでもねし、やっぱり行《え》って願った方《ほ》ええど思う。ンださげ、半分帰《け》す。あどの半分は江戸さ、行ぐ」

「……」

「どうだろ？」

川北三郷の江戸登り組には、さきに江戸に行った西郷組と、目的と手段ではっきり異なったところがある。彼らはそのことを、秋田領塩越の宿でしたためた次の神文《しんもん》に、明確に記していた。
一、江戸表へ罷《まか》り登り候《そうら》わば、目付、目付にて足留め申さず。または一両人たりとも、近辺にかたまりおり申すまじきこと。
一、願い奉《たてまつ》り候御方には、一番に上野ノ宮様、会津様。

一、願書差しあげ候節、万一途中にてお逢《あ》い等これ有り候わば、筋利を申さずお助けお助けとぜれたく（執拗《しつよう》に）願い奉り候て、お役人さま方の着る物へ、決してさわらざるよう仕《つかまつ》るべく候こと。

一、水戸様へ御歎《なげ》き申しあげ候ことは、御家柄と承りおり候えばめったに相成るまじく、一統身分はいかよう相成り候とも、かくなる上は苦しからず候えども、大事の御殿様のご身分にさわり候筋にこれ無きものや、この段は藤佐様へよくよく問合わせ、いよいよ何のさわりもこれ無きものに候わば、江戸より水戸へ二人、此の内よりまかり下り候こと。

一、井伊様並びに御老中様方も、お役柄ゆえ、右同断藤佐様へ聞き合わせ、その上前々お国替えの節お願い申しあげ候例もこれ有るべく、それら篤《とく》と承り合わせ、いよいよさわりこれなきものに候わば、願いはいかようにして差しあげ候ものや、よくよく聞き合わせの上差しあげ候こと。

一、登りかけ打連れ立ち候て、往来まかり通り候わば、目に立ちよろしかるまじく候間、ちらりほらりと千住にて落ち合わせること。ただし江戸にて同宿にてはよろしからず候間、人数わけ宿に付き候こと。

一、金遣い候て願い筋に取りつき候ては、江戸のこと故《ゆえ》、さぞ山師は、千人もこれあるべく候につき、たとえ別れ別れに居《お》り候ても、その段は一統金遣い申すまじく候こと。

一、このたびまかり登り候儀は、御為と存じ奉りまかり登り候儀につき、何分藤佐様または上野清涼院様へたよりにて、お願い申しあげ候御方々様、何所どこと篤と承り、決して自己の取はからい致《いた》さず、御為御為と心得候こと。（後略）

歎訴の相手は、第一に上野の輪王寺御門跡であり、会津藩松平侯であった。そしてその他の訴願については、一切佐藤藤佐の指図を仰ぐと決めたのであった。藤佐は遊佐郷升川村の出身で、経理家、公事師として大名、旗本の間に顔が広い人物であり、酒田の本間家とも繋がっている。川北三郷の百姓たちは、極度の用心深さで、彼らの訴願をやりとげようとしていた。

「わがった。ンだども誰どご帰《け》せばええがのう」

「それは、みんなで相談さねど」

と信右衛門は言った。

信右衛門は、雨戸を少し開き、その隙間《すきま》から外をみた。暗い空とその底にほの白くひろがる積雪がみえた。雪はいまやんでいるらしく、外は無気味なほど静かだった。そろそろ明け方近い時刻のはずだったが、まだその兆《きざ》しは見えず、外は夜だった。

隙間から流れこんでくる冷気に、信右衛門は、少しほてっている顔を冷やした。

──戻ることは出来ない。

という気持がある。ここまでたどりついた苦労を無にしたくない気持もむろんある。だがそれだけではなかった。西郷組の百姓が牢に繋がれたと聞いたときから、その決心は次第に強靱《きょうじん》なものに変ってきたようだった。遠い雪の道の向うで、牢に繋がれ、お裁きを待っているのは、彼らの仲間だった。荘内二郡の百姓のためか、ご恩をうけた殿さまのためか、中味の忖度《そんたく》は難しいが、牢舎の百姓たちが、いま義に殉じようとしているのは事実だった。

信右衛門はいま、自分の心に火がついた感じを受けている。部屋の中で、まだ荒々しい声で諍《いさか》っている連中にも、その火は燃えているかも知れなかった。人選は難しかろうと思った。

荒瀬郷正龍寺の長兵衛、遊佐郷三川の五郎吉、同じく狩谷の与作、石辻の文次郎、宮内の五郎右衛門、京田の佐太郎、平沢新田の専太郎を選び出したとき、長い冬の夜が明けた。こうして七人が、金山宿から国元へ戻ったのである。

さらに羽州街道を新庄城下、舟形の宿と南下し、名木沢宿の南半里まで来たとき、一行は意外にも蓑笠姿の西郷組の百姓たちが帰ってくるのに会った。西郷組には、荘内藩江戸屋敷から藩士二名が附き添っていたのだが、それに気づかずに事情を聞きに近づいた善三郎、藤七の二人が見咎められてしまった。一行は藩士に説諭されて名木沢宿まで戻ったが、その夜、荒瀬郷越橋の孫作、遊佐郷久保田の藤四郎を囮《おとり》のように宿に残し、残りは闇に紛れて宿を抜け出したのだった。

蜥蜴《とかげ》が尾を残して逃げるように、川北三郷の百姓二十名は、半数近い十一名に減って江戸に着いたのである。

十

翌日も、彼らは用心深く行動した。明け六ツ（午前六時）ごろ、それぞれの宿から出ると、そのまま分散して、三ノ輪から金杉町、坂本町の町筋を抜け、上野寛永寺の本堂前で落ち合った。頰かむりして顔を隠してきた者もいたが、正月の江戸は、雪はないものの寒さは厳しく、怪しむ者はいなかった。

しかし山内に入ると、広い敷地の中に夥《おびただ》しい数の寺院、塔頭《たっちゅう》が立ち並んでいる。百姓たちは手わけして茶店や、参詣《さんけい》の人に清涼院の在りかを訪ねた。清涼院の院主は、国元から出た人間であり、御門跡に歎願書を差し出すのに手を貸してくれる筈《はず》だった。

羽黒山の本寺である上野東叡山《とうえいざん》の御門跡を通じて、幕府に働きかけようとする動きは、すでに国替えの知らせが国元に届いた直後からあり、一度は町医の兼子三折が、鶴ヶ岡の大庄屋たちと、一度はやはり御城下の質屋仲間が、いずれも国元の羽黒山別当を頼って上野に歎願しようとして果さないでいた。それだけに、川北三郷の歎願筋の中でも、最も有力な筋とみられていたのである。

だが彼らの目論見《もくろみ》はあっけなくはずれた。確かに清涼院という寺はあったが、取次に出た僧は、一たん奥に入ったものの、出てくると、当寺の方丈が荘内の出身というのは、何かの間違いではありませんか、と言った。僧の顔には、気の毒というよりも、何かあっけにとられたという表情があって、言うことが嘘《うそ》でないことがわかった。百姓たちは間の悪い思いをし、持参した手土産のやり場に困ったのである。

一行は途方に暮れた。木陰に集まって、ひそひそと相談をはじめたものの、どの顔にも突然に広い江戸の真中にほうり出されたような心細い表情が浮かんでいる。

結局まとまった相談は、羽黒山と関係があると聞いている護国院と、本間家の一族で幕臣の株を買っている本間相模守光風を訪ねるということだった。一行は二組に別れて、護国院と本間光風を訪ねたが、みるべき収穫はなかった。本間は留守で、留守番の者が、ごくろうだといって願書を受け取ったものの、明日改めて来るようにという挨拶《あいさつ》だったし、護国院では頑として願書を受け取らなかった。そういう訴え筋のことは、山内の役僧をしている功徳院《くどくいん》、龍王院が受け取る筈だが、龍王院はいま日光に行っていて留守、功徳院を訪ねたらよかろう。しかし当寺がそう指図したなどと言ってもらっては困ると敬遠した言い方だったのである。一行は失望して千住の宿に帰った。

ただ護国院に回った者たちは、そこでもと長岡藩士で、いまは幕府に仕えて奉行所の与力を勤めているという男に会った。清水主計という名の武士だった。

清水は歎願の事情を根掘り葉掘り聞きただし、聞き終るとひどく感心した様子だった。

「しかし上野では、いくら願っても歎願書は受け取らんぞ」

と清水は言った。清水は、それを老中に歎願するしかないのだ、と諭し、それには公事宿というものもあるが、自分の親がそういうことにくわしいから、明日にでも訪ねて来たらどうか、と親切に番町の住まいを教えたのである。

だが清水の親切も、奉行所与力という彼の身分を考えると、そのままには受け取れない節もあって、みんなは後で気味悪い思いをしたのであった。

江戸は翌日雲ひとつなく晴れた。彼らはやはり明け六ツに宿を出ると、上野の功徳院、本間光風、佐藤藤佐を訪ねるため、三組に分れて江戸の町に散った。清水主計の家には、結局誰も行かないことにした。用心するに越したことはないと考えたのである。

しかし佐藤藤佐の屋敷を訪ねた八日町村の四郎吉と升川村の与兵衛は、もっとも頼りにする藤佐に、いきなり眼から火が出るほど叱《しか》られたのであった。

座敷に通されると、四郎吉は、出府の目的を話し、また昨日上野山内の清涼院、護国院を訪ねた模様も言い、ゆうべの相談では結局御老中に訴えるしかないかということになったが、その方法もわからない。内々に指図を頂ければと思って相談に上がったと丁寧に言った。

藤佐は腕を組んで黙って聞いていたが、四郎吉の話が終ると、いきなり大きな声を出した。

「わしに内密に相談にきたというが、お前たちは運がよかったというもんだ」

「……？」

「何のことかわからんか。わからなければ言って聞かせる。いいか。一たん公儀から出た命令というものは、だ。百姓が歎いたぐらいで引っこむようなものじゃないぞ。早い話が、公儀相手に公事《くじ》をするようなもんじゃないか。まったく話にならん馬鹿者《ばかもの》

ども だ」

藤佐は十九の年に村を出て、辛苦して江戸で経済の学問を身につけた。大名、旗本諸家の財政顧問として家計財政の整理、建て直しに手腕をふるい、かつて幕臣水野主殿頭の家政を整理して、将軍家から刀を下賜《かし》されたことがある。

六十を過ぎて髪は真白になったが、体軀《たいく》は頑丈で、声は大きかった。経理家として成功し、諸家に信望が厚く、政治情勢にも通じている自信が、その大きな身体《からだ》にも、艶《つや》のいい赤ら顔にも溢《あふ》れ出ている。郷里の百姓たちなど、歯牙《しが》にもかけていなかった。駕籠訴《かごそ》などと、何を血迷ったことを考えているかと思った。

「お前たちは山師だな」

と藤佐はきめつけた。

「そうだろう。え？　荘内には百姓がごまんといる。それを、だ。抜け出して自分たちで手柄にしようというのは山師としか言えまい」

「………」

「今度川越の殿さまが荘内に移るというが、この殿さまでは荘内は治まらん。だから、そのときに先に立って旗ふるというなら話はわかる。だがいまここで駕籠訴の何のというのは、たとえようもない馬鹿だ」

二度まで馬鹿と言われて、与兵衛と四郎吉は少し顔色を変えた。だが二人は藤佐と喧嘩《けんか》をしに来たわけではない。

「おっしゃるごとは、よぐわがりました」

と与兵衛が言った。

「我われとしても、決してご政事さ不服を申し立でるつもりではなぐ、ただ我われ百姓の苦しみを聞いで頂きたいと、こうして歎願書を持ってきたわげでがんす。一寸《ちょっと》これを見でもらいでども」

「そんなものは見るまでもない」

与兵衛が差し出した封書を、藤佐は手を振って払いのけた。

「駕籠訴とひと口に言うが、やれば逆さはっつけだぞ。殿さまのためにもならん。そしてもしやれば、早速川越に知れる。そうなったら国替えになったとき、お前たちの家は、先祖代々の家名も忽《たちま》ち潰《つぶ》されてしまうぞ。そういうものだ。つまらんことは考えないで、国へ帰ったらどうだ。すぐに帰るのがなんだったら、伊勢参りでもして帰ったらいいではないか。そのぐらいの費用は出してやろう」

「お叱りはごもっともだども、少《ちこ》し我われとはお考えが違うようでがんすのう」

と与兵衛はまた言った。

「殿さまでもお所替《げ》えなさる時ださげ、我われ百姓の家名など考えでもおりません。今度のごとも、我われは手足達者ださげ、とりあえず深雪の中を来たわげだども、雪が固まって歩《あり》きよくなれば、荘内の年寄《としよ》りも若えものも、続々と江戸さお願《ねげ》えさ来るつもりでいるわげでがんす」

「荘内の百姓が何千来ても、御公儀には勝てないぞ。何万人来たところで、皆牢屋入りだろうて」

藤佐は威嚇《いかく》するように言った。四郎吉は与兵衛に眼配せした。これ以上話しても無駄だという合図だった。

「よくわがりました」

と四郎吉は穏やかな口調で言った。

「じづを申し上げますど、我われも初めがらそういうわげで江戸さ来たわげでもなぐで、酒田の商人飛脚で来たなですども、千住で仲間さ入ってくれて言われだもんで」

「そうか、帰るか。その方がいい」

「はい」

藤佐は、今夜の宿はどこかと聞いたが、二人は曖昧《あいまい》にして教えず、藤佐の屋敷を出た。四郎吉は外に出ると、地面に唾《つば》を吐いた。二人は険しい眼を見かわして、足早に屋敷を離れた。

十一

藤佐は二人を送り出してほっとしていた。藤佐は去年の暮、金策のため出府してきた本間光暉と、その以前から本間家の用事で江戸にいた酒田の白崎五右衛門との三人で密談している。

密談は、いよいよ転封になった場合の本間家の財産保全の問題だった。本間と藤佐との間には、早くからこの点について書面のやりとりがあったが、この密談で、本間家の荘内領内の地所、諸方への貸金証文を、一族の本間相模守光風名儀に書き換え、なお名目を御門跡の御服料金としておくことの可能性を検討したのである。光風は上野ノ宮家の家臣分になっていて、この工作はうまく行きそうだった。そうしておいて本間自身は、酒井家に随《したが》って長岡に引き移る。そうすれば、酒井家に残る莫大《ばくだい》な債権も確保できるわけだった。

こうした話のあと、藤佐は壮大な戦略を披露した。

松平大和守の悪政で、やがて領内騒擾《そうじょう》することは必至である。そのときは霜月に入って雪が降り、北風が吹く頃に一挙に数万の一揆《いっき》を起こせばいい。一揆勢は川北から新堀川岸あたりまで押し出して待つ。鶴ヶ岡城から松平の鎮圧の人数が押し出してくるだろうが、吹雪は目口に入り、土地は不案内で十分な働きが出来るわけがない。このとき一揆勢は、吹雪を背に猟師筒を放ってすすめば勝ちは間違いない。

藤佐が披露したこの話は、もと勘定奉行で、いまは小普請支配の職にいる矢部駿河《するがの》守《かみ》定謙に示唆《しさ》されたものである。藤佐は矢部が勘定奉行の頃に知遇を得たが、矢部が炎上後の江戸城西丸の再建問題で水野老中らと意見が衝突し、免職されてあと西丸留守居、小普請支配と転じる間も、ずっと接近を続けていた。

矢部は、領内の百姓が一揆を起こして新領主に反抗している間、酒井は長岡で極力幕府に恭順の態度を示し、いい印象を与えておけば、やがて松平が領内不取締りで他に移されたとき、旧領に戻ることは容易だ。その期間はおよそ両三年だろうと言ったのである。

「むろん、その間、将軍家の周囲、幕閣のあたりには、手厚く金子を献じておく必要があります」

と藤佐は言った。こうした遠大な工作のために、藤佐は白崎五右衛門とはかって、白崎を川越藩中に潜入させていたのである。白崎の役割は、川越の情報の収集と、内部から財政破綻《はたん》を来《きた》させる方策を、ひそかに行なうことであった。白崎はすでに川越藩に信用されている。

こういう話を、本間光暉は、うなずきながら熱心に聞いていたのである。藤佐は、転封は既定の事実だとみている。矢部の意見もそうだったし、長い間諸大名に出入りしている間に身についた藤佐の政治感覚も、それを疑っていない。その認識の上に立って、遠大な工作を考えていた。むろん本間にも、その認識があるから、財産保全の相談をかけてきている、と藤佐は思っている。

「はてな?」

荘内から来た百姓二人を帰したあと、藤佐はしばらくぼんやり座敷に坐っていた。さっきの百姓たちについて、何か見落としていることがあるような気がしたのである。

やがてそれがわかった。

――彼らは出府の費用を、どう工面してきているのか。

そういう経理家らしい疑問だった。帰る頃には、彼らはひどく曖昧な口ぶりになったが、最初の口上では、国元を出たときは二十人だったと言っている。その彼らは二十日以上の日程をかけて江戸に出てきて、しかも藤佐の現状認識からいえばお話にもならない、駕籠訴などということを企《たくら》んで、まだうろうろしている。

——話半分として、仮りに十人としても。

藤佐はすばやく旅の費用、江戸滞在の費用を頭の中で弾《はじ》き出してみた。あの調子では、百姓たちはまだ二、三日は江戸にいるだろう。そして帰りの路銀が要る、と考えると、馬鹿にならない金額が浮かび上がってくる。それだけの金を僅《わず》かな期間に百姓たちに工面できたとは思われなかった。しかも彼らは、雪が固まれば、後からまた百姓たちがやってくるようなことを口走っている。それを全部信じるわけではないが、今度の駕籠訴云々《うんぬん》が、彼らの単純な思いつきでない様相がうっすらと見えてくるようだった。

——猿まわしは誰だ？

藤佐の考えはどうしても現実的に働く。江戸の正月は、日さえ照れば暖かいし、四十年以上もその気候に馴《な》れた頭は、深雪を漕《こ》ぎわけるようにしてやってきた百姓たちの気持まで、もはや理解が行きとどかない。まして彼らが名木沢で西郷組の百姓たちに会い、駕籠訴に失敗したと聞いてさらに悲愴な決意を固めたことなど知るよしもなかった。彼らを江戸に送り込んできた仕組みを探って、藤佐はしばらく深い考えに沈んだ。背後には誰か、有力な金主がついているという気がする。

その誰かは、百姓たちと利害が接近していて、しかもひそかに金を出したり、ある程度手を回して行動を煽《あお》ったりできる人間なのだ。

「お客さまは、もうお帰りですか」

襖《ふすま》の陰で、息子の泰然の声がした。泰然は蘭方医だった。天保九年に長崎留学から帰ると、薬研堀《やげんぼり》で西洋外科の看板をあげ、かたわら蘭方塾を開いて両方とも繋昌《はんじょう》していた。すなわち後の佐倉順天堂の創始者である。

「お、いま行く」

藤佐は、用事で来ている息子をすっかり忘れていたことに気づいて、慌《あわ》てて立ち上がった。そのとたん、思いがけないものが頭の中を掠《かす》めたようだった。

「まさか」

藤佐は立ち上がって縁に出ると、庇《ひさし》の下から青い空を睨《にら》んだ。男たちの金主が、本間ではないかとふと思ったのである。一たんそう思うと、あらゆる点で本間光暉こそ、その人物にふさわしいと思えてくるのだった。

藤佐に言わせれば、駕籠訴で老中に訴えるなどということは、無用で危険な行動でしかない。その上恐らく何の効果も期待できないのだ。

――本間がやらせる筈はない。

だがそう思いながら、拭い切れない疑惑が残った。そういう人間がいるとすれば、本間しかいないとさえ思えてくる。

藤佐は、この前白崎と三人で会ったとき、にこにこと彼の話に耳を傾けていた本間光暉の顔を思い出した。そのとき本間は、国元の百姓のことなどにひと言も触れていない。

藤佐は眼に浮かんでくる本間の柔和な顔に、どことなく底知れない畏怖《いふ》のようなものを感じる。本間は金策のために、まだ江戸にいる筈だった。もし本間が金主なら、彼はひそかに百姓たちの駕籠訴の成否をみる積りかも知れない、と藤佐は思った。

上野歎願《たんがん》の望みを絶たれ、佐藤藤佐に突き放されながら、川北三郷の百姓十一人は、二十日駕籠訴に成功した。

佐藤藤佐は、ああした挨拶である。上野の役僧功徳院でも、願書を受け取ることを厳しく拒んだ。このため十七日の夜、百姓たちの表情はお通夜《つや》に集まった人間のように湿っていたが、そこで清水主計と名乗った奉行所与力が言った公事宿のことを思い出したのである。翌日一行は江戸松永町の公事宿紀伊国屋を訪ねた。それが幸いしたのであった。紀伊国屋では、親切に歎願書に手を入れ、清書してくれたばかりでなく、愛想よく彼らを労《いたわ》り励ましてくれたのである。宿の女中は、一行の藁《わら》はばき姿を笑ったが、その笑いが侮蔑《ぶべつ》ではなく好意的なものであることを、百姓たちは敏感に感じ取っていた。要するに紀伊国屋では馴れていた。百姓を珍らしがりもしなかったし、駕籠訴ということを恐れてもいなかったのである。百姓たちは、江戸に来てから初めて、ゆるやかに緊張が解けるのを感じた。

二十日の朝。彼らは未明に起きて、宿の井戸端を借りると水垢離《みずごり》をとった。逞《たくま》しい裸身に湯気が立つほど水をかぶり、部屋に戻ると、入牢にそなえて残金を均等に分配し、それから静かに水盃《みずさかずき》をかわした。歎願の相手と、受け持ちは次のように決めてあった。

井伊掃部頭（信右衛門、彦四郎）　水野越前守（善三郎、藤七）　太田備後守（四郎吉、長五郎）　脇坂中務大輔（治右衛門、三郎右衛門）　水戸侯御付家老中山備前守（与兵衛、兵助、粂治）

老中の登城は四ツ（午前十時）の定めである。八日町村の四郎吉は、忍んでいる大手門外の下馬《げば》長屋の陰から、下馬所の混雑を見つめている。外腰掛場には、すでに登城した大名、旗本の供をして来た者が群れていたし、その中に開門を待っている老中の行列がいた。老中たちは、そこで供の人数を落とし、数人の供を連れて駕籠のまま大手門をくぐり、下乗橋まで行く。

四郎吉の視野には、すでに丸に一重桔梗《ききょう》の紋をつけた太田備後守の駕籠が映っている。門が開き、駕籠が動く瞬間を待って飛び出して行くつもりだった。こういう手順も紀伊国屋で教わってきていた。

四郎吉はそばにいる長五郎の顔をみた。長五郎は四郎吉より十歳上の四十だが、日焼けしたその顔は血の気がなく、眼は瞬《まばた》きを忘れて、飛び出すほど見ひらかれたまま、前方を凝視している。荒い息が聞こえた。

──俺も、こげだ面《づら》してんだろの。

四郎吉はそう思い、さっきから顫《ふる》えが止まらない足を踏みしめた。幸いに下馬所一帯は人馬で混みあっていて、そこに隠れている二人に気づく者はいなかった。

不意に駕籠が上がり、ゆるゆると前に動いた。

「長五郎ど」

四郎吉は一声長五郎を促すと、下馬長屋の陰から飛び出した。わななく足を踏みしめ踏みしめ、宙を飛ぶように走った。

「お願いでござります！　恐れながら、お願いでござります！」

人を掻《か》きわけながら、四郎吉は叫んだ。これまでの生涯で、こんな声を出したことは一度もなかったなと、ちらと思ったほど、自分の声とも思えない腹からしぼり出すような喚き声が出た。

たちまち左右から人の手が伸びて、四郎吉は地面に引き据えられていた。二間ほど先に駕籠が止まっている。その駕籠に向かって、四郎吉は状箱を高く掲げ、なおもお願いでございますと叫んだ。

「何者だ」

という声が聞こえた。頭からすっかり血が下ったようで、その声は四郎吉の耳に遠く聞こえた。

「羽州荘内の百姓でございます」

四郎吉が答えると、差し上げた手から状箱がすっと抜き取られ、やがてそれを持った武士が駕籠脇《わき》に蹲《うずくま》ったのが見えた。

四郎吉は瞬きもしない眼で駕籠を見ている。すると駕籠の垂れが少し引き上げられ、武士がその中に状箱を差し入れるのが見えた。そのまま垂れが下がり、駕籠が上がって動き出した。

茫然《ぼうぜん》と、地面に坐ったまま四郎吉は駕籠を見送った。また誰かが、四郎吉の腕を摑《つか》んで、何か言いながら立たせようとしている。

「立てるか」

と、その声は言っていた。意外にやさしい声だった。

「見とどけたかな。お取り上げになったぞ」

「はい。ありがたき仕合せで、ございます」

使ったこともない言葉で答えながら、四郎吉は不意におびただしい涙が眼に溢れ出るのを感じた。涙は頰を伝って流れた。ぼやけた視野の中で、橋を渡って門に近づく幾つかの駕籠が動いている。

――ほかの者は、どうしたろう。

太田家の武士に腕を摑まれて雑踏の中を歩きながら、四郎吉は初めてそう思い、長五郎やほかの者の姿を眼で探した。騒然としたあたりの物音が、耳に戻ってきた。

十二

荘内藩家老松平甚三郎は、江戸の大山庄太夫から来た手紙を巻き納めると、それを持ったまま部屋を出た。

雪囲いをしていないので、会所の廊下は明るいが、そのかわり寒い。長い廊下を歩きながら、松平は洟《はな》をすすった。朝から少し頭が重く、風邪けが兆している感じだったが、今日は大事な執政会議がある。身体のことは言っていられなかった。それに昨夜大山から届いた手紙が、幾分気持を明るくしている。

会議の部屋に入ると、高声で話しこんでいた人びとが、顔を挙げて松平を迎えた。

「皆さん、お揃《そろ》いかな」

松平が言いながら坐《すわ》ると、家老の酒井奥之助が、

「舎人が休んでおる。風邪で登城いたし兼ねると、今朝ほど儂《わし》の家に口上があった」

と言った。そういう酒井も風邪気味なのか、首に真綿で作った首巻きを巻いている。

長身瘦軀《そうく》の酒井がそうして火《ひ》桶《おけ》に背をかがめていると、ひどく寒そうにみえた。舎人は中老の松平舎人のことである。

「風邪がはやっているようだの」

松平甚三郎は、部屋係りの藩士が運んできた茶を啜《すす》ってひと息入れると、部屋の隅に控えている藩士に人払いを命じた。

「昨夜、江戸の大山から飛脚がとどいたので、まずそれからご披露いたそう」

松平が懐《ふところ》から手紙を出すと、皆の眼が一斉に松平の手もとに集まった。会議に出席しているのは、ほかに家老の杉山弓之助、酒井吉之丞、中老の里見但馬、酒井玄蕃、竹内右膳、組頭の加藤衛夫の六人である。

「川北の百姓らが、老中諸侯に駕籠訴をしかけて、江戸屋敷に引き取られたことは、

この前お知らせしたとおりだが、大山の手紙は、その後の様子を知らせて来ておる」

百姓たちは駕籠訴の場所から一応それぞれの藩邸に引き立てられたが、簡単な吟味があっただけで、昼飯を馳走《ちそう》になり、大方その日の七ツ刻（午後四時）には、藩江戸屋敷から出向いた受取りの人数に引き渡された。

「あとでご回覧頂くが、大山が聞き集めたところによると、訴えを受けた各藩の取調べ役人、伝え聞いた大名諸侯の間に大そう評判がよいらしい。ま、お読み頂くとわかるが、百姓において前代未聞《みもん》の訴え、酒井は良い百姓をもってしあわせだ、と言った声があがったらしいの。取調べの役人の中には涙を流した者もいた由《よし》じゃ」

「………」

「諸侯の中には、近年百姓の反抗に手を焼いておるところもあるし、そこまで行かなくとも領内いずれも治め辛《づら》くなってきておる。かかる時節に、荘内は領主引き留めを歎願にきたというところが、いたく同情を買った模様だの。もっとも大山は、肝心の老中諸侯がどう思っているかは、皆目知れんと書いておる」

「感心な者たちですな」

酒井玄蕃が、末座から太い声を出した。玄蕃は多血質で、感情の振幅が大きい。転封問題については、最初から幕閣の措置に対する不満を隠していなかった。

「我われがやりたくても出来んことを、連中がやっておるという気もいたす。それも誰に命じられたということでなく、彼らの考えで動いたところが値打ちじゃな」

酒井奥之助が細い首をのばして、じろりと玄蕃をみた。

「その考えは、少々甘くないか、玄蕃」

「甘い？　さようかな」

「百姓にはなかなか喰えんところがあることは、知らんわけでもなかろう。このことにしても、きれいごとだけではない彼らなりの魂胆があって動いておると、わしは睨んでおるがの」

「そう言ってしまっては身も蓋《ふた》もござるまい」

玄蕃は奥之助に膝《ひざ》を向けた。

「仮りに何かの魂胆があるとしても、彼らのやっておることは、明らかに酒井をよしとし、川越を忌避しておる。この一点は間違いござるまい。それに、それがしが感心だと申すのは、彼らが、咎めを承知の上で、あえて江戸に向かったことを申しておる。なまなかの武士も及ばん覚悟と見受ける」

「しかしそのように持ち上げて、百姓どもが大挙して江戸に行くようでは、ちと困ることになりはしないか。大山の手紙が言うように、老中の腹はまだわからん。それが藩に有利か不利かは、まだ何の決着もついておらん」

酒井奥之助は、今度は松平甚三郎の顔をみた。

「そのあたりを、松平はどう考えておるな?」

「仰《おお》せのとおりで、まだこれからの情勢でござろう。藩としても、幕府に尻尾《しっぽ》を摑まれんように、百姓を厳重に監視する必要がござろう。しかしあまりに締めあげては、せっかく意気ごんでいる百姓が不愍《ふびん》。締めたり、ゆるめたりという段階でござろうか。ただし……」

松平は空咳《からせき》をひとつすると、少し鋭い眼になって一座を見回した。

「百姓たちの訴えが、江戸の同情を買ったことは事実じゃな。これまでも諸侯の間に、わが藩をひいきにする空気があったようだが、百姓たちが江戸に行ったことで、この空気が少し濃くなった、とみて間違いない。老中の水野は、何も言わずに歎願書を受け取ったらしいが、これは気味が悪いといえば気味が悪い。だが、かの仁にしても、情勢がこうなると、露骨なことはやりにくくなったのではないかと考える。そこで本日の相談だが……」

「……」

「累代《るいだい》藩主家の墓地下賜願いを出そうかと思うが、いかがなものかな。十分にご相談願いたい」

松平は説明した。酒井家では、たとえ藩主が江戸で死去した場合も、柩《ひつぎ》を荘内に下して城内三ノ丸にある大督寺に葬するのを慣例としてきた。従って、酒井家累代の墓は、藩祖忠次をのぞき、すべて大督寺にある。二百年来このようにしてきたのは、荘内入部にあたって、この土地を永久守護すべしという幕命があったことに拠《よ》るもので、今更墓地を掘り起こして長岡に運ぶに忍びない。願わくば、大督寺の寺域を松平家から切り離して、酒井家に賜わりたい。そういう趣旨だと言った。

「むろん、こういう願いが叶《かな》うわけもないが、大督寺は藩祖一智公夫人の法名を頂いてもおる。大督寺どのは、恐れ多くも東照神君の叔母君であられたゆえ、水野もこの願いを無視することは出来まいと存ずる。つまり、いま江戸の情勢は、わが藩に少し有利に傾いたといえる。この情勢に乗って追い討ちをかけてみようというわけだが」

十三

「大御所さまのご容態は、いかがでございますか」

と目付の鳥居耀蔵が言った。鳥居はほかの用事で、西丸下の水野忠邦の役宅を訪ねてきたのだが、用事が済んで帰る頃になって、ふと思い出したようにそう訊《き》いたのだった。

　広い額の下に、細く瞬くことの少ない眼が冷たく忠邦を凝視している。その凝視に、忠邦は慣れていたが、それでも時に心が冷えるような気がすることがある。

　一昨年の蛮社の獄で、蘭学者たちを追いつめた、この男の執拗さと仮借のなさは、追いつめられた渡辺崋山に幾分同情的だった忠邦を辟易《へきえき》させたほどだったが、忠邦はいずれはやろうと思っている政治的な改革に、この男の手腕と非情さが必要だと考えていた。

「よくない」

　と、忠邦は短く答えた。前将軍家斉はいま重病の床についている。

「しかし仮りに大御所さまが御か……」

　と言いかけて、鳥居は無表情に言葉を変えた。

「仮りに将軍家の世となりましても、やりにくいことは何もございませんでしょう」

「むろんだ」

「美濃どのなどは、羽根を捥《も》がれたようになりましょうからな」

　鳥居は水野忠篤を嫌っていた。そういう点でも忠邦は鳥居と肌が合っている。だが今夜の忠邦は、少し鬱屈《うっくつ》した気分があって、いつもなら熱中するそういう話に身が入らないのを感じている。

「では、これにて」

「あ、ちょっと待て」

忠邦は手を挙げて鳥居を呼びとめた。鳥居が立とうとしたときに、そのことについて彼の意見を聞いてみようと思ったようだった。

「なにか？」

「ま、少しゆっくりして行け。菓子を喰わんか」

忠邦は干菓子《ひがし》を入れた盆を鳥居にすすめた。菓子は砂糖をどっさり使ってある。

「頂きます」

鳥居は無雑作に手を伸ばして干菓子を取ると、音を立てて噛《か》んだ。鳥居は、もと美濃岩村藩主松平乗薀《のりもり》の四男で林家を継いだ、林述斎の子で、父の政治的な感覚と明晰《めいせき》な頭脳を受け継いでいる。だがときどき野人のような振舞いを見せた。この男のそういう磊落《らいらく》さと、一度敵視すると相手を葬《ほうむ》り去るまでやめない蛇のような執拗さが、どこで結びついているのか、忠邦は不思議に思うことがある。

「荘内の酒井のことで、あちこちから苦情がきている」

と忠邦は言った。

大広間詰の外様大名から、荘内藩の領地替えに関連して、「格別の思召《おぼしめし》にて城地替仰せつけられ候わば、よろしくお達しこれ有るべく、さようも御座なく候ことにて、願い奉り候大名これ有り願いの通り仰せ出され候ては、難渋至極致し候儀に存じ奉り候」と老中あてに伺書が出されたのは先月の十五日であった。伺書の体裁になっているが、それは先祖代々理由あって拝領してきた領国に対し、「老中御出頭のお方へ内願等申入れ」て、国替えを希望する大名と、それを受け入れる幕閣への抗議であり、荘内藩はその例だと述べたものだった。大広間には、伊達《だて》、前田、藤堂、毛利、細川、島津など、錚々《そうそう》たる顔触れが詰めている。

抗議は、閏《うるう》一月と月が改まった今月になってからも、外様大名から再度、作州津山の松平越後守から、そして十五日には藤堂和泉守から単独でと、相継いで出された。外様の二度目の伺書は、「酒井左衛門尉殿家の儀は、代々拝領のことと承知致し候。しかるところ城地替えの儀仰せ出され、右何様の儀にて、長岡下し置かれ候や伺い奉り申したく」と、手厳しい詰問調になっていたし、松平越後守の抗議書は、先年わが藩が台所不如意で羽州荘内に所替えを望んだときは、酒井家は格別の思召で信州松代から荘内に移されたものだと断わられた。しかるに今度は本家筋の当家をさし置いて、川越の松平に荘内拝領を許したのは、そこになにか格別の思召でもあるのか、ぜひともうかがいたいと厭味を言ってきていた。

藤堂家からは、当家は先年から諸大名組合の御旗頭を勤め、酒井は忠勝以来北国筋の頭取を勤めている。ところが今度の荘内藩御指替えについて、「私共へはご内達も御座なく、少しも承知仕らず」、ついてはその国替えの理由を承りたいと言ってきていた。

「うっちゃっておいてはいかがですか」

鳥居は、にこりともしないで言った。

「いちいち相手になされては、きりもございませんでしょう」

「そう思うか」

「いずれ上知令が必要です。それがなくては今後の海防策は成り立ちません。今度の三方国替えは、そのための瀬踏みを兼ねていた筈ではございませんか」

江戸周辺の海防要地を、その土地の領主から取りあげて幕府直轄《ちょっかつ》とし、そこに幕臣の精鋭を駐屯させて江戸湾を防衛する。それが、鳥居が忠邦に提出している江戸湾防備改革案の骨子だった。忠邦は、この構想を大坂にも適用しようと考えている。

しかし替地を考慮すると言っても、自領の一部を幕府に差し出させようとする上知令には、該当領主の抵抗が予想された。荘内、川越、長岡の三方国替えは、ひとつはそれで諸侯の反応をみ、一方強権で押し切って幕府の威を示す狙《ねら》いもあったのだ。

――百姓まで出かけてきよったので、酒井に同情が集まっている。

その情勢が、忠邦にはみえる。鳥居は相手にするなというが、忠邦は外様《とざま》大名の態度が気になった。二百年来、唯々諾々《いいだくだく》と畏《かしこま》ってきた彼らが、牙《きば》をむき始めた無気味さがある。これが窺《うかが》おうとした反応だとすると、望ましくない反応が現われたと言わざるを得ない。今夜、鳥居がくる前に考えていたことも、そういうことだった。

三方国替えは、命令を出したまま、そこで動きがとれないという、奇妙な膠着《こうちゃく》に陥っている。これを強行して、いい結果が出るとは思われなかった。

「荘内にも、誰か知らんが知恵者がいるらしい」

と忠邦は言った。

「また何か言ってきましたか」

「累代藩主の墓地を下賜せよ、と言ってきた。よく粘ることだ」

「なるほど」

鳥居が初めて笑った。手応《てごた》えのある敵をみたときに、この男がみせる嬉《うれ》しそうな笑いだった。

——しかし、鳥居は老中ではないからな。

鳥居が帰り、多分いつもの目付風と呼ばれる直線的な歩き癖に違いないその足音が、廊下を曲がって遠ざかるのを聞きながら、忠邦はそう思った。

閏一月三十日、前将軍家斉が死んだ。その知らせを、忠邦は内心明るいものとして受け取った。すぐに家斉側近の水野忠篤、林忠英、美濃部茂育を幕政の場から締め出す構想が浮かんだ。同じ知らせを、荘内藩家老松平甚三郎も、やはり明るいものとして受け取っていた。人の死を喜ぶわけではないが、大御所家斉の存在そのものが国替え中止をもとめる動きの中で、抜きがたい障害物としてあることを、長い間感じ続けてきたからである。

領内騒然

一

紺の合羽に菅笠《すげがさ》、背に大きな風呂敷《ふろしき》包みを背負った男が、馬町村を西から通り抜けて、大山村にさしかかっていた。冬の間、このあたりでよく見かける、越中の薬売りである。

雪が降っている。雪の道を歩いているのはその男ひとりだけだった。雪は、男の四方に微《かす》かに乾いた音を立てて降り続いていた。その下に、白い野と蒼黒《あおぐろ》く煙っているような村の木立や家々が静まり返っている。

男は、大山村の入口にある真新しい建札の前で足をとめた。菅笠を傾けてしばらく身じろぎもせずにその文章を読むと、男はまた歩き出して村の中に入った。建札の上にも雪がつもり、板面が少し濡《ぬ》れている。

男は大山村に入ったが、そのあたりの家に立ち寄る様子もなく、少し急ぎ足に村の中をすすむと、酒屋に入った。門を入るとき、男は左右を確かめるように、眼を配った。菅笠の下は、寒さを凌《しの》ぐために手拭《てぬぐ》いで頰かむりをしていて、眼鼻だけ外に出ているので、左右をみたとき男の眼が光ったようにみえた。

加賀屋に入ると、男は別に案内を乞《こ》うでもなく、黙って合羽をふるい、雪にまみれた草鞋《わらじ》を脱ぐと、風呂敷包みを片手に提げて式台を上がった。構えの大きい加賀屋の内部は、無人のように静かで、男が中に入ったのを咎《とが》める者もいなかった。

男は廊下を真直《まっす》ぐ奥座敷に向かった。雪囲いをしているので、廊下は暗く、冷えびえとした空気が澱《よど》んでいる。座敷の前に立つと、男は荷をおろし、はじめて頰かむりを取った。すると二十過ぎの、色の浅黒い若い顔が現われた。男の気配が聞こえたらしく、襖《ふすま》の中で低い話し声がしていたのがぴたりと止まった。

「誰だ？」という声がした。

「腹痛の薬はいりませんかな」

と言って、男は襖を開けた。

中に男が四人いて、その若い男をみた。一人が薄笑いして男に話しかけた。

「だいぶ恰好《かっこう》が板についたようですな」

部屋の中にいたのは、加賀屋の万平と、いま声をかけた三十前後の浪人風の武士、それに野郎髪で恰幅のいい三十六、七の男、それに小柄な老人だった。老人は、そばに肩から下げる飴《あめ》売りの道具を置いている。

「遅くなりました」

薬売りの若い男は、畳に手をついて、恰幅のいい中年男に挨拶《あいさつ》した。中年男は、短く「ごくろうだ」と言った。

それからみんなの顔を見回して、

「では、はじめようか」

と言った。みんなは黙ってうなずいた。部屋の中は、床の間の脇《わき》の明かり取り障子から入る白い光に、半面だけ白く浮き上がっている。

「はじめに山田の話を聞こうか。山田は酒田大浜の集まりをみたのか」

と中年男が言った。

「いえ、五丁野《ごちょうの》のときは、中に入ってみたのですが、大浜の集まりは隠し言葉を使っているという噂《うわさ》で近寄れませんでした。だが大よそのところは摑《つか》んでおります」

と山田と呼ばれた惣髪《そうはつ》の武士は言った。

川北三郷の百姓が、平田郷西平田村の五丁谷地に突如として群集したのは、先月の二十七日だった。人数は五百人ばかりである。百姓たちは、平田郷、荒瀬郷、遊佐郷と大書した蓆旗《むしろばた》の下に、三組が整然と分れて集まり、ほかに長さ四、五間の竹竿《たけざお》に、白木綿で長さ六、七尺もある幟《のぼり》を一本立て、幟には庄一意居成大名地と書いていた。

集会は下げ札で知らせが出たので、酒田町から同心が目明しを引率して駆けつけ、解散を命じた。これに対し、百姓たちは鶴ヶ岡城中に歎願《たんがん》に行くのだと抗《あらが》ったが、同心が新堀川の渡場を差しとめ、なおも説得すると、間もなく引き揚げた。

だが、月が二月と改まった今月の一日に、川北三郷の百姓たちは再び、今度は酒田大浜に集合した。人数は三千人に膨れ上がっていた。続いて七日に千人、八日に七、八百人、九日二千人余り、そして十日には一万人を超える百姓が、寒風が吹き晒《さら》す同じ場所に集まった。

彼らは早朝、ほら貝を吹き鳴らす音を合図に、高野浜外の大船繋場北の広場に集まってくる。山神と書いた木綿の大旗、庄一位居成大明神と記した、やはり木綿の紅、白、青三色、幅三尺の吹貫《ふきぬき》を中心に、荒れくるう冬の海の音の中で演説する者の声を、粛然と聞いている。

荘内藩から出張した役人が、気を揉《も》んで度たび解散を命じるのには、まだ相談がまとまっていないから、ここを引き払っても、また別の場所に集まることになる。それでは手間をかけるばかりで、かえって恐縮だから、しばらくお控え下さるように、と慇懃《いんぎん》に威嚇《いかく》して聞き入れようとしない。そして日暮れになると、急に潮が退《ひ》くように大浜から引き揚げた。

しかし彼らは、酒田の市中を通るときも、人に行き逢《あ》えば、必ず自分たちの方から道脇に寄って、通行の邪魔にならないよう気を配り、また酒田川岸通りの町民から酒五十樽《たる》、台町猟師町から酒三十樽を、寒さしのぎの寸志として出したのに、禁酒を申し合わせているからと手も触れなかった。しかし空腹だろうからと、町の者が出したむすびは喰った。

また五丁野から大浜の川端まで、舟で山のように枯萱《かれかや》を運び、集会の間にこれを焚《た》いた。途中で雪が降り出したときには、役人もその萱をもらって焚火したが、引き払うときには火始末の人間を残してきれいに片付けた。

「これは、集まりが終ったあと写し取ったものですが、集会の心得を記した建札です」

山田は懐《ふところ》を探って畳んだ紙を出した。男たちは一斉に山田の手もとを覗《のぞ》きこむようにした。万平をのぞく四人は、川越から来ている密偵だった。

「読み上げましょう。ひとつ畑作物猥《みだ》りに踏み散らし申しまじきこと。ひとつ……」

一、積み置き候萱は勿論《もちろん》、下草等にいたるまで、焚き申すまじきこと。一、お役人へ対し雑言過言申すまじきこと。一、何事によらず私の喧嘩《けんか》は無論仕まじきこと。一、酒田御町通行の節、くわいきせる並びに火縄、松明《たいまつ》、堅く無用のこと。ほかに「打寄の者人々薪《まき》を持来る。お役人中まかり出《い》で候えば、惣人数冠り候ものをぬぐ」と注記してある。

「萱を焚くな、というのは他人の積んであるものという意味です」

と山田は注釈をつけた。

「おわかりですか。これはじつに整然とした一揆《いっき》なのです」

「だが、彼らの集まりの目的は何だ？　ただ集まって話を聞いているだけではあるまい」

「それが、じつは昨日漸《ようや》くわかりました」

山田は眼を光らせて、低い声になった。山田は名を潤吉と言い、もとは荘内藩に仕えて御徒《おかち》をしていた人間だった。出奔して江戸に出ている間に川越藩の者と知り合い、密偵として荘内に潜入しているのである。

山田はいま、直心影流長沼長左衛門忠敬の門人高木正平という触れこみで、川北の指導者文隣が住む江地村の隣、楸島《あきじま》村権四郎方へ寄宿して村の若者たちに剣術と柔《やわら》を教えていた。山田はじっさい武術にすぐれていたし、女房と一緒だったから、村の者に怪しまれることはなかった。そうして玉龍寺に出入する若者たちを通じて、文隣の身辺を探っているのである。

文隣が、川北三郷の指導者であることを、山田と密偵は早くから探り知っている。山田は玉龍寺に出入りする若者たちから、文隣を訪ねてくる人間の動きの大半を掴んでいた。山田は、むろん転封を迎えて、江戸登りに、集会に騒いでいる百姓たちに、同情するふりを装《よそお》っている。そういう言い方で、ついに昨日、一人の若者を通じて、大浜の集会で、百姓たちが城あてに差し出した願書の下書きを手に入れたのだった。

山田は、内懐深いところから、薄い紙を取り出して、男たちに回覧した。紙は細字で達筆に書かれた下書きで、手にとると温かいのは、山田が肌で温めていたからである。

「五丁谷地の集会は、信右衛門、文隣、青塚村の多市郎が仕組んだことは、この前お知らせしたとおりです。江戸の駕籠《かご》訴は成功したが、歎願書は藩に下げ渡しになった。これが老中の答えだったわけです。そこで、何か新しい手を考えなければならない。それで考えついたのが大寄せですが、五丁野のときは、何をすればよいかわからなかったようですな」

「……」

「ところが、今度はわかったわけです。そこに書いてある計画に、三郷の百姓を結集するつもりでした」

「私共の儀は川北之百姓共に御座候」で始まる歎願文は、「此度お登りの儀は、ご延引成し下され、庄内へ永々ご在城在りならられ候様お止め申上候よりほか御座無く候ことと存じ奉《たてまつ》り候。この間一同打寄せ評議仕《つかまつ》り候間、此段恐れながら、御沙汰《ごさた》成し下されたく願い奉り候。右の段お取上げ御座なく候事にては、私ども農業出精仕り、植付行き届け為《な》し、以《もっ》て追々江戸表へお迎えに罷《まか》り登り申すべきよりほか御座なく」と、今春の藩公出府引きのばしを願っているのだった。

「さっき、村の入口で、十六日に相尾《すぎお》神社で村の寄合いがあるという建札を見ましたが、それも繋《つな》がりがありますか」

と若い薬売りが言った。

「ゆうべ、例の馬町の本間の家に、川北の者らしい男が二人入ったのを見た。建札が出たのが今朝で、本間はもうこの雪の中をあちこちと人を走らせている。恐らく繋がりがあるな」

中年男は、そばの老人から下書きを受けとると、丁寧に畳んで、懐から出した財布に蔵《しま》った。

「この引き止めにどのぐらいの人数が集まるか。恐らく連中は、万という人間を集めて天下の注目を引く気だろう。しかも名目は藩主を慕ってということになる。なかなか考えておる」

「……」

「万平は荘内の百姓はおとなしいなどと言ったが、なかなかやる。藩では十日に、四家老の連名で大御所薨去《こうきょ》につきご中陰の慎しみの達しを出したが、いっこう聞き入れる様子はないな。あれはどうしているかな？　十文字村の肝煎《きもいり》は」

「はい」

飴売りの老人が、伏し目のまま答えた。

「同じ村の弥右衛門、柳久瀬村の義市、小中島村の藤十郎、上藤島の吉兵衛などと出府の打ち合わせをしているようです。人数は七、八人で、ここ一両日の間に出かける気配でございます」

老人の態度は控えめで、中年の男とよほど身分の隔たりがある様子だった。

「大丈夫でございましょうか、柳田さま」

それまで黙って火鉢の火をみつめていた万平が、急に顔を挙げて中年男に言った。

「何がだ？」

「このように領内の百姓が騒ぎ立てて、それでも川越の殿さまは荘内においでになれますか。正直に申しまして、私はこういう騒ぎになっているとは夢にも思いませんでしたもので」

「こわいか、加賀屋」

柳田と呼ばれた中年男は、薄笑いをして万平をみた。万平は、一月十四日に郷里に帰り、その後自分でもひそかに鶴ヶ岡に出て、情勢を探ったり、その後次々と領内に入ってきた川越藩の密偵たちの世話を焼いたりしているが、近頃の情勢は、転封ということが、江戸や川越にいて考えたようなものではないことを示している。

万平の意識の底で、いつも数万の百姓が牙《きば》をむいて怒号している。これまで万平は、そういう百姓の姿をみたことがなかった。彼らは黙々と地を這《は》って穀物を育て、酒好きで、飲む機会があればとめどなく酔い、機嫌がよかった。だがその百姓たちは、大浜の集会で、恐らく喉《のど》が鳴ったに違いない大量の酒の差入れを、断わったというではないか。百姓たちが、はじめてみせたそういう顔が無気味だった。

自分がいまやっていることを、百姓たちが知ったらと思うと、肝が冷えるほど恐ろしくなる。だが万平は、もう舟に乗ってしまった自分を感じている。降りることは出来ない。万平は近頃は外に出ることもなく、じっと家に閉じ籠《こも》って、密偵たちが柳田に持ってくる情報を聞いている。

「心配することはないぞ、加賀屋。百姓がどのように騒ごうと、幕命がくつがえることはあり得ん。そのうちには、けりがつく。そのときには、貴様にもたっぷり褒美《ほうび》が出るぞ」

柳田は少し慰める口調でそう言ったが、万平は、その声を上の空で聞き、自分だけの考えを追っていた。

「もしもですよ、柳田さま」

万平は声をひそめて言った。

「もし国替えお取りやめということになりましたら、私を川越に引き取ってもらえますか」

二

「京田通、山浜通の方は、騒ぎはおさまったか」

と家老の松平甚三郎は言った。京田通からは代官の矢嶋逸策が出ていた。

「は。十六日夜に大山の椙尾神社に西郷組、それに田川組から一部、川北の者と思える者多数。それから淀川組は豆腐山、黒楯山にざっと五百人ほど。また京田通の者およそ千人ほどが面野山《おものやま》のあたりに集まりました。十七日も早朝から騒いだようですが、村役人総出でどうやら取り鎮《しず》めたようでございます」

「問題は中川通だな」

と松平は言った。中川からは郡《こおり》奉行の相良《さがら》文右衛門と代官の関甚太夫がきていた。ほかに万年、石井らの代官がいるが、彼らは手代以下の配下を連れて中川通の各組を駆けずり回っている。中川通は十五日、十六日と中川谷地、新屋敷谷地に数万の百姓が群集し、まだ不穏な空気がおさまっていないので眼放しならないのであった。中川通の百姓たちは、まるで狂ったように雪の道をあちらの村、こちらの村と走り回っていた。

郡奉行の相良と代官の関も、顔に憔悴《しょうすい》のいろを浮かべている。

「彼らの訴えが、殿の出府引き止めにあることは明らかだ。中川通は参覲《さんきん》の道筋ではあるし、ここを塞《ふさ》がれてはどうにもならん。また勢いあまって城下になだれ込んで来ないものでもない」

「もし、これ以上人間が集まるようだと、赤川のこちら岸に、城中から人数を配る必要があると存じます」

と相良が言った。

「それは少々大げさでないか、相良。たかが百姓の集まりだ。まさか、町や城に焼打ちもかけまい」

「いえ、今度の百姓打寄せは、なかなか穏やかでないものを感じます。酒田大浜の打寄せは、おおむね静かで、一部の百姓が白崎の間者だとか申して権蔵という男を打ち叩《たた》いたり、また宮ノ浦に舟を出させようとして、言うことを聞かない船場の船頭を棒でなぐるということがありましたが、これはむしろ例外でござりましょう。だが中川の百姓は、眼が吊《つ》り上がっております」

「白崎というのは、江戸の大山の手紙にあったが、こちらの味方だぞ。権蔵というのは何者だ」

「白崎の屋敷で定雇いにしております小便汲《く》みでござります」

相良にかわって、関甚太夫が答えた。緊張していた部屋の中に、笑声が洩《も》れた。答えた関も苦笑している。

「それはともかくと致しまして」

相良が笑いをおさめて言った。

「中川通の百姓たちは、集まりを触れ回り、集まらねば家をこわすなどと脅迫している節がござります。恐らく二十一日のご出府を目前にして気が立っているものとみえます。十六日の夜も赤川の舟を隠し、船頭を隠して城下に入ることだけは防ぎましたが、一時はどうなるかと存じたほどでござりました」

十六日は、早朝から押切三本木村のあたりから群集が現われ、続いて狩川通、櫛引《くしびき》通からも蟻《あり》のように人が集まり、一時は上藤島村から赤川の岸まで一面に百姓が埋めた。百姓たちは鉦《かね》、太鼓、ほら貝を鳴らし、中央には「雖レ為二百姓一不レ仕二二君一」と二行に書いた大幟を一本立てていた。役人が船頭に命じて舟を隠すと、彼らは焚火をしながら黙々とその様子を見まもっていたが、代官加藤理兵衛、万年亀吉、また日暮れになって平田郷代官朝比奈仲右衛門が配下を連れて川を渡り、十本ほどの高張《たかはり》提灯《ぢょうちん》を立てると、百姓たちは一斉にどっと声をあげた。数万の人間のあげた声は、暗い冬の夜空をゆるがし、火明かりが四方を焦《こ》がして、異様な雰囲気だったのである。

相良と関も、川を越えて取鎮めに行ったが、役人たちの説得を百姓たちはいっこうに聞き入れなかった。彼らが六所谷地に引き揚げたのは、明け方で、その後には髭谷地のあたりにかけて、積んでおいた萱が、火を掛けられて天を焦がした。

「川北の打寄せのように、これはと思う頭分がおらず、そこのところが甚だ危険に思われます」

と相良は言った。

「彼らはどう申しておる？」

と松平は言った。

「今度殿がご出府になれば、再びお戻りになることはあるまい。だからお引きとめするというものもあれば、二十一日の出府ということも知らず、単純に、二度と殿のお駕籠をみることが出来ないから拝みにきたと、そう申す者もおります」

「十文字村の何とやらいう百姓が、また江戸へ行ったそうだな」

「はあ、これは意表を突かれました」

と矢嶋が言った。中川通十文字村の肝煎伊之助は、ほか七人と一緒に、山浜通の温《あつ》海《み》から、舟で越後の瀬波に抜けて、江戸に訴願に登ったことが後でわかったのである。

「百姓たちも、なかなかやるものだ」

と松平は言った。松平の声には、深刻なひびきはなく、どこか苦笑しているような感じがある。その口調に反発するように、相良が険しい表情で言った。

「しかしこのあとも昨日までのような騒ぎが続けば、藩でも人数を繰り出し、主だった者を捕えるとか、厳しい処分を考えねばなりますまい」

「まだ、その必要はあるまい」

「しかしもしも百姓たちに阻《はば》まれて、殿のご出府がかなわないというような事態が起きては一大事でござりましょう。御公儀への聞こえもいかがかと存じますが……」

「それも道理だが、百姓たちの言い分にも道理がある。殿がもう帰って来ぬかも知れんゆえ、ご出府を引きとめるというのは可愛いいではないか」

どうするつもりか、やらせてみようと松平は思っていた。いままでの百姓たちの江戸歎願の成り行きから考えて、出府引きとめというのは、ごく自然だという気がした。出府の遅れは公儀を刺戟《しげき》するかも知れないが、諸大名、諸国の評判は、この奇妙な一揆に対して悪く傾くはずはないのだ。公儀への言訳はなんとしてでもつく。仮りに咎めがあるとしても、国替えが命令されてから、すでに四ヵ月半経《た》っている。それが実行に移されていないことについては、妙な言い方になるが、公儀にも責任がある。領内騒擾《そうじょう》にしても、それを理由に酒井家を取り潰《つぶ》すような処置は、もはやあり得ない。むろん、藩として相応の取締りの手は残らず打つ必要があるが。

「いま少し、様子をみよう。ただ彼らが家を焼いたり、人を傷つけたりして暴動することは、厳重に監視する必要がある」

松平は三人に帰ってよいと命じると、立って窓のところに行き、障子を開けた。会所の中庭には、まだ厚く雪が残っている。雪は日没のあとの空を映して、あちこちに青白い隈《くま》を作っていた。

庭をへだてた向うの棟から、少年たちの素読の声が聞こえてくる。会所と同居している藩校致道館では、いつものように授業が行なわれているようだった。かすかなその声をのぞいて、建物は静まりかえっている。建物の屋根のうしろに、薄も色に染まった雲が浮かんでいる。空気はまだ冷たいが、どこかに潤《うる》んだような気配を含んでいた。

――春だな。

と松平は思った。松平は詩人ではない。国替えの沙汰が、ついに冬を越して、なお持ちこたえていることに、ふと感慨を催したのである。添地願いにも、藩主家の墓地下賜《かし》願いにも、これといった明確な返答がなく、ただ一度催促めいた達しがあっただけで、その後幕府は沈黙を守っている。

いま、藩は幕府と四つに組み合っている形勢だった。この形勢に持ってくることが出来た理由のひとつに、領内の百姓が江戸に歎願に行ったという事実があることは否《いな》めない。百姓たちの歎願で、諸侯が、今度の三方国替えがどういうものであるか、三藩を動かそうとしたのがどういう力であるかに、改めて注目し、荘内藩に同情を傾けたことは事実だった。

百姓の集会も、これからあり得るかも知れない藩公の出府引きとめも、訴状を取りあげなかった公儀に対する、彼らなりの示威であることは間違いない。藩は、公儀に対する姿勢として、それを押さえる構えを取らざるを得ないが、半ばはその動きに乗って、諸侯への訴え、老中への訴えかけを強めるべきなのだ、と松平は思っていた。

だが百姓の動きがここまで来ると、藩の中ではこういう考え方は通りにくくなるだろうという予想もある。現に取締りを厳しくすべきだと言った相良の眼には、松平を非難するいろがあった。

為政者は、ほとんど本能的に、百姓がいつもは隠している、彼らの強大な力を露《あら》わにすることを忌《い》み、怖《おそ》れるのだ。その怖れは、松平の内部にも、全くないとは言えなかった。

三

郡奉行相良文右衛門は、十九日の早朝、代官加藤理兵衛、万年亀吉と一緒に、代官手代以下の配下十名ほどを連れ、赤川を渡った。

赤川は鶴ヶ岡城下の東端を北に流れ、酒田の手前で最上川に合流して海に注ぐ。平城である鶴ヶ岡城の要害の一部として考えられている川である。そのため昔から橋は渡さず、常時七艘《そう》の渡し舟を動かして、参覲などの行列が渡河するときは、軽舟を繋いで板を渡し、臨時に舟橋を架けた。

相良は渡しを越えると、上藤島の六所明神社にいそいだ。百姓たちは、昨日もそこに集まり、終日騒いだので、相良は首謀者格とみられる横山村の伝四郎、福島村の喜右衛門の二人を拘束して、藤島村の大庄屋太田与三郎方、狩川村大庄屋東海林《しょうじ》丈助方へそれぞれ預け、漸く百姓たちを解散させたのである。

相良たち一行が、六所明神社に着いたとき、そこには誰もいなかった。雪が残る境内に朝の日の光が射《さ》しこみ、黒ずんだ枝を張っている老杉の梢《こずえ》で、一羽の鴉《からす》がもの憂《う》く啼《な》いているだけである。

雪の上に残っている乱れた足跡をみながら、相良はほっとした顔で、加藤と万年を振り向いた。

「まだ誰も来ておらんな」

「今日は集まりはやめましたかな」

と加藤が言った。加藤は性格に放胆なところがあり、物事を楽観的にみる傾向がある。顔も肉が厚い丸顔で、連日騒ぎの取鎮めに奔走しているのに疲れた色がみえなかった。腹がだいぶ出ている。

「そうなれば、村方に参って様子をみますかな」

「いや、まだわからんぞ」

相良は慎重な口ぶりで言った。出府は明後日である。ここで百姓が集まりを中止するとは思えなかった。

「しばらく待ってみよう」

相良は加藤を含めたみんなにそういうと、境内の端《はず》れに行って、平野が見渡せる場所に立った。樹立の間から、日に輝く雪の平野がみえた。平野の南、鶴ケ岡の城下の町並みの背後に、金峰《きんぽう》山、母狩《ぼかり》山、摩耶《まや》山が雪の山肌を重ねて続いている。金峰山の山肌には、春の訪れを示す雪崩《なだれ》のあとが二条、くっきりとみえた。

青い空がひろがっている。もう半月もすれば、雪は溶けはじめ、青空の下に黒い土が姿を現わすだろう。

相良は、ふと顔を曇らせた。雪が消え、平野に草が萌《も》えるころ、この土地は果して藩のものであるかどうか、という考えに囚《とら》われたのである。だが相良は、そのことと、こうして警戒している百姓の動きとの繋がりには深く心をとめなかった。謹直な良吏である相良は、百姓の行動が、藩法から逸脱することがないように心を配ることで手一杯だった。

「いかがですか。何かみえますか」

後から近づいた万年が言った。

「いや、まだ何もみえん。だが、連中は必ずやってくる。この上天気に、連中が家の中にじっとしているはずがない」

相良は、珍らしくあまり上手ではない冗談を言った。春を思わせるような、澄んだ日の光が、相良の軽口を引き出したようだった。万年が、それもそうですな、と笑った。

「もうしばらく待って、様子をみることにしよう」

相良は言った。もとの謹厳な表情に戻っている。境内の真中あたりに、杉の枯葉を集めて焚火をしながら、相良たちは辛抱強く待った。

四ツ（午前十時）過ぎ、果して百姓たちは姿を現わした。雪の野にひびくほら貝の音に、相良たちが境内の端に出たときは、百姓達の先頭は、六所谷地に踏みこもうとしていた。雪の上を進んで来る列は、蟻の行列のようにきりもなく続き、目算で三、四千人はいるかと思われた。

彼らは、境内を走り出た相良らを全く無視して、谷地の中ほどに萱を山のように積み上げると、火をつけた。巨大な煙と炎が空にのびて揺れた。そのまま、百姓たちは、鳴りを静めて野の向うを眺めている。

やがて彼らが何を待っていたかがわかった。狩川通の京山あたり、櫛引通は黒川高寺、そして金峰山の中腹に、京田通の方は空諏訪のあたりに、天を焦《こ》がす煙が立ちのぼったのである。それまで黙りこくっていた百姓たちは、それをみると、どっと声をあげた。

「これはいかん」

相良は緊張した顔で、配下をみた。

「今日の集まりは、尋常の人数でないかも知れんな。ほかから駆けつけて来ないうちに、集まっている連中を散らそう」

相良たちは、百姓たちの群れに近寄ると、声を張って説得をはじめた。だが百姓たちは黙々と聞いているだけである。下俯いている黒い顔には、何の表情も浮かばず、相良たちの声だけが、空《むな》しくあたりにひびいた。

「早々に引き取らんか。何のためにこうして集まっておる？」

「……」

相良は苛立《いらだ》って、前にいる中年の頬のこけた百姓の肩を摑むと、荒々しくゆさぶった。

「これ。なぜ黙っておる？　何か答えんか」

「いろいろど、相談あるもんださげ……」

男はのっそりした口調で言った。

「ンだども、まだ人数揃《そろ》わねえもんださげ、こうして待えでいるどこだども」

相良は口を噤《つぐ》んだ。眼の前に立っているのは得体の知れない壁だった。相良たちがその中に踏みこむのを拒否していた。

突然「おう、おう」という声が起こって、六所谷地は百姓たちの歓声でどよめいた。相良たちが振り向くと、雪原の向うから旗を立て、鉦《かね》、太鼓、ほら貝を鳴らす百姓の一群が、六所谷地の煙を目ざして進んでくるところだった。

「止《や》むを得ん。一たん神社に戻って、監視することにしよう」

と相良は周囲の者に言った。

相良たちがみていると、人数は昼頃までには真黒に谷地を埋め、およそ五、六万近い百姓が各郷から集まってきた模様だった。真中に、いつもの雖レ為二百姓一不レ仕二君」と書いた大幟を立て、それぞれの村印の旗の下に人が塊まり、それを千人ぐらいずつにまとめて、頭分らしい人間が、何かしきりに演説しているのがみえた。

そのうち、千人ぐらいずつの人数が二組、群集から離れてどこかに駆け出して行き、あとの者はそのまま何か相談に入ったようだった。

相良たちは見ているだけで手が出せなかったが、一度だけ、境内を出て行った。三十人ほどの人足風の男たちがそこを通りかかり、百姓たちと二、三押し問答したとみると、忽《たちま》ち黒い渦に巻かれたように群集の中に引き込まれ、めった打ちにされるのを見たからである。

相良たちが割って入ると、百姓たちはすばやく手を引いた。救い出されたのは、藁《わら》屋《や》弥右衛門という雲助頭と手下の雲助で、出府の荷物運びに雇われて、城下に行く途中この災難に会ったのだった。

「この騒ぎは何ですかい、旦那《だんな》」

弥右衛門は頭も額も瘤《こぶ》だらけで、筋骨たくましい大男が、唇まで白くしていた。

「いきなり、やれ打ち殺せてえのはひどいよ。川越もんだろうって言われたんだが、あっしら川越じゃなくて、江戸から来たんでね」

代官の加藤がいきさつを説明すると、一瞬の乱闘に、着ている物までちぎられた雲助頭は、大きく合点した。

「それで気がたってんだ、なるほど。あっしら諸国に雇われて、鬼と呼ばれている人足だが、こんな怖い目にあったのは初めてですぜ」

群を離れて行った者たちが帰ってきたのは、七ツ過ぎだった。それが何のためかわかったのは、その後を追うように、狩川から代官関甚太夫がやってきたからである。

「やられました」

と関は額の汗を拭って言った。彼らは、狩川村の大庄屋東海林と藤島の大庄屋太田の屋敷を襲って、昨日預けられた伝四郎と喜右衛門を奪い返してきたのであった。

「家へ踏みこんだか」

と相良は聞いた。

「いや、入りはしませんでしたが、いまにも踏みこむ勢いで、止むを得ず引き渡しました」

と関は言った。百姓たちは、暴動の一歩手前で踏みとどまっているようだった。だがそれは、いつでも巨大な暴力に変り得る狂気を抱きかかえている群集だった。関が譲ったのは、その気配に押されたのである。

百姓の群は、夜になっても引き揚げず、かえって高張提灯を先頭に立て、松明を持った人の列が、夜の雪原の隅々から、六所谷地目がけてきりもなく動き、田川郡一帯は狐火《きつねび》のような松明の光で埋まった。中川通、狩川通、櫛引通、山浜通、京田通五郷から、その夜集まった百姓は十万人を超えた。

そして同じその夜、川北三郷の村々を、天狗《てんぐ》の面をかぶった者たちが、風のように走り抜けた。彼らは村々の長役の家の前にくると、明日朝赤川の渡し場まで出よ、三十軒ある村は、二十軒までは間違いなく出るよう、手配せよ、と触れ、たちまち闇《やみ》の中に消えて行った。

群集は、二十日になっても引き揚げなかったが、鶴ヶ岡城中ではその日はやく、藩主出府を二十七日まで延ばすことを決定していた。

相良文右衛門の報告のほかに、郡代の辻順治が川南惣組頭の名で川北にあてた書状を入手していて、その書状は「川北惣百姓二十日の朝まで残らず相詰め候様、仰《おお》せ渡さるべく候。人数打寄せ次第、大手先広場まで相詰め、御発駕《はつが》慕い奉りたく候間云々《うんぬん》」と記し、百姓たちが引きとめのため城門まで押しかけることがはっきりしたからである。

四

藩では出府延期を決めると同時に、城下の木戸の人数をふやし、町々の巡邏《じゅんら》をはじめるなど、百姓たちの動きに対する警戒を強化した。その一方二十二日になると、松平甚三郎以下、郡代、郡奉行、代官が各郷に出張して村々を回り、百姓の慰撫《いぶ》に取りかかったのである。藩主の出府引きとめも、一度は天下の耳目をあつめて美挙を噂されるかも知れないが、二度繰り返せば、物笑いの種になりかねない。藩の器量が問われる。

かといって若《も》し、藩が武力を使って百姓と衝突するようなことになれば、公儀はこれを、膠着《こうちゃく》している転封問題にけりをつける好餌《こうじ》とするかも知れない。その恐れは多分にあった。

松平は、そういう読みから、先頭に立って回村慰撫に乗り出したのであったが、一方に十万余の百姓が集まったという、六所明神の大寄せに対する気味悪さが心の中にあることも否定出来なかった。

百姓の転封阻止の動きは、藩にとって対幕交渉の有利な材料となっている。この動きに乗って、松平は藩主家の墓地問題、諸藩への働きかけなどの手を打ってきている。だから、酒田大浜の打寄せのとき、夜になって川北から主だった者三十六人が、ひそかに松平を訪ねてきた時も、松平は願書を受け取り、馳走《ちそう》を出して彼らを犒《ねぎら》っている。

だが、今度の中川谷地、新屋敷谷地から、六所明神の大寄せに至る川南の騒擾は、性質《たち》が違うという感じがした。ひと言で言えば、統制がとれていないという感じを松平は受けている。それは相良の指摘にもあったことだが、彼らは中陰の慎しみの達しを無視し、郡奉行が拘束した人間を、代官、大庄屋以下の村役人を脅迫して拉致《らち》し、城門に迫って出府取りやめを強訴するつもりでいたようである。

松平は、これまで川南の百姓の江戸歎願を指導していた人間が、今度の騒擾の指揮には加わっていまい、という感触を受けていた。回村慰撫は、一歩誤れば、思いがけない方向に暴走しかねない危険を、百姓たちの動きから嗅《か》ぎつけたためでもあった。

松平たちの慰撫が効いたのか、それとも別に意図があるのか、あれほど騒ぎ立てた百姓たちは、そのあとひそと鳴りを静めた。その中を、藩主忠器の参観の行列は、二十七日何ごともなく鶴ヶ岡の城下を発《た》って行った。清川口からの舟便は、折悪《あ》しく風合いが悪くて行列は六日の間、清川にとどまった。しかしその間にも何の異変も起こらず、三月三日藩主を乗せた舟は清川を離れ、城に残っていた者は胸を撫《な》でおろしたのである。

大寄せというような、大きな騒ぎはおさまったが、その間にも百姓たちの動きはひそかに続いていた。

さきに川北の二番手として、江戸歎願に出発していた荒瀬郷若王寺村の徳右衛門ら十六人は、井伊大老、水戸藩家老中山備前守らに歎願書を提出していたし、中川通十文字村の肝煎伊之助ら八人は、歎願書を懐に抱いて、間もなく江戸に入ろうとしていた。

また藩主忠器が出発した翌日、鶴ヶ岡内川端の料亭大川屋では、ひそかに川北、川南の指導者たちが会合していた。川南の江戸歎願を指導した西郷組書役本間辰之助と、川北の指導者たちとの間には、二月の初めごろから文書による連絡が行なわれていたが、顔を合わせたのはその日が初めてだった。集まったのは、川北遊佐郷十日町の大組頭梅津八十右衛門、青塚村大組頭渡辺多一郎、荒瀬郷大組頭堀謹次郎ら首脳部と、川南からは本間辰之助という顔触れだった。

この会合から、川北、川南合同の江戸訴願組の構想が生まれて、月が改まった三月三日に、川北、川南の百姓、および領内の寺院総代三十九人が越後路から江戸にむかった。一行の宰領役として、百姓に西郷組の本間、寺院総代の僧たちに、玉龍寺の文隣が附き添ったのである。

長く領内二分して、川北、川南で別行動をとっていた転封阻止の動きが、ここまできて漸く領内ひとつの組織として動きはじめたのであった。一行は江戸に着くと二十一日には百姓総代三十六人が水野、太田の両老中に歎願書を提出、寺院総代が翌日上野の執当龍王院に歎願書を提出した。

四月十八日になって、川北、川南を一丸とした大登りの計画が練られたのは、こうした情勢のすすみ具合を背景にしたものだった。

計画の全貌は、次のようなものであった。

御三家　紀伊侯、尾張侯、水戸侯。右一家三十人宛《あて》　〆《しめ》て九十人

御三卿《きょう》　田安侯、一橋侯、清水侯。右一家三十人宛　〆て九十人

大老井伊侯　右一家七人

老中　水野侯、太田侯、土井侯、堀田侯。右一家四人宛　〆て十六人

若年寄　増山侯、堀侯、林侯、喜多侯、松平侯、内藤侯、大岡侯、堀田侯。右一家四人宛　〆て三十二人

町奉行　遠山左衛門尉、矢部左近将監《しょうげん》。右一家六人宛　〆て十二人

元御同席　榊原式部大輔。右一家六人

寺社奉行　稲葉丹後守、阿部伊勢守、戸田日向守、松平伊賀守。右一家四人宛　〆て十六人

御側御用お取次　水野美濃守、白次甲斐守、岡野出羽守、本郷丹後守、新見伊賀守、松平筑後守、平岡対馬守。右一家四人宛　〆て二十八人

大目付　初鹿野美濃守、丹波近江守、土屋紀伊守、跡部信濃守、神尾山城守。右一家四人宛　〆て二十人

御国司　松平加賀守、松平三河守、松平越前守、松平陸奥守、細川越中守、松平因幡守、松平阿波守、松平薩摩守、上杉弾正大弼、佐竹右京太夫、松平伊豆守。右一家五人宛　〆て五十五人

御溜《たまり》ノ間御同席　本多上総介《かずさのすけ》、松平右京太夫、井伊玄蕃守、松平肥後守、小笠原大《だい》膳《ぜん》太夫、酒井雅楽頭《うたのかみ》、松平隠岐守、松平下総守。右一家六人宛　〆て四十八人

この総人数は四百二十人で、これを川北三郷と川南に割り振り、なお遊軍として百四十人をつける、というものであった。これが一ノ手で、続いて二ノ手百七十三人、三ノ手百七十三人と、全部で九百人を超える人数が、江戸へ繰り出す計画である。

この計画を発表した席上、本間辰之助はこう言った。

「細々と歎願を続けたのでは、埒《らち》が開ぎません。皆さん田圃《たんぼ》のこともいそがしくなる

わげだし、このあだりで、荘内百姓の意地のあるどごを見せでやりましょう。これで願いがかなわねば、あどは川北は亀ヶ崎の城さ、川南ははじめ大山さ、殿さまがお引き移りになれば鶴ヶ岡の城さ籠って、一揆起ごすがとありましねのう」

十五日に、川越藩から遠藤善太夫ほか二名が鶴ヶ岡城にきた。彼らの訪問は事務的というよりも、むしろ儀礼的なものだったが、そのことが、荘内の領民に衝撃をあたえていたのである。

百姓たちは、歎願の人数の割り振りが決まると、領内のあちこちで出府の支度をはじめた。服装は羽織は無し、百姓着に蓑《みの》、笠《かさ》、藁はばき着用、脇差《わきざし》は持たず、鎌《かま》一丁ずつ持参のことと決められた。また五人に組頭一人、二十五人に長人と準小頭が附き添い、百人に大組頭一人が附き添って、百人ひと塊りで道中する。五人一組に鍋《なべ》一枚を持参して、それぞれ米持参、雨天のときは木賃宿に泊るが、晴天の日は土地の役人に断わって堂を借りるか、野宿するのにそなえる。「諸国の見聞いともあわれに相見え候様心がけ、決して旅籠《はたご》屋へ泊り、奢《おご》りがましきことこれ無きよう」（大登道中心得）と申し合わせた。

四月二十九日、まず川南中川通十文字村の肝煎伊之助ら七人が、厳戒の中を越後路へ抜け出た。続いて同じ日の夕刻までに、西郷組の百姓四十五人が、新葉の光に包まれた村々から姿を消し、消息を絶った。

五月に入ると、今度は川北三郷に異様な動きがはじまった。数人一組になり、鍋米を背負った百姓たちが、続々と野を横切り、村を横切って、荘内領の北東部を埋める山地に入りこむのが見られたのである。彼らはろくに道もない樹海に入りこむと、さらに東へ東へとすすみはじめた。

五

非番で家にいた荒瀬郷代官石井守右衛門に、月番家老竹内八郎右衛門から呼び出しがきたのは、五月二日の昼過ぎだった。

石井はちょうど、少し遅い昼飯を喰っていたが、大いそぎで済まして登城の支度をすると、家を出た。外に出ると、陰鬱《いんうつ》な雨雲が城下の上にかぶさっていて、いまにもひと雨来そうな空模様だった。季節は雨期に入っていて、このところ降ったり止んだりの天気が続いている。昨日は、めずらしく終日眩《まぶ》しいほど日が照ったが、雨はまだ降り足りないらしく、今朝起きてみると、空はまたぶ厚い雲に覆《おお》われていたのである。

左右に続く武家屋敷の塀越しに、繁茂する樹《き》の葉が重なり合ってみえ、歩き馴《な》れているいつもの道が、日暮れのように仄暗《ほのぐら》い感じだった。石井は何となく、自分を待っている用件が、香《かんば》しいものではあるまいという気がした。

三ノ曲輪うちの会所に入って、使いが指名した部屋に行くと、そこに郡奉行の相良文右衛門と、同じ郡奉行で山浜通代官を兼務している黒谷伊兵衛が先着していた。

石井は二人に挨拶《あいさつ》してから、小声で訊《たず》ねた。

「呼ばれたのは、我らだけですか」

「さよう」

と言ったが、相良はむっつりした表情でいる。その表情をみて、石井はまたさっきの予感が胸の中に騒ぐのを感じた。百姓たちが、また何かを始めたのだ、と思った。いまの領内の空気は、いつ何が起こってもおかしくない、慌《あわただ》しいものを底に潜めている。

「……？」

するとと黒谷が、相良の短い返事を補足するように石井に膝《ひざ》をむけて言った。

「急な呼び出しだったが、用件はおおよそわかっておるのでな」

「……？」

「貴公の耳には入っておられぬか。百姓がまた騒ぎはじめて、大ごとになりそうじゃ。うっとうしいことだ」

「また打寄せですかな」

反射的に石井は言った。藩主忠器の出府引きとめに動いた十万人の集会のあと、百姓たちは、しばらくひっそりと鎮まった。むろんその後にも、国を忍び出て江戸へ行く者が続いていることは探知されたが、領内が一面に騒然となるような集まりの気配はなく、藩ではひと息ついたのである。

だが何事もなかったのはひと月余りの間に過ぎなかった。三月二十三日に、川北の百姓が酒田大浜に集まり、上寺から修験者《しゅげんじゃ》を呼んで柴燈護摩《さいとうごま》修行を行なったのがはじまりで、四月に入ると、川南中川通の百姓が二度にわたって上藤島村六所谷地で集会を開いた。二度とも一万人を超える人数が集まった。

ことに四月の二十五、二十六日の両日にまたがった集まりでは、一部の者が城下にむかうために赤川の渡し場に殺到し、集会の世話役が驚いて舟を隠す騒ぎが起こった。またこのとき、百姓たちは焚火の中に数十本の唐竹を投げ込んで焼いたので、竹が火に爆《は》ぜる音が、百匁《もんめ》の筒を一斉に撃ち出したようにひびきわたり、この物音を聞きつけた城下や近隣の村々では、百姓が鉄砲を使った、と恐慌《きょうこう》をきたしたのであった。

この騒ぎに、藩でも城から人数を繰り出し、城下端れ道形村の煙硝蔵を警護する一方、赤川の対岸に人数を配って、槍襖《やりぶすま》をつくるという前例のない措置をとったほどである。

百姓たちは、江戸に好転の兆《きざ》しがひとつも見えないうちに、川越藩士が来訪したりしている情勢に苛立ち、また大山村の加賀屋万平をはじめ、領内に川越藩の手引きをしている者がいることを探り知って、激昂していた。この騒ぎは、取鎮めにあたった代官加藤理兵衛の扱いがよく、また郡代辻順治、郡奉行相良文右衛門らも出役して慰撫したので鎮まったが、藩では、まだ彼らに対する警戒を解いたわけではない。

「いや打寄せではないが、今度は大挙して江戸に繰りこむらしい。一部の者は、すでに村を出ているという知らせが入ったようだ」

「大挙してというと、何人ぐらいで？」

石井が問いただしたとき、松平甚三郎、竹内八郎右衛門の両家老が部屋に入ってきた。

「やあ、ごくろうだの」

松平はそう声をかけて坐《すわ》ったが、部屋の中が薄暗いのに気づいたらしく、お茶を配りに入ってきた藩士に、障子を開くように命じた。だが障子を開いても、部屋の中はさほど明るくはならなかった。雨気を含んだ沈んだ光が広い庭を包み、その中に赤い花をつけた躑躅《つつじ》の株が点在している。

「私から申してよろしいかの」

竹内が松平を振り向いて言った。松平が微笑してうなずくのをみて、竹内は三人の方に向き直った。竹内は天保元年に千百石の家を継ぐと、番頭、組頭と名門の後継者がたどる家職を歴任して、四年前中老職に登り、今年になって家老に転じていた。今月は月番を勤めている。まだ四十三で、執政の中の若手だった。細面の整った顔に、竹内は少し緊張した色を浮かべて口を開いた。

「もはや耳にしているかも知れんが、また百姓たちが江戸に登る模様での。これが前例のない大人数のものと相わかったので、捨ておき難いということに決まった」

「………」

「そこで、急なことでごくろうだが、そこもとたちに、出国する百姓を追いかけ、引き戻してもらおうと、こうして集まってもらった次第だ」

と竹内は言った。

城下の新地巴屋《ともえや》で、川北、川南の会合が行なわれ、その席で空前の人数の江戸訴願を決めたらしいという情報を、藩が入手したのは先月の二十日過ぎだった。それ以後、藩では村々の動きを厳重に監視していたのだが、百姓たちはいそがしげに田植をしているばかりで、それらしい動きはみられなかった。その後二十五、二十六日に、中川通の百姓があゝいう騒ぎを起こしたが、それは江戸登りと繫《つな》がる動きではなかった。

巴屋でした決定は、あるいは計画だけのものだったかも知れないと藩が思いはじめたとき、山浜通を警護する役人からひとつの報告が入った。中川通の百姓数人が、二十九日警戒の網を潜《くぐ》って越後路に抜けたという知らせである。二十九日といえば、中川通の百姓一万人が、六所谷地で騒いだ三日後のことである。

数人という、その越境の人数が、藩上層部の判断を迷わせた。それが計画された大登りの一番手なのか、それとも従来続いてきた小人数の江戸訴願の者なのか、判定に迷ったのである。もし後者ならば、江戸大登りの可能性は薄くなったと考えてもよさそうだった。だが藩では、山浜通のこの報告を重視した。すなわち越後路に抜けた中川通の百姓数人が、後に続く大登りの先発、または一部である可能性を考えて、街道口はもちろん、人が通れそうな間道すべてに、警戒の人数を手配したのである。これで、荘内領から他領には、蟻が這い出る隙間《すきま》もなくなったのであった。

荘内領には五ツの出入口がある。参観の行列が通る清川口、秋田領に抜ける吹浦口、越後領に抜ける鼠ヶ関口と小国口、村山の天領に抜ける大網口の五ヵ所である。この五ヵ所の関所の警戒を、さらに強めるとともに、今度は間道まで、警戒の役人を配ったのであった。

そして、この警戒が無駄でなかったことが、間もなくわかったのである。西郷組の百姓およそ四十五人が家を留守にしていることが判明したが、行方がつかめないという報告がきたのが、昨日の夕刻だった。そして今朝になって川北から、昨夜以来川北三郷の百姓たちの動きがにわかに遽《あわただ》しい、という報告が入ったのである。そこそこに田植をすませた百姓たちが、一斉に新しい行動を起こしたことは、もはや疑う余地がなかった。

「むろん関所は言うまでもなく、これぞといった間道は残らず手配してあるわけだが、それでも連中が国外へ出るのは防ぎきれまい。連中は、行くと決めたら土を掘っても境を越えようからの」

「前例のない人数と、先ほど仰せありましたが、ざっといかほどでござりますか」

石井が、さっきから気になっていたことを質問した。

「まず、三百人から四百人という見通しだな」

「しかし、そういう大人数で、しかもどのあたりで境を越えるかも確かでないとしますと、つかまえると申しましても骨が折れますな」

それまで黙っていた相良が言った。相良の顔には困惑した表情が浮かんでいる。それに向かって竹内はうなずいた。

「相良が申すとおりでな。途中でつかまえるといっても、実を申すと容易ではない。そこで手順を申そう」

「………」

「そこもとたちは、これから人数を率いて真直《まっすぐ》に六十里越えに向かう。そして明日はなるべく早く山を越えて、出羽街道を押さえる。こうすれば、北から回ってくる連中を、ある程度つかまえられるかも知れぬ」

「心得ました」

「しかし、そこにみんながとどまるわけではない。百姓たちは必ず出羽街道に出るとは限らん。むしろほかの往還に入りこむことが大いに考えられる」

「………」

「そこで街道には、若干の人数を残して、そこもとたちには江戸まで登ってもらうわけじゃ。そして藩邸に連絡して江戸で網を張る。江戸の出入口で押さえ、公事《くじ》宿で押さえ、百姓たちをことごとく江戸屋敷に引き取るしかない」

「つまり今度は、一人の百姓も訴願させてはならんということだ。そう決めた事情を話そう」

と松平が言った。

川越藩から、遠藤、小熊、丸山以下の藩士が来荘し、そのあと早速に百姓一万人が集まり、騒ぎ立てたことについて、公儀筋には、それが当然だとする好意的な見方があった、と松平は意外なことを打ち明けた。

川越藩主松平大和守は、しきりに水野越前守に会い、荘内の領土引渡しは、およそ八月頃という見通しを得ていたが、一方で転封費用の調達に苦慮していた。その時期になって引越しの費用がないというのでは、天下に面目を失う。藩では、ほかに財政事情もあり、一刻も早く金子調達を済ませたがっていたが、藩の金主筋には、引き移りの日限が確定しないうちには金は貸せないと、長びく転封問題に露骨に不信を示す者もいて、交渉ははかどらなかった。川越藩では、それらの金主たちに、引き移り事務が順調に進んでいる体裁をつくろうためにも、荘内に藩士を派遣せざるを得なかったらしい、と江戸からの通報は伝えてきていた。しかし公儀筋には、三方国替えの経過からみて、そういう水野と川越の癒着《ゆちゃく》ぶりと、川越藩の焦《あせ》りを冷ややかに眺める空気があって、百姓の騒ぎ立てにもそういう好意的な感想があったらしい、と松平は説明した。

しかし、だから今度の大登りも、そのように好意的に受け取られるかといえば、その保証はなく、むしろこれまでの好意的な見方を覆《くつがえ》す材料になる危険がある、というのが松平の考え方だった。

藩はいま微妙な立場にいた。添地歎願《たんがん》にも、藩主家の墓地下賜《かし》願いにも、まだ何の回答ももらっていない。そのことは藩にとって強味になっている。しかし百姓の江戸越訴《おっそ》については、江戸留守居役は一度ならず水野老中に呼び出されて詰問《きつもん》と注意を受けていたし、勘定奉行からは郷村調帳の提出を督促されていた。また川越藩留守居役が、長岡藩留守居役を同道して、大山庄太夫を訪ね、引き移り日限の決定を促すということもあった。

水野老中は、正面からは引き移りの日限を明示もせず、また荘内藩が提出した訴えにも沈黙を守りながら、勘定奉行を通し、川越藩を動かして少しずつ藩に圧迫を強めてきているのであった。

大山たち江戸留守居役は、そのつど粘り強く確答を引きのばしている。あるいは添地、墓地について公儀の決定があり次第、日限を決定しようと答え、郷村調帳の督促には、国元で帳面作成が延引している模様なので、早速飛脚を立てて催促すると逃げていた。逃げてはいるが、少しずつ押されてきていることも事実だった。

いわば土俵ぎわで危うく均衡を保っている状況と言えなくもない。だが、水野にもまたそこをひと押し出来ない事情がある。百姓の訴願を受けた水戸藩をはじめ、諸侯の間に隠然として荘内藩に対する同情があることを無視出来ないのである。強行すれば、彼らの非難が翕然《きゅうぜん》として一身に集まるだろうという予想が、水野を縛っている。

だが何かのきっかけさえあれば、水野は国替えを強行できる実力を、依然として持っていた。先月に水野は、長い間大御所家斉の周辺にいて権力をほしいままにしていた、御側御用取次水野忠篤、若年寄林忠英、新番頭格美濃部茂育の三人を西丸から追放している。水野忠篤に対しては御役御免、寄合入り、加増五千石没収、屋敷、家作召上げ、林は御役御免、加増の内千石召上げ、屋敷、家作没収、美濃部に対しては、御役御免、小普請入り、知行高のうち三百石召上げ、差し控え処分から、二十五日に至って甲府勝手勤務の追いうちをかけた。甲府勤番は一種の流刑《るけい》である。昨日まで、誰も一指も染め得なかった三人の権力者を、水野は一挙に叩《たた》きつぶしたのであった。この峻烈《しゅんれつ》な処分は、老中首座水野忠邦の実力が、どのようなものであるかを示したものであった。

この西丸処分を聞いて、松平は、荘内藩が転封問題で当面の相手としている、その人物が持つ権力の強大さに改めて思い当たり、ひそかに肌寒い思いをしたのである。荘内藩が頼った中野碩翁も、この一連の人事改革に連座して、奥勤めの禁止を命ぜられ、寺島の豪奢《ごうしゃ》な抱え屋敷を没収されて逼塞《ひっそく》してしまっている。

「水野は転封問題に決着をつけたがっているようだ。近頃はしきりにその糸口を探しておる。もっともこれはわしの勘だがの」

「…………」

「こう申せば、駕籠訴《かごそ》をさせてはならんという意味が相わかろう。よろしいかの」

松平は不意に表情を引きしめて、三人を順々に見据えるようにした。

「五人、十人の訴願なら、従来あった訴えで済む。しかし百人、二百人と人数がまとまっては、お膝元を騒がせる騒乱とみなされかねない。少くとも水野は大喜びでそう仕立てよう。そうなれば、わが藩が一度に窮地に立たされるのは明らかだ」

「…………」

「百姓にも知恵者がいるが、そこまでは読めておらん。百姓たちがしたことは、これまで大筋のところわが藩に有利に働いてきたが、ここに至って、甚だ危険なものになったのだ。たとえて言えば、三百人の百姓たちは、一人一人が背に煙硝を背負って動き出したようなものでの。江戸には水野が火縄を手にして待っているという形じゃ。ここのところを、江戸の者にも十分に説いて、手配を頼む」

聞き終った相良たちの顔は、緊張のために蒼白《そうはく》に変っていた。与えられた任務の重大さに、胸もこわばる気がしたのである。相良たちは、すぐに同行する下役、内役を選定し、慌しく旅支度を調えると、その日の夕刻七ツ半（午後五時）過ぎには、城下を発って大網口にむかった。二日後の五日、鼠ヶ関口から中川通手代取扱掛り山本平治らが、やはり百姓を追いかけて越後路にむかった。

六

六十里街道は、月山のふもと湯殿山と離森山《はなれもりやま》の間の峠を越えて行く道で、関所がある荘内領大網口から、隣接する村山郡の天領志津村までは、六里三十丁あまりの険しい山坂道である。

相良たち荘内藩士の一行は、二日夜おそく大網口につき、そこで一泊すると、翌三日早朝に宿を発って国境にむかった。深夜から降り出し、明け方まで続いた豪雨は朝になってやみ、やがて青空があらわれて日が射したので、一行が峠にさしかかった頃は、山々の新葉が日に輝いた。その青葉のきらめきの底、はるか下の谷間に、消え残っている雪が青白く望まれた。しきりに鳥の声がし、その啼き声は、足もとの谷間かららも這《は》いのぼってくる。

一行が昨夜の雨に滑る峠の道を、荷馬をはげまして越えているころ、そこからはるか北方で、同じ出羽丘陵の脊梁《せきりょう》を東に越える人の群れがみられた。江戸登りの道を東に求めた川北、川南の百姓たちだった。

彼らは五、六人あるいは二十人、三十人と連れ立って、鳥海山麓《さんろく》にひろがる山々の間を、蟻《あり》が蠢《うごめ》くように新庄領との国境を目ざして移動していた。彼らは川北の平野から、幾組にも分れて沢筋に入り込んでいる。升田大滝から山中に入ったもの、青沢から沢伝いに国境にむかうもの、北俣から十二滝を経て砥石山《といしやま》に入ったもの、中野俣《なかのまた》から胎蔵山《たいぞうさん》に入ったものとさまざまで、先頭はすでに新庄領に降りていたが、昨夜の豪雨に方角を失って、まだ砥石山、胎蔵山の山中を彷徨《ほうこう》している者もいた。

幅十里余といわれる山域は広大で、木樵《きこり》、炭焼がたどる小径《こみち》も絶えると、あとは沢水の音をたよりに進むしかない。彼らは、何度も雨に濡《ぬ》れた傾斜を滑落し、木の根、藤蔓《ふじづる》にすがって山肌を攀《よ》じのぼりながら、黙々と東に進んでいた。沢筋の村々にある番所の警戒を避けて、夜の間に山中に入った者が多く、彼らは疲労していたが、いまは密集する青葉の間から射しこむ日の光が、幾分彼らを力づけていた。

遊佐郷青塚村の大組頭渡辺多一郎は、その日の七ツ（午後四時）ごろ、同行した三十六人と一緒に、新庄領庭月村にたどりついた。彼らは庭月村の仁兵衛という家に頼みこんで、そこに泊ることにした。彼らが、最後の集合場所とした青沢の二子村源十郎方を発ったのは深夜の八ツ（午前二時）で、労働で鍛えた彼らの身体《からだ》も疲れ果てていたのである。

宿主の仁兵衛には、藩主の永城祈願のため、伊勢参りに行く途中だと偽ったが、仁兵衛は快く宿を引きうけた。荘内領の百姓多勢が、街道も通じていない北方の山地から現われたことに、不審を感じないわけではなかったが、仁兵衛たち庭月村の人びとは、隣国でいま起きていることを承知している。仁兵衛も、憔悴した顔をならべて返事を窺《うかが》っている百姓たちに、同情を禁じ得なかったのである。

その日庭月村にたどりついたのは、多一郎の組だけでなく、日が暮れる頃には、彼らが越えた青沢から、さらに山ひとつ北の升田大滝から山越えした一行が着いて宿をとった。そして、さらに意外な顔触れが到着した。すでに宮野浦から、舟で越後路へ抜けた筈《はず》の川南西郷組の一行だった。

「あいや、おぼげだ（驚いた）のう」

呼び出されて外に出た多一郎は、薄暮の光の中に、坂野辺新田の唯右衛門と黒森村の治兵衛が立っているのをみて、驚愕《きょうがく》とも嘆声ともとれる声をあげた。

「これは、西郷の衆《しょ》。どうしてここさ来たもんだ？」

多一郎は、黒森村で長人を勤めている治兵衛とは面識がある。二人は多一郎の驚愕をみて、曖昧《あいまい》な笑いを顔に浮かべた。唯右衛門は五十五、治兵衛は四十二の壮年である。二人とも疲労した顔をしているが、根が生えたように立っている身体から、いま山を越えてきたばかりの、猛《たけ》だけしい精気が立ちのぼっている感じがした。治兵衛の頰骨には、途中木の枝ででも掠《かす》ったらしい、生なましいひっかき傷があって、表情を精悍《せいかん》にみせている。

「やれやれ、ひんで（ひどい）目あいました」

唯右衛門は太い声で言った。

「宮野浦さ集《あづ》ばって、舟探していだでば、京田がら役人がくるていう話での。まァず肝消で（驚いて）しまって、酒田の方さ逃げてしまって、ハ」

唯右衛門は深々と吐息を吐いた。西郷組の百姓四十五人が、忍んで村々を出、酒田の対岸、最上川河口に近い宮野浦村藤右衛門方に集まったのは、二十九日であった。彼らはそこで、西郷組書役本間辰之助、馬町村肝煎《きもいり》長右衛門の激励を受け、路銀を受け取った。

一行の宰領は、九左衛門、治兵衛、坂野辺新田の佐藤唯右衛門と決まり、船を探したが、藩の警戒は予想以上に厳しかった。酒田を出る便船は残らず見張られており、海岸にも河口周辺にも、便乗出来るような船は一艘《そう》も見当らなかったのである。やむを得ず村の者が最上川上流まで船を探しに行っている間、百姓たちはぼんやり待っていたのである。

そして五月二日まで、空しく日を暮らしていたところに、京田通の代官がくるという知らせが入ったのであった。一行は散り散りに別れて最上川を渡ると、酒田大浜で落ち合った。そこで今後のことを相談した結果、海路新潟に行く方針を断念し、山を越えて新庄領に出ることにしたのである。

彼らは、目立たないように人数を分けて、沢筋に入りこんだ。唯右衛門、治兵衛たち十二人は、酒田町から砂越、北目、田沢と川北南部を密行し、曲沢村から山中に入り、与蔵峠を越えていま庭月に着いたのである。一行は二日の夜は田沢山中で道に迷い、風雨の中を木陰に野宿し、また曲沢では、番所の者に見咎《みとが》められて夢中になって逃げ走るなどして、漸《ようや》くたどりついたのであった。

「大ごくろうしました」

と多一郎は言った。

「ンだば、我われと一緒に行ぐ《え》ごとにしましょで」

「ンだども、このだびはいづもより、役人方の取締りが厳重だようですのう」

治兵衛が、そう言って、眼を光らせて多一郎を見た。

「ここまでは、どうにか来たわげだども、こっから先、大丈夫だろうかのう」

「先さ行《え》った人が、新庄で待いでいる筈ださげ、そごまで行げば、様子わがっど思うども」

多一郎は、暮色に沈みかけている最上の山やまに眼を走らせて、少し沈鬱な顔をした。

「ひょっとしたら、村山は通らえなぐで、もっと東さ行がねまねがも知《し》んねの」

「もっと東て言うど？」

「その時は、仙台《しぇんでぇ》回りになるわけだの」

三人は申し合わせたように東の空をみた。三人が見上げた方角に、まだ山巓《さんてん》に斑《まば》らな雪を残す山脈が遠くみえた。奥羽二国にまたがる山脈が、南から北に縦走する姿だった。山巓は、沈みかけた日に、そこだけ照らされ、光っていた。その下部は青黒い暮色に包まれている。仙台領は、その山脈の向う側にある。庭月村はすでに薄闇に包まれ、凝然と空を見上げている三人の小さな姿も、闇に紛れようとしていた。

七

五月二十四日の早朝、江地村の玉龍寺を訪れた宮田村の兵蔵、五分市村の兵助、杉屋兵九郎の三人は、住職の文隣が、ひどく機嫌がいいのに気がついた。

「昨日の集ばりで、何かええ話でもありましたがの」

と兵蔵が聞いた。

文隣は昨日鶴ヶ岡の城下に行って、弟の加茂屋文二の家で、本間辰之助、中川通手代納方奥井岩次郎らと会合をして帰っている。兵蔵たちは今朝、その模様を聞きにきていた。

「うん、ええ話だ」

文隣はにこにこしながら、三人のために自分でお茶をいれた。文隣は恰幅《かっぷく》がよく、太い眉《まゆ》、ぎろりとした眼をしているので、百姓の動きの手配りなどで議論すると怖い人間にみえる。だがいまはふだんの穏やかな表情で、三人をもてなしている。

「何が、江戸の方から吉《え》え知らせでも」

「いやいや」

文隣は手を振った。

「あっちの方は、まだなんだもんだが、かんだもんだが、さっぱりわがらなぐで」

文隣は韜晦《とうかい》した言い方をした。四日ほど前、江戸から意外な知らせが荘内にとどいた。川越藩主松平大和守の世子斉省が病死したという知らせだった。さきに逝去《せいきょ》した大御所家斉の子であるこの川越藩世子の存在が、今度の強引な転封沙汰《ざた》の大きな原因のひとつであったことを、荘内領では誰知らぬ者はいない。この知らせがとどいた直後から、去る三月酒田大浜で行なった護摩修行が効いた、と無気味な噂《うわさ》が流れたほどである。

そして、いまにも江戸から転封の沙汰直りの知らせがくるだろう、と楽観的な言い方をする者もいた。変化する自然を相手に物を育てる百姓には、本来楽天的な気質が秘められている。いま宮田村の兵蔵がそう聞いたのも、一瞬その想像に動かされたのであったが、文隣はすげなく否定した。

「江戸がら吉え知らせがくるのは、まだなかなかだろうて」

「……」

「過《あやま》っては、すなわぢ改《あらだ》むるに憚《はばか》るごとながれというがの。お偉方は体面というものを考える。まして幕府のお役人ともなれば、日本中の仕置をなさるわけださげ、あれは間違えだったと言ってしまっては、幕府そのものの、これさ、係《かかわ》るというわげだの」

文隣は艶《つや》のいい自分の頬を、ぴたぴたと叩《たた》いた。

「ひょっとせば、こえだけ騒いでも、吉《え》え知らせは来ながったというごどになるがも知《し》ね。その覚悟は常にしておがねまねぞ、お前《め》方。そのどきはどうするか。その場合《ばやい》は、川北、川南の百姓十何万が、鎌、鉄砲たないで（持って）一揆《いっき》起ごすごどえなるがも知ね。そうさねば、飯喰《ままか》えねどなれば、そうすっがとねえわけださげのう。さて、それについでだが昨日、うまい考えが浮かんでの」

「……」

「この間、江戸登りの衆が、仙台まで行ってむなしぐそっがら帰《け》さえだが、あれはじつは、考えでみると無駄ではながったのでの」

川北から新庄領に山越えした荘内百姓の群れは、青塚村の多一郎が予想したように、結局出羽街道を南下することが出来ずに、新庄城下から瀬見を経て、五日仙台領に入った。

この頃には、人数は三百人近くまで膨れ上がっている。蓑笠、藁はばきに、野宿用の鍋を背負い、その上申し合わせで禁じた脇差を所持していたものが多く、人眼を憚ってその脇差を菰《こも》や蓆《むしろ》で包んで小脇に抱えているので、異様な集団にみえた。彼らを最初に発見した仙台領尿前《しとまえ》番所の役人が、通行を阻《はば》んだのは当然だった。

このあたりは伊達家の一門、岩出山城主伊達弾正少弼《しょうひつ》の支配地である。百姓たちは番所の指図で一たん鳴子の湯元に止められ、ついで主だったものは岩出山城下に呼び出され、他の者は岩出山の手前下宮に拘束された。岩出山では、伊達弾正少弼自身、白人余の警護の人数を率いて城下入口まで出る厳戒ぶりだったが、取り調べの間の扱いは丁寧をきわめた。病気の者があれば医師を差し向けるから申し出よ、喰べ物も好みがあれば遠慮なく申し出るようにと言い、宿の食事は平皿つきだったので、百姓たちは恐縮して、何とぞ一汁だけにして頂きたいと遠慮したほどだった。

しかし伊達家では、百姓たちが、伊勢参りにつき、領内通行をお許し頂きたい旨《むね》を、再三上書したのに対しては、百人以上の領内通行は国法に悖《もと》る、と頑として受けつけなかった。困り果てた百姓たちは、十一日に至って願書の趣旨を仙台藩主への歎願に切り換え、「恐れながら、御当領お屋形へ縋《すが》り上げ奉《たてまつ》りたく、国元一同決定罷《まか》り出《い》で候《そうろう》儀に御座候えども、最初よりこの儀申し上げ候わば、ご城下まで罷り登り候儀、お差留に罷りなり申すべしと存じ奉り、霊仏、霊社参籠《さんろう》祈願一通りに申し上げ置き候ところ、このたびなおまた重き御方様ここもとまでお下りの由《よし》承知奉り候間、ぜひぜひお取上げ、領主永城罷り成り候様、お執り成しなし下し置かれたく願い上げ奉り候云々」と上書したのであった。

文隣が、仙台から帰国した者に聞いたところによると、この歎願切り替えは、百姓たちに同情した取調べ役人の示唆《しさ》を得て、急遽《きゅうきょ》そうしたということであった。

通行願いは、はっきり拒否したものの、たとえば大庄屋遊佐甚之丞の言い方は「別段願い筋もあれば格別、でなければここから引き返すように」と含みのあるものだったので、多一郎、若王寺村の永蔵らは、ひそかに検断役所を訪れ、検断の伊藤秀蔵、宮本八右衛門に内意を聞いてみた。すると伊藤と宮本は、ひたすらにお屋形に執り成しを願ってはどうか、と言ったのである。

この新しい願いについて、翌日郡《こおり》奉行伊達宗七郎から改めて訊問《じんもん》があったが、百姓たちはここで粘って、願いの志を公儀筋に通じるように計らうという言質《げんち》を得たのであった。

百姓たちは、居残りの五人を残し、十三日仙台役人に尿前番所まで見送られて領外へ出た。そして百十五人はそれぞれ村に帰ったが、残り百八十四人は二手に分かれ、三十人ほどは瀬見から山に入って江戸に向かい、百五十人ほどは新庄領から秋田領に抜け、塩越から船で越後に向かったと、文隣に知らせが届いている。

「仙台では、多勢の百姓が押しかげでさぞ迷惑だったたと思うども、何日もお宿、食事を下さった。願書は下げ渡しになったども、写しをとって、趣旨はお公儀にも届くようにすると申されたそうだ。有難いごとだの」

「人の心どいうものは、なかなか真直《まっつぐ》には相手に伝わらねものだども、仙台さまは百姓の気持をわがってくえだわげだ。ここが肝心のとごろでの。さっけだ（さっき）言ったように、いざ一揆となったどき、これが役に立つぞ」

文隣は三人の顔を見回して、わかるかと言った。少しとくいそうな表情になっていた。三人は黙って文隣の顔をみている。

「じつは昨日、大井村の佐藤治、岩川村の八右衛門だ（たち）十人ほどが、月山越えで会津さ行《え》った」

「……」

「会津、米沢、秋田など、隣り近所の殿さまさ、一斉に歎願の人数を繰り出すごとにしての。これはの、一揆起ぎで、川越がら来た殿さまではおさまりつかねとなれば、幕府は当然、近くの殿さまさ取鎮《とりしず》めを命じるわけだ。そのどき、いま歎願に行っておけば、役に立つ。仙台さまみでえに、公儀さ執り成すとは言ってくれなくても、あのどき荘内の百姓が来たっけ、というごどえなれば、殿さま方の気持も違ってくる。そう思わねが？」

「……」

「そいで、歎願の衆《しょ》は、みんな決まりましだがの？」

と、兵助が眼を光らせて聞いた。

「やや、それはこれがら決めるどこだ。間もなく円治や文兵衛たちも来る筈だし、相談さねまねと思っていたどこだ」

「俺《おら》どこ秋田さやってもらうがのう」

と兵蔵が言った。

「この間、上野沢の善九郎と話したどき、いよいよ川越にお引き渡しという時は、秋田の殿さまが吹浦口固めるていう話も聞いだし、俺《おら》どこ、ぜひ秋田さやってもらいでども」

「俺も行《え》かせでもらうがのう」

と兵助も言った。

八

荒瀬郷越橋村の肝煎仁助が新潟の町に入ったのは、五月二十三日の夜だった。仁助は疲れた足を運びながら、御宿と軒行燈《のきあんどん》が出ている旅籠屋をみかけると、一軒一軒玄関に入って、荘内の百姓が泊っていないかと訊ねた。

仁助は仙台領から帰されると、新庄領瀬見で、同じ村の与作、和助、正龍寺村の大組頭堀謹次郎、長助らと一組になり、秋田領矢嶋に越境し、さらに塩越にたどりつくと、そこから船をもとめて新潟に向かった。十八日の夕方である。仁助たちのほかにも、幾組かの荘内百姓が、その日海上に出た。

だが船は、越後沖にさしかかったところで風雨に会って沖待ちし、二十一日に漸く越後碁石に船を寄せて、翌日瀬波に上陸したのであった。正龍寺村の謹次郎らは、そのまま新潟に出発したが、仁助は船酔いがおさまらないので、瀬波の湯宿でひと休みし、気分が持ち直してから後を追って来たのである。

佐渡屋と看板をかかげてある、一軒の旅籠屋を訪ねた仁助は、帳場の者に、しばらくお待ちを、と言われた。だが、そう言った男は、奥にひっこんだままなかなか帰って来なかった。仁助は上り框《かまち》に腰をおろした。玄関から左手の奥に、宿の台所があるらしく、そうして待っていると、瀬戸物を洗う音や、女たちの笑い声が遠くざわめいて聞こえる。仁助は空腹を感じた。船酔いで胃の腑《ふ》が裏返しになったような気分が取れず、昼飯はほんのひと口しか喰べていない。

不意に背後の廊下に荒々しい足音が起こった。半ば本能的に、仁助は立ち上がると入口の閾《しきい》を走り越えていた。一瞬振り返った眼に、武家姿の者が二人、足袋はだしのまま土間に飛び降りるのがみえた。

仁助は夢中で走ったが、道は月明かりで紛れる場所もない。四辻《よつつじ》を左に曲ったところで、仁助は追いつかれ、強い力で左右から腕と肩を摑《つか》まれていた。

「これ、荘内の百姓だの」

「手間かけるもんじゃないぞ」

荘内訛《なまり》の武家言葉が、息を弾ませてそう言った。走っただけの距離を、仁助は左右から身体をはさまれたまま、うなだれて戻った。丈の高い二人の武士が腕を摑み直すと、小柄な仁助の身体は、そのたびに地面から浮き上がった。

佐渡屋の玄関に戻ると、そこには、さっき仁助に応対した帳場の男と一緒に、四十年輩のいい身なりをした武士が立っていた。仁助は荘内藩の役人が、引き留めの網を張っていた場所に飛び込んだようだった。仁助をみると、武士は性急に名前と身分、在所を訊ね、それから少し改まった口調でこう言った。

「仲間を訪ねて来たようだの。その仲間は何人ぐらいか」

咎めるというほどの口調でもなかったが、武士は厳しい表情で仁助を見つめている。

仁助が俯《うつむ》いて言い遁《のが》れの言葉を探していると、慌しく外から駆けこんできた者が、

「どうやら見つかりました、旦那《だんな》さま」と言った。

「籠屋《かごや》に泊っている七人が、それらしゅうございます。ご案内しますか」

と、その男は言った。佐渡屋の前垂れを締めた若い男だった。

——謹次郎たちが見つかったか。

と仁助は思った。そうであれば、仙台に行き引き返して秋田に行き、荒波に揉《も》まれてここまでたどりついた辛苦が無駄になったわけであった。この分では、ほかの組の者もあらまし捕まったのかも知れない、と仁助は思った。むろん越後各地に役人が出張していることは、百姓たちも十分承知していて、海岸に上がると会津通りへ、三国通りへとそれぞれ散って行った筈だった。だが藩の警戒は予想以上に厳しかったようである。仁助は、にわかに気落ちするのを感じた。

だが思いがけない幸運が訪れた。荘内藩の役人は、新しい獲物《えもの》が網にかかった感触に気持を奪われたらしく、仁助を無雑作に帳場に預けると、籠屋にむかうために宿を出て行ったのである。無論、仁助を縛ったりはしていない。仁助は、宿の男とただ二人、帳場に残された。

一度諦《あきら》めた逃亡の機会を、仁助は窺いはじめていた。帳場の男は、特別仁助を気にしている様子もなく、背中をみせたまま、しきりに算盤《そろばん》の音をさせている。仁助は五十四だが、長い旅に悴《やつ》れて実際の年よりも老《ふ》けてみえる。宿の男は、仁助に逃げる元気はあるまいと思っているのかも知れなかった。だが仁助は辛抱強く機会を待っていたのである。

四半刻《しはんとき》近く経《た》った頃、突然玄関がにぎやかになった。十二、三人はいるかと思われる遅い客が着いたのであった。仁助には見当もつかない国訛りの、高い話し声がそのあたりに溢《あふ》れた。帳場の男は、慌《あわ》てて玄関に走り出ると、手を揉んで愛想を言い、甲高い声で女たちを呼んだ。

その後に忍び寄って、仁助が言った。

「便所をお借りしでども。どっちでがんしょ」

むこうですよ、と指さしてから、男は不意に気づいた様子で仁助を振り返り、

「あんた、逃げたりしないで下さいよ」

と言った。仁助は混雑している玄関を離れると、突きあたりの便所に入った。戸を閉めるとき振り返ると、帳場の男がちょうど仁助から眼を離して、女たちに何か指図したところだった。

少量の小便を済ましてから、仁助はそのまま中に籠《こも》って、玄関の物音を聞いた。そして、やがてざわめきが遠ざかった。仁助は音がしないように戸を開けると、玄関には戻らないで、忍び足に宿の廊下を奥に進んだ。

裏口をみつけて外に出ると、仁助は跣《はだし》のまま、小走りに海の方角に走った。肌着や煙草《たばこ》、代え草鞋《わらじ》などを包んだ荷を、宿に置いてきたが、惜しいとは思わなかった。ここまできて、家に戻ることは出来ない、と一心にそればかり思い続けていた。新潟の町はもう夜更《よふ》けで、がらんとした月明かりの道が続いている。行き逢《あ》う人はいなかった。仁助は息が切れると、物陰にいっとき蹲《うずくま》って呼吸を整え、また走った。そして、やがて海の音を聞いた。

——ここまで来れば、まず安心だ。

月の光に照らされた砂浜と黒い海をみて、仁助は漸く深い吐息をついた。白い波が、穏やかに砂を噛《か》んでいるのがみえる。そのやさしいざわめきを聞きながら、仁助は砂浜を西にむかって歩き出した。火照《ほて》った蹠に、砂の感触が快い。夜の間に、少しでも遠く、この町を離れようと思っていた。すると、忘れていた空腹が甦《よみがえ》ってきて、仁助は少し心細い気持になった。

「仁助ど！」

不意に名前を呼ばれた。仁助は習慣的に走り出そうとして、思いとどまった。みると松林の端《はず》れにある船小屋の前で、男が一人のび上がって手を振っている。長身の姿は正龍寺村の謹次郎に間違いなかった。仁助は躍りあがって駆けよった。

「あんだ方も、みな捕《つか》めらえだがと思ったども。良がったちゃ」

「まあず厳重だもんで、魂消《たまげ》だ」

謹次郎は不敵な表情で笑った。落ちついている。船小屋の中には、ほかの六人も顔をそろえていた。仁助の胸を安堵《あんど》が満たした。

「やっとて逃げできたども。こえだば信州回りでもさねば、江戸まで行がえねようだの」

「ところで、何が、喰うものねがし？」

仁助は言った。和助が出した握り飯を受けとると、仁助は砂の上に坐りこんで貪《むさぼ》り喰った。

平田郷北平田村町屋の利兵衛は、松戸の宿端れの茶店で、握り飯を噛《かじ》っていた。

利兵衛は、いま一緒に休んでいる荒瀬郷本楯村二ツ柳の肝煎長松、越橋の肝煎仁助の倅《せがれ》繁之助、同じ越橋の甚左衛門らと一緒に、新庄領の瀬見から奥州街道を南下し、さらに水戸街道を回って松戸まで来たのである。

利兵衛は六十の年寄で、ふだん胃の腑が弱かった。それで山越えして江戸に登ると決まってからも、家の者が身体を案じたのであったが、不思議なことに、仙台から瀬見に戻り、さらに松戸までくる長い旅の間に、利兵衛はすっかり丈夫になった。宿で飯を喰べるときも、若い繁之助や甚左衛門が驚くほどの健啖《けんたん》ぶりを示した。

いまも茶店でもらった茶を飲みながら、利兵衛は一心に握り飯を頬ばっている。飯も、茶も、前の宿でそえてくれたたくあん漬もうまかった。足もとに、梅雨の晴れ間の暑い日射《ひざ》しが落ちている。

「やあ、ご苦労、ご苦労」

不意に日が翳《かげ》って、誰かが前に立ち塞《ふさ》がったと思うと、いきなり頭の上から太い声が落ちてきた。仰天して見上げた利兵衛の眼に、逞《たくま》しい骨格をした武士の姿が映った。握り飯を片手に持ったまま、利兵衛は思わず立ち上がったが、そのまま立ち竦《すく》んでしまった。暑い日射しの下に、いつの間にか長松、繁之助、甚左衛門らが、ひと塊りに集められていて、そばに武士が二人つき添っていたのである。

「暑いところを、大儀じゃな。爺《じい》さん」

大きな身体の武士は、口もとに笑いを浮かべてそう言ったが、眼は凄《すご》い光を宿して、利兵衛が逃げ出すのを警戒していた。

九

江戸留守居役大山庄太夫は、下谷藩邸の玄関脇《わき》の柱に、身体を凭《もた》せかけ、腕を組んだ姿で、藩邸の門から長屋の方に連行されて行く百姓たちの姿をみていた。二十人ほどの人数だった。

藩では、千住、品川、四ツ谷、板橋、松戸など諸街道の入口に、足軽三人に飛脚、荒子をつけて常時待機させ、また紀伊国屋、大松屋など、百姓が立ち寄りそうな旅籠《はたご》にもひそかに人を配って、江戸に入る百姓たちを片っ端から拘束している。捕まった人数はすでに百人を越え、藩では神田橋藩邸のほかに、下谷の中屋敷、向う柳原の下屋敷に分配して引き取っていた。いまも、どこかで捕まった百姓たちが、中屋敷に送られてきたのである。

百姓たちの、惨澹《さんたん》とした姿に、大山の眼は惹《ひ》きつけられている。蓑《みの》を畳んで背負っている者もいたし、そのまま着ている者もいた。その上に、野宿のための鍋《なべ》をまだ背負っている者もいる。足は藁《わら》はばき、草鞋で包み、短か着は、汚れ破れている。髭《ひげ》はのび、藁でつかねた髪は、ほつれて頬まで垂れ下がっていた。百姓たちは俯いて、重い足を運んでいる。彼らの表情は見えなかった。

五月の初めに彼らは動き出したという。そうだとすれば、彼らは六月に入ったいま、ひと月以上にもなる長い旅を続けて、ここにたどりついたことになる。そしてまだ、江戸にむかって旅している者がいる筈だった。国元の郡代辻順治から、出府している郡奉行の相良にあてた書状には、江戸を目ざした百姓は百八十人余りと記していたのである。

――彼らも必死だの。

と大山は思った。この江戸登りの百姓たちとは別に、国元の百姓が会津藩、米沢藩に、公儀への執り成し歎願にむかったという知らせも、江戸藩邸に届いている。

だが大山はいま、そのことに感動しているのではなかった。むしろ大山の心の中に忍び込んできたのは、一種の戦慄《せんりつ》に似た感情だった。凄愴《せいそう》ともみえる、旅に悴れた百姓たちの姿に、大山は彼らの素顔をみた気がしている。

先月仙台藩主松平陸奥守は、大老井伊掃部頭に一通の内書を提出した。文書は、荘内領の百姓三百人余が、仙台領内に訴願にきた状況を記し、次のように結んでいた。

斯のごとく数百人、心《こころ》を戮し一命を捨て候ても国恩に報じたしとの銘肝、一朝一夕には砕くべきよう御座無く候由。三軍の師を奪うべくも匹夫の志を奪うべからず聖語にも是《こ》れあり候ところ。匹夫に候えども撓《たわ》まず、いよいよ願いのごとく成し下されざる時においては必死の覚悟、衆民尋常の企てにはこれあるまじく、かようのところに大和守入国致し候とも、始終安平に領地令すべきや否《いな》や、覚束《おぼつか》なく存ぜられ候。依《よ》って所替えの儀、ひとまず御評議を替えて民心を和らげ追っていかようの御沙汰に及び候方然《しか》るべしと存じ奉り候。この旨類推の上御聴に達せられ候よう仕《つかまつ》りたく候。

この内書を、大山は井伊に呼ばれてみせてもらっている。仙台藩でも、百姓たちの必死を読みとったのだ、と大山はいま、改めてそう思っていた。

酒井家累世《るいせ》の御恩に報いる、と百姓たちはなお、そう謳《うた》っている。しかし仙台藩でも推察したように、いざとなれば彼らは藩を頼らず、彼らの独力でも新領主を排除する腹を固めているのだ。そういう情報を、大山は握っている。行動がそこまで行けば、それはもはや酒井家のためとは言えない。彼ら自身のためなのだ。彼ら自身のためだからこそ、疲労に眼をくぼませ、重い足を引きずって、かくも執拗《しつよう》に彼らは江戸に登ってきている、と大山は思った。百姓たちの姿には、露《あら》わに公儀に楯つく姿勢がはっきりとみえ、すでに藩の思惑に対する顧慮は脱落しているようにみえる。江戸で彼らを拘束するように命じてきた松平家老の措置は適切だった、と大山は思った。

大山は腕組みを解き、玄関を離れると、藩邸の門にむかった。先月になってから、江戸藩邸には時どき国替えについて楽観論が流布した。徳川斉昭が水野越前守に国替えについて再考を促した、とか、三卿《きょう》の一人清水家の御附人で、小普請組支配頭河津三郎兵衛という旗本が、荘内藩にきわめて同情的な上書を将軍家に提出したとかいう動きが、誇大に伝えられ、国替え停止まではいかなくとも、日限繰延べにはなりそうだといった噂が流れるのである。こうした空気は、川越藩の世子斉省が病死したころから出てきたものだった。

だが事実は、荘内藩に同情を示した大老井伊直亮は先月の十二日に、老中太田資始は六月三日にそれぞれ辞職している。太田のあとに、間もなく老中になるだろうと噂される真田幸貫も、病死した脇坂に代って、三月に老中に就任した堀田正篤も、すべて水野派とみられている人間だった。水野はそうした自派に有利な人事を配置しながら、先月十五日、将軍家慶の誕生日に公表した政事改革を着々と進めようとしていた。

改革の進捗《しんちょく》の中で、水野の権力はおのずから強大さを加えることが予想された。その権力を背景に、やがて水野が、膠着《こうちゃく》している転封問題に、一気に鉈《なた》を振るうに違いないという予感が大山を緊張させている。水野はどこから手をつけてくるだろうか。それがやってきたとき、果してうまくやり過ごすことが出来るか。

百姓たちが必死になっているように、大山たち留守居役も、死力を尽して工作に奔走している。だが確かだと思われる明るい兆《きざ》しは、いまも何ひとつみえていないのだ。むしろ時折り大山を訪れるのは、絶望的な徒労の思いだった。それは蓄積している疲労のせいかも知れなかった。

重い足どりで、大山は下谷藩邸の門を出た。

江戸町奉行

一

「仙台の伊達から、こういうものがきておる」

水野忠邦は、そばの席で書類をみている土井利位に、一通の書付を渡した。声に苦笑が混った。御用部屋に持ちこまれる事務書類、伺書、進達書のたぐいは夥《おびただ》しい件数で、処理にあたる月番老中は多忙をきわめるが、忠邦の事務処理は水が流れるようだった。将軍に提出する重要事項には、書類をつくる奥祐筆《おくゆうひつ》に対する指示をつけ、老中職権に係るものは片っ端から裁決して行く。忠邦はその仕事を半ばは楽しんでやる。嫌いではなかった。今月は忠邦が月番である。

向き直って手を伸ばした土井に、それを渡すと忠邦は立ち上がって、御用部屋の上座に歩いて行った。大老の井伊がいた先月までは、境目を太鼓張りの障子で仕切っていたが、いまは障子を片附けて開け放したままにしている。それで広くなったせいか、御用部屋の中は、中央に仕切った炉に、冬のように炭火を埋《い》けてあるのに、うすら寒かった。梅雨明けを前にして、ここ五日ほど執拗《しつよう》に雨が降り続いて、空気は湿っぽく冷えている。

上座をゆっくり歩きまわりながら、忠邦は時どき立ちどまって拳《こぶし》をあげ、軽く肩を搏《う》った。少し肩が凝っている。朝の間は気づかなかったのだから、肩の凝りは、いま土井に渡した仙台藩主松平陸奥守の伺書のせいかも知れなかった。伺書は、出羽荘内領の百姓について述べ、忠邦の心を刺してくる毒を含んでいた。

――ちょうどいい機会《おり》だ。談合するか。

と忠邦は思った。今日は老中四人が揃《そろ》っている。ふだんは、非番の老中も将軍拝謁《はいえつ》に陪席したり、将軍家のかわりに社寺に代参に出たり、また上使として、大藩の江戸藩邸に儀礼的な訪問に行ったりして忙しかった。外に出る用がなくとも、寺社奉行、勘定奉行、町奉行らと、新番所前の小溜《こだま》りで用談し、また混みいった話があれば、黒書院脇《わき》の羽目ノ間まで出むいて談合したりする。四人が顔を揃えて部屋にいることは、めったになかった。

——あれを決めたときも、四人だったの。

ふと忠邦はそうも思った。三方国替えを老中評議にかけたとき、大老の井伊が休みで、水野、太田、土井、脇坂が談合した。談合といっても、大御所家斉からほとんど一方的に指示されてきたことで、四人はただそういう事情を確認し合ったようなものだった。四人のうち脇坂は二月に病死し、太田は今月辞職した。そして顔触れは水野、土井、堀田、真田と変っている。真田は五日ほど前に、太田にかわって老中に就任したばかりである。

三方国替えの未処理は、喉《のど》の奥に長い間ひっかかったままになっている、魚の小骨に似ている。忙しさに取紛れて忘れていることもあるが、何かの機会に思い出すと、いつまでも気になって脳裏から離れなかった。長い間そのままになっているのは、処理が難しいためだが、いずれは決着をつけねばならない問題だった。そろそろ時期だろうと忠邦は考える。幕府改革に手をつけた先月中頃から、忠邦は時どきそう思うようになっていたが、松平陸奥守の伺書も、忠邦にそう思わせるものを含んでいた。

松平の伺書は、今度の所替えは理由がないと、世上専《もっぱ》らの噂《うわさ》だが、自分が聞いたところでも、「故《ゆえ》なき所替えと申すも謂《いわ》れなき事とも存ぜられず候《そうろう》。百姓ども騒ぎ立て候下心、全くそれより出《い》で来候哉に察せられ候間、永き日延べにも仰《おお》せつけられ候わば、必定百姓ども静謐《せいひつ》に相成り申すべく候間、左様仰せ出され候儀出来申すまじきや」と、荘内藩に同情を示し、なお強い調子で次のように続けていた。

「斯のごとく毎度限りなく多勢を取扱い候事にては、国の用行き足り申さず迷惑致し候。筋ならざるの儀なれば、関所において差し止め、一人も相入れ申すまじく候えども、奇特至極の者ども、不実にあしらい難く存ぜられ候上は、愁訴または祈願の断りこれあり候節は、承け届次第何百人、何千人にても差し構いなく領分通行させ候ても、苦しかるまじき哉。如何《いか》ようにても日延べ仰せつけられ難く候訳合いにて、身命を抛《はな》ち、二郡一同一致し候上は、如何ようの企てに及び申すべき哉、甚だ心もとなき様子相見え、近国の事に候えば、領分不安堵《あんど》に存ぜられ候間、御暇相願い帰国の上、それぞれ不虞の手配等申しつけ、国元の用心致したく候間、御暇願書差しあげ候ても苦しかるまじき哉。この段伺い奉《たてまつ》り候」

松平は伺書の冒頭で、「公儀ご政務向きへ、それがし口入れすべき儀にこれなく候えども」と断わっている。だが中味は、公儀ご政務向きに対して、露骨に不満を述べたものだった。永き日延べ然《しか》るべしと、三方国替えに対して明確に意見を述べ、こういう騒ぎが続いては国元が不安だから、帰国していいか、と恫喝《どうかつ》に似た言葉をならべていた。その強気な言い方が、大広間の外様一般の、今度の国替えに対する反感を代弁していることが、忠邦にはわかる。

永き日延べ、つまり三方国替えは、延期の形で実質的に葬《ほうむ》るべきだという意見は、外様のみならず、譜代、親藩の間でさえ、半ば公然とした輿論《よろん》となっていた。御三家の一人、徳川斉昭からも、早い時期に同じ意見が忠邦まで届いている。この問題に決着をつけるのを、忠邦が長い間ためらっているのも、こうした輿論を無視出来ないからである。松平陸奥守は、むろんそういう事情を念頭に置いて、無雑作に日延べ云々《うんぬん》と言っているようだったが、読んだ忠邦は、やはり不快な気がした。

そうしてもいい、という気持が、忠邦にも全くないわけではない。三方国替えには、上知令の試行という狙《ねら》いがひとつ、隠されていることは事実だが、それは後からつけた理由で、最初から忠邦や老中たちが国替えを望んだわけではない。亡《な》き大御所に押しつけられたものである。いまとなっては、悪《あ》しき遺産という感じさえ、しないわけではない。にもかかわらず輿論は、さながら当初から忠邦がそれを仕組んだかのように、反感も露《あら》わにいろいろと非難する。心外だという気分があった。

そういう意味で、永き日延べで体裁をととのえ、一件を終らせることは出来ないことでもなかった。そうしても、忠邦自身がそう大きく傷つくわけではない。

しかしそう思うのは、あくまでも忠邦個人の立場である。幕政の担当者としては、また別の考えがあった。

たとえば永き日延べで、一件を収拾する。方法としては可能だが、そうすることは、結果的にこの問題で幕閣が一歩後退した印象を与えることになるのは、間違いなかった。ことに斉昭以下、国替え問題に関心を持つ諸侯は、当然彼らが醸成した輿論に、幕閣が屈したと受け取るだろう。忠邦はそのことをもっとも恐れていた。

ことに忠邦は斉昭を警戒していた。徳川斉昭は、明敏な頭脳と鋭い政治感覚をそなえ、その英邁《えいまい》ぶりは天下に聞こえている。だが彼はその英邁の資質を内に押さえきれずに、しばしば幕政に容喙《ようかい》してきた。物が見え過ぎるのであった。三年前、斉昭はわが国がいま迎えている内憂外患を指摘し、幕政改革の必要を強調した戊戌《ぼじゅつ》封事を将軍に提出しようとしたことがある。

そういう意見の持主であるから、今度の忠邦の幕政改革には好意的だったが、忠邦がそれを喜んだわけではない。忠邦は幕閣の権威をもっとも重視する。たとえ御三家だろうと幕政に口をさしはさむのは、ご遠慮願いたいという気持がある。そして忠邦がそう思っていることを、斉昭も承知していた。

加えて太田資始の事件がある。忠邦と性が合わない太田は、これまでもしばしば忠邦がやることに異を唱えてきたが、今度の改革方針にも早速反対を標榜《ひょうぼう》した。それだけならいつもの逆らい癖で済むが、太田は水戸に在国中の斉昭に書簡を送り、出府を要請したことがわかったのである。斉昭と共謀して、幕閣から忠邦を追い出すというのが、出府要請の中味であった。

だが太田の政治工作は、斉昭が出府を拒んだので失敗し、太田は逆に詰腹を切らされて幕閣から追放されたのである。このことがあってから、忠邦は一層斉昭の動きを警戒するようになった。いま斉昭は、将軍特旨の形で、水戸本国に在留を命じられている。水戸藩主は元来定府が定めであり、斉昭が昨年、藩政改革のために国元に帰ったこと自体が異例だったが、改革をすすめるため、なお五、六年在国するように、と将軍特旨が発令されたことはさらに異例だった。むろん、しばしば幕政に容喙する姿勢を示す斉昭を敬遠して、忠邦が水戸に封じこめたのである。忠邦は今度の幕政改革をすすめる間、斉昭から忠告や指図がましい意見を受けたくないと考えていた。

こうした時期であるだけに、三方国替えに決着をつけるにしても、斉昭以下の輿論に屈した形になるのは、極力避けたいという気持が忠邦にはある。一度妥協を示せば、今後幕政に批判を加え容喙してくる風潮は増加して、やがて押さえが利《き》かなくなるかも知れない。そうなっては、改革によって幕府の権威を回復し、その厳しい綱紀のもとで、動揺してやまない内外の問題を処理して行こうとする、目下の政治方針に逆行することになる。

忠邦は老中職から太田を追うと、その十日後には自派の真田幸貫を入れ、いまは縁《えん》戚《せき》関係にある若年寄堀親寚《ちかしげ》を側用人に登用すべく準備をすすめている。一方で、若年寄、勘定奉行、町奉行の人事、諸役人の綱紀粛正にも手をつけていた。こうした人事の強化と並行して、忠邦は倹約、武芸の奨励、風紀取締りから、人別改め、大名、旗本の生活救済、株仲間の解散と物価引き下げなど次々と改革令を打ち出し、最後に江戸大坂十里四方の上知と軍制改革を行なうつもりだった。

広範囲におよぶ改革は、滑り出したばかりである。三方国替えの処理は、何よりもその進行に悪影響を残すようなものであってはならなかった。

二

忠邦は席に戻ると、同朋頭《どうぼうがしら》を呼んで奥祐筆に書かせる書類を渡し、二、三口頭で注意を与えた。同朋頭が部屋を出て行くと、忠邦は席を炉のそばに移した。

「少々談合いたしたいことがござる。こちらに寄って頂こうか」

忠邦が言うと、土井は書類を閉じ、土井から回覧された松平陸奥守の伺書を見ながら、低い声で話していた堀田と真田も炉のそばに寄ってきた。

炉は、よくよくの密談の時、火箸《ひばし》で灰に文字を書いたりする用途もあるが、忠邦はただ火の上で掌を押し揉《も》んだだけだった。

「仙台侯の伺書だが、いかが思われる?」

忠邦は土井をみて言った。

「なかなか、きつい言い方ですな」

と土井は言った。土井の顔には苦笑が浮かんでいる。だがそう言っただけである。長い経過からみて、この問題について土井には土井なりの意見がある筈《はず》だったが、彼はその意見を口に出したことはなかった。

――この男には、底の知れんところがある。

近寄りもせず、離れもしない立場に、いつも上手に身を置いているような土井に、忠邦は時にそういう感想を抱くが、いまもそう思った。だが土井は敵ではない。そして他の二人は、忠邦が引きたてた者である。太田資始のように、鎌首《かまくび》を振り立てて向かってくる者はいない。ここでは、憚《はばか》りなく物を言って差しつかえなかった。

「伊達は恫喝しておるつもりだ、我らを」

「日延べで片をつけよ、と申しているわけですか? 趣旨は」

と堀田が言った。堀田は二十歳の時に、言語伶俐《れいり》、英邁の仁にあらざれば任に堪えないといわれる奏者番を勤めた英才だが、性格は温和だった。伺書の本音を、すばやく読み取ったらしくそう言ったが、白皙《はくせき》の穏やかな風貌《ふうぼう》には、好奇心のようなものが動いているだけである。

「さようなことだの。それについて、何かご意見は？」

忠邦の言葉に、三人は黙っている。忠邦はうなずいた。

「では、身共の考えを申そう。酒井には気の毒ながら、日延べは出来ん。と申すのは、すでにそこもとたちもご承知のように、伊達に限らず、日延べ、日延べとまことに姦《かしま》しい状況になってきておる。その声に押されて、我らが、そのように処置したと受け取られるようなことになれば、甚だまずい。仮りにそういうことになれば、彼らは図に乗って今後の改革にも、いろいろと苦情を申してくるに相違ない。この際譲ってはならんというのが、身共の考えだ。我ら、この御用部屋こそ、将軍家を補佐し、何者にも犯されぬ最高の権威であらねばならんので、そうでなければ、改革をすすめることはまず覚束《おぼつか》ない」

「さればといって、強行は出来ますまい」

不意に土井が言った。忠邦の大演説に、横から水をさしたような感じがあった。忠邦は土井の顔をみた。土井はつかみどころのない茫洋《ぼうよう》とした表情をしている。だが、忠邦は土井がはじめて、この問題について意見を述べたような気がした。

「さようさ、強行は出来ん」

忠邦は、注意深く土井を見まもりながら言った。

「だが、決着をつけるなら、ほかに手がないわけではない」

「……」

「荘内の百姓が、水戸に訴えに行ったときのことじゃ。水戸では荘内藩士が、百姓に身を窶《やつ》して訴願にきたかと疑って、ひそかに調べさせたそうだ」

忠邦は、三閣老の顔を、ゆっくり見回しながら言った。

「つまり、百姓にしては進退、物の申しようが出来過ぎておったというわけだが、これは水戸公の見込み違いでの。百姓がしっかりしておるのは、陰に人がいて指図しているせいじゃな。指図人は国元にもおり、江戸にもおる。だから百姓はわけもなく走り回っているのではなく、ちゃんと手順を踏んで動いておる」

「……」

「その荘内百姓が、いま二百人も江戸に登ってきておる。ご承知か？」

土井と堀田はうなずいた。真田は初耳だったらしく、何をやるつもりですか、と言った。

「むろん訴願に来たに違いないが、荘内藩が人を配って押さえてしまった」

忠邦は、不意にくつくつと笑った。

「お膝元《ひざもと》で二百人の百姓が駕籠訴《かごそ》をしかけたとなれば、これは騒動というものでの。陰の糸引きたちにも、いささか乱れがあったようじゃ。酒井はこれまで、百姓の動きを見て見ぬふりしていたが、さすがにこのことに気づいたらしく、あわてて押さえたようだ」

「その百姓は、もう帰国しましたので？」

「いや、まだ江戸におる。しかし酒井は訴願を押さえたが、公儀の処置が不満で、二百人の百姓が江戸に入りこんだ事実は、事実として残る。咎《とが》める理由にはなる」

「……」

「いや咎めるのは我らではない。江戸の治安を掌《つかさど》る町奉行の管轄《かんかつ》じゃ。ついでに、江戸で訴願を指図しておる、何とか申したな……」

忠邦は指で顎《あご》を掻《か》いた。

「その、何とか申すその男も引っぱることができよう。すると、さっき申した訴願のからくりも見えてくる。そこからまた、酒井が横着にも百姓を野放しにしていた失態も浮かんでくると思われる」

「……」

「そこまで押さえれば、べつに正面から強行せずとも、酒井は動かざるを得んだろう。下手にがんばれば、咎めがある。つまり酒井を、いま咎めはせんが、その用意を調えるというのが眼目じゃな。その用意が調ったところで、我らは何も言わずに、日限だけを催促するわけじゃ」

三人は黙ってうなずいた。忠邦の言っていることは回りくどく、どこか酒井を嵌《は》めようとする罠《わな》の匂《にお》いさえしたが、その底に、どうにかして国替えを運んでしまおうとする、執拗な意志が感じられた。そのことに三人は圧倒された気がしている。そして老中に就任したばかりの真田は、そこに政治というものが内包している、陰湿な匂いを嗅《か》ぎあてた気がしていた。

「月番は、遠山ですな」

と堀田が言った。そう言ったのは、水野の処理案を暗黙の中に承認したことになった。江戸町奉行は、いま北町奉行が遠山左衛門尉景元で、南町奉行が矢部左近将監定謙《さだのり》である。矢部は四月になって、小普請組支配から町奉行に登用されていた。

――遠山か。

と忠邦は思った。忠邦は、遠山の眉《まゆ》が太く血色がいい丸顔を眼に浮かべている。若い時分に道楽した名残りで、背中に彫物を背負っていると噂がある遠山だが、いまはそうした面影は微塵《みじん》もない。去年の三月、勘定奉行から町奉行に転じ、最近は大岡忠相以来の名奉行という評価が定まっている。裁きには無類の切れ味が感じられた。

だが、この調べは遠山より矢部の方がいいかも知れない、と忠邦は思った。奉行としての切れ味は遠山に一歩譲るが、そのかわりに矢部には、身についた政治的な感覚がある。徒党とまで決めつけなくとも、いまのように国内の情勢が不安なときに、二百人を超える荘内領の百姓が、一度に御府内に入りこんできた事実が、治安上どういう意味を持つかを明確にし、咎めればよい。

司直の手でそういう意味づけをやることで、やれ感心な者たちだ、義民とや申すべき、と荘内百姓を持ちあげている風潮に、一撃を与えることが出来る。それが間接的に、酒井のあがきに止《とど》めを刺すことになるだろう。

是は是、非は非と明確に裁決することは、この際あまり必要でなく、こういう情勢を呑《の》みこんで、咎めにもある程度政治的な判断にもとづいた裁量が出てくることが望ましいのである。それには矢部の方が適任のようだった。

遠山は、あっさり百姓の行動だけを法に照らして、それだけで済ませるかも知れない。その場合、遠山から、罪条にあたる事項はない、といった形の報告がくる可能性もある。あるいはそうではなく、遠山は背後関係を徹底的に追究して、今度の国替え一件の裁断にまでおよぶような、広範囲な取調べを開始することも考えられた。そうなれば遠山は、大奥をはじめ、先に罷免《ひめん》した水野、美濃部らから、御用部屋の周辺まで、手をのばして洗いにかかるかも知れない。遠山の調べには、それだけの凄味《すごみ》がある。

そこまで行くのは避けたい、と忠邦は思う。三方国替えの沙汰《さた》が成立した事情は、決して明朗なものではない、という意識がある。

――矢部が無難だ。

忠邦はそう結論を出した。荘内領の百姓の処置という材料を与えるだけで、矢部はある程度、状況の政治的な意味を覚《さと》るだろうし、とくに指示しなくとも、軽く示唆するだけで、何が狙いかを呑みこむ筈だった。

忠邦は、堀田だけでなく、ほかの二人にも相談をかける口調で言った。

「いや、矢部に調べさせよう。遠山は忙しかろう。どうかな?」

「しかし、矢部は水戸公のご推挙があったわけですが、そのあたりはいかがですか」

と土井が言った。土井はさすがに、三方国替えに対する、周囲の力関係をよく掌握していた。矢部を町奉行に任命するとき、徳川斉昭の推挙があったことは事実である。土井の視線に含まれている懸念《けねん》のいろは、それ以前に、勘定奉行を勤めていた矢部が、忠邦と意見が衝突して役を解かれていることまで考慮していることを示していた。

忠邦は俯《うつむ》いて、火箸で灰を掻き、眉根に皺《しわ》を寄せた。肩がいかつく張り、頬骨が出ている矢部の風貌が、ふと太田資始を思い出させたのである。二人には、一脈似通う点がある。だが、忠邦は顔を挙げるとあっさり言った。

「しかし矢部を町奉行にしたのは、儂《わし》じゃ。まさか、楯つきもしまい」

それは事実だった。忠邦は矢部の才幹を認めていたから、既往にこだわらず失脚した筒井のあとに据えたのである。斉昭の推挙は聞いたが、だから登用したわけではない。

だが忠邦にそう言わせたのは、権力の座にいる者の、肥大した自負かも知れなかった。小普請組支配の閑職から、もう一度日が射《さ》す場所に引きあげてもらった矢部が、どのようなことであれ俺に刃向う筈はない、と忠邦は思っていた。

三

「お上は大層心配しておられる」

と、郡《こおり》奉行相良文右衛門は沈痛な声音で続けた。

「日限お取り決めのご沙汰があるか、あるいはお日延べの沙汰が出るのか、我らにはわからん。だが藩でも願うところは願い、そなたたちも、諸方に歎願《たんがん》を行なった。この上は静かにご沙汰を待とうと、お上は考えておられる。ここで是が非でもご公儀に訴え出るの、もしや引き移り日限決定のときは、一同このまま長岡にお供しようのということは、ご公儀に対しあてつけがましい仕方と受け取られ兼ねない。これまで申したとおり、そのためにお上が厳しいご沙汰を蒙《こうむ》るということもあり得るのじゃ」

「…………」

「ここのところを聞きわけて、もうそろそろ相談も出来ておると思うが、今度こそ国へ帰る気持を固めてもらいたい。どうじゃな」

相良と代官石井守右衛門の前には、二百人の百姓が膝をそろえて畏《かしこま》っている。藩の命令で、百姓引き戻しに出府した村役人も混っているから、正確には二百二十四人の大人数だった。だが、その大組頭、肝煎《きもいり》といった村役人も、一般の百姓と一味同体だった。藩では、彼らを出府させるのに、かなり厳しい達しを出したのである。相良の言葉に、誰も顔を挙げてものを言おうとする者はいない。黙々と首を垂れているだけだった。

石を相手にものを言っているような気が、相良はした。ここ数日溜ったままになっている疲労感が、また肩のあたりに疼《うず》くのを感じる。百姓を藩邸に引き取ると、主だった者の口書を取り、帰国を説得しはじめたのが十九日である。今日は三度目の説得だった。

説得して、穏便に帰国させるのが、相良たちの仕事だった。下手に弾圧して、そのため百姓たちがまた屋敷を走り出て市中に散り、勝手な動きをするようなことがあっては、苦心して拘束したことが水の泡になる。百姓たちは、自分たちの行動の危険さを解《わか》っていない。彼らはいま、ある意味では藩の腫物《はれもの》のような存在だった。危険で、処置をひとつ間違えば、藩の命取りになりかねない。

相良は声を励ました。

「帰ると申してもな。無駄に帰国するわけではないぞ。その方たちから取った口書きをもとに、藩ではご公儀に届けを出す。かような趣旨でその方たちが深山を越え、風波を冒して出府したものであるが、藩では大勢の愁訴は恐れ多いと説き聞かせ、帰国させたという中味の届け書じゃ。お上のお名前で届けを出すわけじゃから、その方たちが歎願を成したも同様ということじゃの」

「……」

「お上の気持を察しあげねばならんぞ。お上は事実、その方たちの心底を喜んでおいでなさる。しかしここは穏やかに帰国させよ、と申されておる。その方たちががんばっておっては、ご公儀に対するお上の立場を悪くするのじゃ。忠に似て不忠に相成る」

「恐れながら申し上げまする」

八日町村の大組頭梅津八十右衛門が、顔を挙げた。

「お諭しの趣きは、十分に相わかりましてござります。そこまで申されましては、我われも、このまま江戸に留まることは、いかがかと存じます。しかし……」

八十右衛門は、左右に並んでいる正龍寺村大組頭堀謹次郎、中川通十文字村の肝煎伊之助と、すばやく眼を見かわしてから続けた。

「お引き移りの日限が決まるといい、また御沙汰直りがあると申し、いずれにしても近日にご公儀の沙汰があるという風評がしきりでございます。我われといたしましても、この噂を後にして帰国しますことは、なんと申しましても心残りで、仮りに帰りましても、まことに居心地悪いことになりましょう。ついては、何ほどかの人数を後に残して成行きを見届けさせ、そのほかはお諭しに従って帰国いたすというお許らいは頂けませんものでござりましょうか」

「人数を残す？　そう多くはいかんな」

と言ったが、相良の顔にはみるみる安堵の表情が浮かんだ。身体《からだ》を傾けて、そばに坐《すわ》っている石井に囁《ささや》いた。

「どうするかな？　ああ申しているが……」

「されば、少々の人数は残っても……」

石井は広間を埋めている百姓たちの頭を眺め渡しながら言った。

「とにかく帰国させることが、得策ではござりませんか」

「何人ぐらいに致そうか」

「されば、あまり多くては……」

「十人ほどか」

「そのような見当でいかがですか」

「では、上の者には後で談じるとして、そうはからうか」

相良は、さっきとは打って変った明るい声音で、十人ぐらいなら残ってよかろうと答え、早急に人選して、後で名簿を差し出すようにと言った。そのあと中川通は二十四日、荒瀬郷二十五日、平田郷と西郷組が二十六日、遊佐郷二十七日と、あらましの帰国の日割まで話を詰めると、相良と石井は下役と一緒に急ぎ足に大広間を出て行った。

梅津八十右衛門と堀謹次郎は、長屋に戻ると大いそぎで残留者の名簿を作った。大広間で人選をしたが、川北だけで十人が残留を望んだ。中川通、京田通の人選は、伊之助にまかせたが、まだやって来ないところをみると、あるいは誰が残るかで揉めているのかも知れなかった。

「はい、これで終り、と。あどは川南の衆を書ぎ込めばいい」

八十右衛門は、筆を置いて謹次郎をみた。

「玉龍寺がらは、公儀の沙汰が出るまで、がんばって様子みでいれって、手紙きているども、お奉行さまに、ああまで言わえでは、止《や》むを得ねもんでしょうの」

「あれで良《え》えなでがんすねが。こっちゃいる衆《しょ》も、大概くたびれて来たようだし」

と謹次郎は言った。

江戸に登った百姓たちは、早い者は家を出てから二月《ふた》近くになっている。家が貧しい者は、そろそろ残っている家族の飯米の心配をしていたし、それに持ってきた路銀も底をついていた。

藩では、屋敷に引き取った当初は、荒子をつけて食事の世話をしたが、途中から百姓たちの手賄《まかな》いに切り換え、喰べ物については百姓たちにまかせ切りにしている。百姓たちは一人で一日一升の飯を喰う。人数が多くなっては、藩でも養いきれるものでなかったが、一方に大勢の百姓を屋敷にとどめ、食事まで世話していることを公儀に憚る気持があるようだった。

百姓たちはいま一《ひと》賄の汁の実に一人二文ずつ、大根漬一本に十五人で二十四文と金を出しあい、屋敷の賄方を通して買い入れている、ただ長屋にとぐろを巻いて、喰っているだけで、金が無くなった。近頃は、何ほども持っていない金目のものを持ち寄って、屋敷の人間を通して質入れし、漸《ようや》く喰いつないでいる有様だった。八十右衛門らは、この窮状を訴えた手紙を、すでに国元に送っているが、まだ金は届いていない。

藩では病人が出ないよう医師を見回らせ、時どき酒を差し入れてくれたりする。その上金を貸して頂きたいと藩に申しこむわけにはいかなかった。二百人の百姓が、毎日一升飯を喰って長屋に滞在していることを、藩が望んだわけではないのだ。

そういう事情がわかっているために、さっき郡奉行以下の役人が奥に引き揚げたあと、八十右衛門らが百姓たちにむかって帰国を説諭したときも、もはや目立った反対の声は出なかったのである。

「しかし、むずがしいところさ、さしかがりましたのう。国の方でも大分《でえぶ》荒れでるようだども。どっちゃ転ぶが、正直言って見当つぎましねもののう」

と八十右衛門が言った。藩邸の長屋にいる間に、係り役人や、世話役の屋敷使用人の口を通して、さまざまの情報が耳に入ってくる。百姓たちは、そのたびに一喜一憂して日を過ごしてきたが、いまになってみると、確かな情報は何ひとつなく、藩をじりじりと追いつめてきている公儀筋の意志だけが残されているようにも思われるのだった。

たとえば老中の太田資始が、将軍家にいちいち条項を挙げて転封の不可を進言し、将軍がそうかと頷《うなず》かれたという話が伝えられて喜んでいると、間もなく太田が老中を解任されたことが伝わってくる。徳川斉昭が荘内藩に同情しているという話が聞こえてきて、いまは水戸公の出府を待つしかないと、長屋中が騒然となったり、そうかと思うと仙台藩主が、老中に伺書を提出したことがわかって喜んだのも束の間、藩邸が公儀の圧力に屈して、郷村調帳を提出したことが知れて意気消沈するというぐあいである。そしてここ二、三日、下谷藩邸の空気はどことなく沈んでいて、藩士の言動にも活気がなかった。

変転する江戸の情勢は、国元にも反映して、結束が固い川北の百姓たちの間にも、苛立《いらだ》ちが目立ちはじめている。先日玉龍寺で行なわれた評議では、三郷の中で、これまで百姓の動きに全く協力していない家を襲って、「大風を吹かせ申すべく」と決まり、危うく大がかりな打ち壊しが起きるところだったと、文隣の手紙は伝えてきていた。

その時は、升川村の与平が押さえ、文隣は「幸いに与平方に仏神の入りしにや、この一事をとどまることを得たり」と書いていた。

混沌《こんとん》とした情勢の中で、近く決着がつく予感だけが、江戸にも国元にも次第に膨みつつある状況だった。

「玉龍寺が気ィ揉んでいんだろのう」

謹次郎が相槌《あいづち》を打ったとき、十文字村の伊之助が部屋に入ってきた。伊之助は神田橋の藩邸長屋にいて、これからそこに帰るのである。

「中川で残る者が決まりました」

平形村の治平、富沢村の兵助、藤島村の清吉と読み上げてから、伊之助は、

「京田通がらは、馬町村の助右衛門が残ります」

と言った。八十右衛門は、また筆を取り上げると、伊之助に確かめながら、その人名をさらさらと書き込んだ。それから筆の頭でもう一度人数を数え直すと、二人の顔を見ながら言った。

「全部で十四人。いや、我われ三人も取締まりで居残りを願えば、十七人ですの」

「急に心細くなりますのう」

と伊之助が言った。居残りは、もし荘内藩に不利な沙汰が出たときは、時を移さず加賀宰相、仙台侯などに訴願することに打ち合わせしてある。伊之助は、なおも言った。

「たった十七人になるわげですの」

「伊之助ど」

八十右衛門は、謹次郎と眼を見かわすとそう呼びかけ、それから確かめるように部屋の中を見回した。同じ部屋にもう三人泊っているが、ほかの部屋に遊びにでも行ったとみえて、その男たちの姿はみえなかった。

「伊之助ど。心配《しんぺえ》するごどはがんしねぞ。人数は十分です」

「……?」

「じづは、こうなるごどを考えで、江戸の町さ、もう十人隠してありますさげ」

「……」

伊之助は眼を瞠《みは》った。

「はい。お屋敷の衆《しょ》さわがると、大事《ごと》ださげ、私と謹次郎どと二人で内緒にしておぎましたどもの」

荒瀬郷下星川の久太郎、越橋村の彦四郎、甚左衛門、正龍寺の兵太と名を挙げて、八十右衛門は指を折った。

「心配がんしね。いざという時の人数は、こえで間にゃいます」

四

浅草御蔵前の元旅籠《はたご》町の一丁目と二丁目の間を入って、右に曲ると二丁目裏と富坂町の町並みである。そのまま進むと、八幡宮《はちまんぐう》の境内にぶつかる。

佐藤藤佐は、元旅籠町の入口で駕籠を捨てると、その小料理屋まで歩いた。五ツ(午後八時)を過ぎた町は、ひっそりと鎮《しず》まりかえって暗い。玄関の戸を開くと、そこにおちかが立っていた。おかみである。藤佐が来るのを、そこで待ちうけていたようだった。

「あけぼの」というこの小料理屋には、不遇だった時期の矢部と何度か来ていて、おちかとは顔馴染《なじみ》だった。

「おいでになっているのか」

板の間に上がりながら、藤佐がいうと、おちかは頷いた。

「ええ、お待ちかねですよ」

「それは悪かった」

と藤佐は言った。町奉行の矢部から使いが来たのは、四半刻《しはんとき》ほど前である。秘《ひそ》かに来い、という文面だった。生憎《あいにく》来客中で、それも相手が小禄《しょうろく》だが旗本だったので、藤佐は用心して客が帰るのを待った。それから大急ぎで駕籠を呼んで駆けつけたのである。

おちかは先に立って、藤佐を離れに案内した。「あけぼの」の間口はそれほどのこともないのに、奥は広い。長い廊下だった。おちかが持っている手燭《てしょく》の光がゆらめいて、離れに行く途中にある小庭を照らし、そこに植えた竹の幹を浮かび上がらせた。

足音もなく玉砂利に埋めた敷石を踏んで、おちかは離れの廊下に上がった。おちかは二十六で踊の名手と言われている。軽い身ごなしだった。

「ちかでございます。ご案内いたしました」

障子のそとに膝を折っておちかがそういうと、中で矢部の咳払《せき》いがした。

藤佐の挨拶《あいさつ》を受けると、矢部は、

「酒は、あとでよい。おかみのほかに、ここには人をよこさんように」

とおちかに言った。おちかは藤佐に茶をすすめ、矢部の茶も入れ替えると、部屋を出て行った。微《かす》かな化粧の香が後に残った。

「跟《つ》けられたりはしていまいな」

と矢部は言った。矢部の眼は、鋭く藤佐を注視している。

四月に、矢部が町奉行に任命されたとき、藤佐は矢部の屋敷にご祝儀《しゅうぎ》を述べに行った。会うのはそれ以来である。僅《わず》か三月ばかりの間に、矢部は以前と少し変ったようにみえた。眉が太く、頬が張り口の大きい風貌にも、物言いにも威厳のようなものがつきまとっている。閑職にいた頃の矢部は、この同じ部屋で酔い、幕閣を呪詛《じゅそ》したりするその酔態は、ときにみじめでもあったのだ。

「ご心配なく」

藤佐は、細い眼を矢部に据えて反問した。

「しかし、私ごとき者を、誰が跟けたりしますか」

「水野さ」

矢部は不意に姿勢を崩すと、無表情に茶を啜《すす》った。

「水野は、いろいろな人間を使って、人を探るのが道楽でな。油断ならんのだ」

「すると、ご用は例の国替えの一件でございますか」

「そうだ。いよいよ正念場に来たぞ、藤佐」

矢部の声音にふくまれている緊張感が、藤佐の胸を搏った。

「……」

「水野に百姓の取調べを命ぜられた。そなたのことも摑《つか》んでおってな。荘内藩の大山、桜井といった連中と交際があることも知っておるようだ。捕えて糾明《きゅうめい》しろ、面白いものが出て来よう、と申した」

「……」

「だが、うかつにも儂とそなたの交際は知らんようだ。知っておれば、儂に取調べは命じまい」

「ご老中の、狙いは、何でございますか」

「荘内の尻《し》っぽを摑んで、うむを言わせずに日限を決めさせようという腹だろう。百姓が大勢江戸に入りこんでいる。これはお膝元の騒乱にも及びかねない不祥事ではないかというわけだの。そして黒幕はそなただと思っているようじゃ」

「馬鹿《ばか》な！」

藤佐は舌打ちした。

「とんだ見当違いでございますな。それでいかがなされます？　私を捕えますか？」

藤佐は、ぐいと顔を挙げて矢部を睨《にら》んだ。藤佐は若年の頃に江戸に出て、誰の助けも借りずに辛苦の末、一流の経理家の名を得た。その間に何度か危い橋も渡っている。藤佐の内部には、その頑丈な体軀《たいく》にふさわしく、めったなことにはたじろがない度胸と、冷静な判断力が蔵《しま》われている。

江戸訴願の背後に、本間光暉の意志を感じ取ってから、藤佐は訴願の百姓を無謀と決めつけるようなことはしていない。それが荘内藩に対する世間の同情を引き出したことも見えていたから、相談があれば、時には助言もしてきている。だが積極的に指図した覚えはない。水野の見込み違いだ、と思った。

「一応捕える。いや、奉行所に出頭してもらう」

藤佐の視線を、無表情に挑ね返しながら、矢部が言った。

「だが問題はそれからじゃ。今度の取調べの面白いところは、小さく片づけようとすれば、いくらでも小さく納まりがつく。しかしひろげれば問題は際限なく大きくなるという点じゃな。その……」

矢部の顔に舌なめずりするような表情が浮かんだ。頰のあたりに赤味が射したようにみえた。

「扱いようによっては、水野の意図とは逆に国替え一件をひっくり返すことも出来る」

「まさか？」

藤佐は息を吞んだ顔になった。藤佐はそこまで考えつかなかったのである。矢部の話を聞きながら、これは荘内藩に落ちかかってきた最後の災難だと考え、どう切り抜けるかと身構える気持だったのである。

「いや、儂には自信がある」

と、矢部は言った。低いが、確信に満ちた口調で、頰は一そう赤味を増している。

「ただ、それはおぬしの覚悟次第といったところがあってな。それで呼んだわけじゃ」

「……？」

「儂がおぬしを取り調べる。おぬしが知らぬ存ぜぬで通せば、一件はそれなりに小さく納まる。だが、儂の問うことに応じて、おぬしが国替え一件をそもそものいきさつから暴露すれば、模様はがらりと変ってくる」

「そういう意味合いですか。なるほど」

「三方国替えが、大奥のあたりから出たことは、今では誰知らぬものがおらん。だが陰で囁いたり、それとなく諷《ほのめか》したりはするものの、誰も公《おおや》けにはせなんだな。その機《お》会《り》がなかったともいえる」

「……」

「その機会が訪れたことは確かじゃ。それも水野老中が、ご自分の手でそうしたところが皮肉じゃな。気がつかなかったか、それとも儂を見くびったか」

「……」

矢部の口調が、次第に低く呟《つぶや》きに変るのを、藤佐は注意深く見まもった。矢部の頬には依然として赤味が残っているが、表情には思い悩むようないろが現われている。

「もっとも、そう運んだからと言って、酒井や百姓は喜ぶだろうが、儂が別に得をするわけではない。いや、立場は苦しくなるかな」

矢部の声音は、いよいよ呟きに近くなっていた。矢部の心の中で、江戸町奉行として、天下が注目している事件を一気に裁いてみせたい功名心と、それを欲しない権力に対する怖《おそ》れが、いま激しく葛藤《かっとう》を演じているようにみえた。

「やれば、水野に楯つくことになる」

「お奉行、お奉行」

藤佐は思わず大きな声を出し、矢部の咎める視線にあわてて声をひそめた。

「水野さまは、あるいはご不快かも存じませんが、この裁きには水戸公以下諸侯が注目致しますぞ。むろん荘内藩、百姓一同は、長くお奉行を徳と致しましょう」

「それはわかっておる」

「私をご喚問下さい。そして天下の綱紀のあるところを明らかになさるべきです」

藤佐の声はまた高くなった。地声というものは仕方ないものだの、と矢部はたしなめたが、その声には笑いが混じっている。

「よかろう、藤佐。ではお主がその大声で弁じ立てるのを聞くか」

言うと、矢部は手を叩《たた》いて酒を呼んだ。遠くでおちかの声が答えた。

逆転

一

川北三郷十組、川南五通り二十五組が結束して行なった江戸大登りは、途中仙台藩の思いがけない同情を得るという収穫はあったものの、結果としては挫折《ざせつ》したというほかはなかった。一たん江戸藩邸に拘束された百姓たちは、監視役の荘内藩士に引率されて、炎天の奥羽路を、空《むな》しく故郷に引き返しつつあった。

その情報は、まだ国元には届いていなかった。国元のまとめ役たちの手元に入っている情報は、百姓たちが拘束を受けていることのほかに、太田資始の辞任と真田幸貫の老中就任、松平陸奥守の伺書提出、江戸藩邸の郷村調帳差し上げ、川越藩からの日限催促などであった。ある手紙は楽観的な見通しをのべ、ある手紙は悲観的な文句で締めくくっているというふうで、情報は伝えられて来るたびに、見通しが変化する慌《あわただ》しさだった。だがどの情報も、転封問題が大詰めを迎えているという見方では一致していた。

手紙の中には、藩邸に拘束されている梅津、堀の連名で、藩邸にいる百姓たちの窮状を訴え、送金を依頼する内容のものも混っていた。

川北三郷のまとめ役玉龍寺の文隣は、三郷の大庄屋の寄合を召集して、その手紙を見せ、組割で五十両の金を集め、江戸に送ることを決めた。その金策は、容易ではないと思われたが、そういう相談では川北の人間はまとまりがよく、決定はすばやかった。次いで文隣は、諸藩歎願《たんがん》の強化を寄合にかけた。

近隣諸藩に歎願して置くことは、幕府に対する圧力にもなり、いざ一揆《いっき》のときに必ず役立つと、文隣は百姓たちに説いてきたが、狙《ねら》いはもうひとつあった。領内には諸国の人間が入りこみ、またその中には川越領の者、幕府隠密《おんみつ》といった人間もいると見なければならなかった。そういういわば外部の者の眼に、つねに領内騒然として、藩主引き止めに奔走している印象を与える必要があった。江戸に訴願の人数を送っても、あとに残っている者がひっそりしていては、百姓の真意を疑われかねない。事実百姓の中には、これだけの騒ぎにもいっこう無関心で、傍観しているだけの人間もいたのである。そういう人間の危機感を煽《あお》り立てるためにも、北に南に、歎願の人数を繰り出す必要があった。

だが、大登りを機会に、藩に江戸訴願を差しとめられてみると、近隣諸藩への働きかけは、幕府に対する、残された唯一《ゆいいつ》の抵抗策となった感じがあった。ましていまは、国替えの強行、新藩主に対する荘内領民の蜂起《ほうき》という事態まで、真剣に考えざるを得ない立場に追いこまれている。こういう事情の中で、近隣諸藩への歎願は、百姓たちの活動の中心の位置を占めるようになってきている。寄合の席で、文隣はそのことを説き、強化を訴えたのである。

このとき歎願者は、秋田領、米沢領に向かっており、その後を追って、四日前に、会津への再願組が出発していた。寄合は、文隣の訴えにしたがって、これら各藩と、仙台藩への歎願の継続を決め、人選を行なった。さらに必要があれば、越後村上藩、高田藩、加賀藩まで、歎願の足をのばすことを内定して、寄合は散会した。

川南から、西郷組書役本間辰之助、中川通代官手代奥井岩次郎、坂野辺新田の佐藤唯右衛門が、玉龍寺を訪ねてきたのは、その翌日だった。

「ちょうどええどこさ、ござった」

川南の首脳たちを迎えて文隣は顔を綻《ほころ》ばせた。

「今、本楯の宮次郎どなど、荒瀬の衆《しょ》がきて、追っ駆け歎願のごとを相談してだどこです」

「それはそれは」

辰之助は重々しく言い、唯右衛門は微笑したが、奥井は屈託ありげな顔で、軽く頭を下げただけだった。文隣は、なんとなくそのことが引っかかる気がした。奥井は中川通代官附属の納方手代という勤めがありながら、藩に隠れて百姓たちの動きに与《くみ》し、激しく働いている。

本間たち三人は、荒瀬郷の百姓が十人ほど集まっている大座敷に案内された。縁側はすっかり開け放してあって、座敷から、風にひるがえる庭の木が見える。戸外には日が照りつけていたが、座敷は風が通り抜けるので、案外に涼しかった。

三人を見て坐《すわ》り直した先客たちと挨拶《あいさつ》をかわすと、本間辰之助はすぐに用件を切り出した。

「実は歎願のごとだともの、玉龍寺ど」

「はい」

「急な話でもっけ（恐縮）だども、秋田、米沢の歎願は、やめだ方《ほ》ええなでねがど、そういう話がおら方の衆がら出だもんださげ、大急ぎで来ました」

「どげだもんだろ？　秋田と米沢さ行った衆どご、呼び戻すごとは出来ましねがの？　こどに秋田の方《ほ》」

「ほう」

「……」

荒瀬郷からきている連中が、一斉にこちらを見たのを感じながら、文隣は黙って辰之助の顔を見返した。意外な話を、辰之助は持ちこんできたようである。意外というより、それはもはや不可能な申し入れだった。

宮田村の兵蔵ら、秋田藩への歎願者二十七人は、二十四日にひそかに出国している。まだ報告は届いていないが、彼らはすでに久保田城下に着いて、歎願の機会を窺《うかが》っているはずだった。上長橋村の幸四郎以下十人が、米沢藩に向かったのは、二日遅れて二十六日だが、彼らもまた米沢城下に到着したか、あるいはその近くまで行っている頃である。呼び戻しは不可能だった。

「あれがら何か、変った事情でもありましたがの？」

文隣は小声で訊《たず》ねた。諸藩歎願は、川南と打ち合わせ済みの行動である。むろんその中には、秋田、米沢も含まれている。川南が急にそう言ってきた事情がわからなかった。だが辰之助は、いやと首を振っただけだった。そのくせ辰之助のいかめしい表情は、よくみるとその下に慌しいいろを隠しているように見える。文隣は意味を摑《つか》みかねて反問した。

「秋田、米沢だけですがの？　すっど仙台、会津は？　そっちゃも再願の人を送りましたどものう」

「やや、そっちはさしけね（差支えない）なでがんしねが」

「仙台、会津はさしけねど……」

文隣は呟いて首をかしげた。ついでに太い腕を高々と胸に組んだ。本間は長身の背をのばして、文隣を見つめている。

「さあーて、どういうわげだろ。さっぱりわがりましねのう。もう少《ちこ》しわがるよう教えでもらおうがの」

文隣はそう言って、荒瀬の百姓たちを振り返った。本楯村の宮次郎、忠治、越橋村の伝四郎など十人ほどの百姓は、はじめ辰之助と挨拶をかわしたあと、縁側の方にしりぞいて、自分たちだけの相談に戻ったのだったが、辰之助の意外な言葉に驚いた様子だった。いつの間にか文隣の後に寄っていて、硬い表情で川南の三人を注視している。

辰之助もちらと百姓たちを見た。そして辰之助は、大きな身体《からだ》をすくませるような身ぶりをした。

「そのわげは、ちょっと大き声《おっ》では言いにぐいどもの」

「後さいる衆だば、気にするごとはがんしねぞ。みんな一心同体ですさげ」

「それは、そうですの」

辰之助は咳《せき》払いした。そのとき、寺の者が茶を運んできた。ひと口茶を啜《すす》ってから、辰之助は奥井に顔を向けて、私から話をしてもいいか、と言った。それから文隣に膝《ひざ》を向け直した。

二

「あんだもご存じのとおり、おら方《ほ》の殿さまは、そもそもが外様の隣藩さ備えで、この荘内さ据えらいだ、そういう殿さまだわげです」

と辰之助は言った。文隣は、大きな眼を動かした。辰之助は、荘内藩の祖酒井忠勝が入部した、二百年前のことを言っているのだった。

「つまり一朝事ある場合《ばやい》は、秋田ども、米沢ども戦わねまねど。そういう立場さある藩であるわけですの。そごのところを考《かん》げるど、苦しまぎれに秋田だ、米沢だどお願《ねげ》えに走ってええもんだろうがと、ま、川南ではそういう心配《しんぺ》しているわげです」

「……」

「つまりお願え行けば、その藩がら恩うけるごとになりますのう。借りこしゃう（つくる）ごとえなる。これは、おら方の殿さまさ迷惑かげるごとになんなでねえがど、そういうごとですのう」

なるほど、そういう意見が川南には出てきたのか、と文隣は思った。隣国外様藩は、荘内藩の仮想敵である。それは元和八年、忠勝を荘内に封じたとき、幕府が明示したことであった。その仮想敵に借りを作っては、辰之助がいう一朝事あるときに、藩がそのことに束縛されはしないか、と川南は言っているのであった。

しかもその借りは、藩には無断で百姓が作るのである。もし幕府が覆《くつがえ》り、藩の居坐りが実現するようなことがあれば、この事実は重く視《み》られ、あるいは咎《とが》めの対象にされるかも知れない。川南はそこまで考えたかも知れなかった。

そうでなければ、その考えは、どこかおかしいと文隣は思った。川南の意見は、藩の居坐りが前提になっている。ところが、その居坐りの可能性を、ことごとく潰《つぶ》しにかかっているのが、ほかならぬ幕府であった。いわば幕府こそ当面の敵である。今が、その敵と二百年前に交わした約定を持ち出すのに、適当な時期だとは思えなかった。

「お話ですどものう、川南の辰之助ど」

果して、本栖村の宮次郎が前にすすみ出て口をはさんだ。宮次郎は大組頭見習を勤め、三月末には江戸に行って大目付初鹿野美濃守に駕籠《かご》訴《そ》を果たしてきた人間である。五十六で重厚な人柄にみえるが、内には激しい気性を秘めている。

「その話は、あくまで藩がこのまま続ぐど、そう考《かん》げた場合《ばやい》のごとですの？」

「ンでがんす」

「失礼ですども、そうすっど川南では沙汰《さた》直りの見込みがよっぽどあると、そういう考《かん》げでいるわげですがの？」

「やや、そうは言っていましね（いません）」

問い詰められて、辰之助は少しむっとした表情になって言った。

「むろん我われも、沙汰直りはまず難しがろうと考げています。ンだども我われ百姓としては、万が一沙汰直りというごとがあったどき、お上に申しわけねえようなごとはあってならねえだろうと、そう思うわげです。ンださげ、いよいよ駄目になった、引き移りだとなったそのどぎには、隣の藩でもどこでもお願え上がればええなでねがど、そういうのが我われの考えです」

国替えの沙汰の真っ只中《まただなか》にあるとはいえ、藩主は藩主、領民は領民である。その領民として、百姓の行動にも越えてならない規矩《きく》があり、隣領歎願は、その矩《のり》を越えるものではないか、と辰之助は言っているようだった。

「私の考《かん》げは、ちょっと違います」

と宮次郎は言った。浅黒い顔が、一瞬朱に染まったようだった。

「まずこの節の江戸がらの手紙を見でも、沙汰直りは万にひとつもがんしね（ない）と。幕府は、どげだ手ェ使っても、国替えまで運ぶだろうど、私はそう思っています」

「川北は、まず大体同じ考《かん》げですの」

と越橋村の伝四郎が言い、ほかの者も、ンだ、ンだとうなずき合った。宮次郎は彼らを振り向かずに声を続けた。

「ンださげ、いずれは国替えになる。そえで我われは、いずれ鍬《くわ》、鎌《かま》たないて（持って）、新しい殿さまさ、刃向わねまね時が来んではながろうかと。これが私の見通しです」

「そうなっがも知れましねのう。その覚悟は私もしています」

と辰之助は言った。押し返すように、宮次郎が言った。

「ンだば、歎願掛けでおぐべきです。ンでがんしょ？　その時になってがらでは遅すぎる。どごでも、受げつけてくれましねぞ。今《えま》ださげ、荘内の百姓はみじょけね(可《か》哀《わい》そうだ)と思ってくれるわげです。そして、ここが我われの狙いでがんしねが？　一揆起ごした時、百姓をみじょけねと思う藩が攻めでくるなど、そうでねえ藩が攻めでくるなどは、攻め足さ、まんず三日の違いが出てくるど思いますぞ。三日あれば、辰之助ど、一揆は成就《じょうじゅ》します」

「ンだども……」

それまで黙っていた坂野辺新田の唯右衛門が反撃した。

「万が一、殿さまが長岡さ行がねで済んだ時は、どうしますの？　宮次郎ど、そのどきはあんだ、殿さまさ言訳出来ますがの？」

最も結束が必要なこのときに、川北と川南の間に深い亀裂《きれつ》が顔を見せはじめたようであった。人びとはそのことを直視するのを恐れるように、面を伏せて沈黙し、手もとの茶碗《ちゃわん》を取り上げて、すでに冷えた茶を啜った。

川北は国替え強行必至とみていた。そして川南はまだ一縷《いちる》の望みをつないでいた。情勢判断のこの微妙な分かれは、それぞれが握っている情報の質のせいでもあったが、それ以上に、川北、川南に分かれ住む人間の、気質の差からきているとも言えた。荘内領を、最上川が南北に二分する。同じ領内ながら、川北には積極進取の気風があり、川南田川郡には、保守温和の傾向がある。情勢が混沌《こんとん》とし、形勢の判断が難しいところに追いこまれて、それぞれがぎりぎりの判断を示さざるを得ない時になって、この気質の差が見解を分けることになったとも言えた。

「辰之助ど」

文隣は、目くばせして辰之助を隣の小部屋に誘った。無雑作に畳に胡坐《あぐら》を組むと、文隣は声をひそめた。

「呼び戻しなどと、一体誰が言い出したごどだや？」

「匹田儀兵衛ど」

と辰之助は答えた。匹田儀兵衛というのは、鶴ヶ岡城下一日市町の秤屋市郎右衛門のことである。同じ城下荒町の山科屋喜平と並んで、百姓たちの熱心な支持者であり、金主だった。この二人の奔走で、一日市町の西海屋三郎右衛門、五日町の風間幸右衛門、三日町の平田太郎右衛門、下肴町の三井弥惣右衛門、荒町の真島藤右衛門、南町伊藤五右衛門など、城下の有力な商人たちが、ひそかに百姓たちの働きを援助している。

「さあーて、困ったのう」

と、文隣は言い、顎《あご》を撫《な》でた。金主たちの意見を無視することは出来ないが、呼び戻しはもはや手遅れだった。隣の座敷では、また論争が再開されたらしく、高調子の険しい声が聞こえる。

「秋田、米沢さ行った連中は、もう向うさ着いでいるぞ」

「ンだども、まだ願書上げていねば、追《ぼ》っかけで行げば間にゃうがも知ねだろ?」

「駄目だ、駄目だ。そげだごと一ぺんでもしぇば、あどはこの暑い中、歎願など行ぐ人は誰もいなぐなっぞ」

小部屋でも争いがはじまりかけたとき、廊下で寺の者が文隣を呼んだ。寺の者が持ってきたのは一通の封書だった。文隣はその場ですぐに開き、廊下の光に上体を乗り出すようにして走り読みしたが、読み終ると辰之助に微笑を向けた。文隣の笑いには安堵《あんど》が含まれている。

「七日町が、ちょうどいいどこさ、手紙よごした」

七日町というのは、文隣の弟で旅籠《はたご》屋を営み、藩の目明しを勤める加茂屋文二のことである。加茂屋は川南の首脳の一人であると同時に、川北とも密接に連絡を取っている。文隣と辰之助は座敷に戻った。

「加茂屋から手紙が来ました。歎願呼び戻しについで、大事だ意見を言って来ましたので、ざっと読ましぇでもらいましょ」

と文隣は言った。加茂屋の手紙は、昨日江戸表から来た手紙を見た、と前置きし、「江戸表の書状の趣、とくと相考え候《そうろう》ところ、一ヵ条として取り留め候趣意も相見え申さず、依《よ》ってはこの節大事のご時節柄の儀につき、米、秋両所行きお百姓追返し候こと、得と仕《つかまつ》らず候」と述べ、さらに次のように意見をつけ加えていた。

「故《ゆえ》なくして追返しの儀申し遣わし候ことは、大勢の内には同腹誠心の者ばかりもこれなきものなり。左候わば、万一気前を損じ、その上心得違いの者も出《い》で来、かれこれ難渋に及び候ことにては、ご他領へ対し、外聞を失い候筋にも相あたり申すべくと存じ奉《たてまつ》り候。仍《より》ては、追返しの儀はお見合わせ然《しか》るべし。さりながら皆様右と思召《おぼしめし》にて御座なく候わば拠なき仕合、篤《とく》とお考え成し下さるべく候。私一分の了見にて申し上げ候ことにもこれ無く、夜前お心附のお方へ罷《まか》り上がり、お話申し上げ候ところ、前段申し上げ候通り、私同様の思召に在りなされ候。お百姓引返しの儀は、何分宜《よろ》しからざる趣仰《おお》せ聞けられ候間、とりあえず申し上げ候」

加茂屋は一たん呼び戻しに同意したものの、その後重大な疑問を持ち、昨夜誰かに会って意見を聴いたのである。そして辰之助たち川南首脳の申し入れに間に合うよう、大急ぎで飛脚を立てて寄越したようだった。加茂屋がいうお心附の方が誰を指すかはわからなかった。それは匹田、山科屋ら後ろ楯になっている商人たちかも知れなかったし、あるいは加茂屋は家中の誰かに会ったのかも知れなかった。いずれにしても加茂屋の手紙は確信に満ち、それだけに説得力があった。

「加茂屋が言うごとは、正論のようですの。それとも、ほがに異存がありますがの?」

文隣の声に、川南の三人は首を振った。新しく茶が配られ、人びとは漸《ようや》く緊張を解いて、これからの歎願のすすめ方などを話し合った。論争は終ったものの話はと切れ勝ちで、笑いは生まれなかった。情勢の難しさが人びとの胸を重くしめつけていたのである。

七月一日。梅雨の季節も遠くに去って、繁茂する草の上を白日がわたる荘内の野を、ひとつの虚報が走り抜けた。国替えが停止され、藩主に永城の沙汰が下されたという噂《うわさ》だった。だが湧《わ》き立ったのは半日ほどだった。追いかけるように、その知らせが誤りだという、もっと確かな声が、騒ぎを鎮《しず》めた。村々は沈黙した。その沈黙は、前よりも深く絶望的な色を帯びた。

だがその頃、江戸では、南町奉行の矢部が取調べを開始していた。矢部は六月二十九日に佐藤藤佐と二男の然僕を数寄屋橋《すきやばし》内の南町奉行所に召喚して、調べをはじめたが、七月一日の取調べにはとくに力を入れた。この日矢部は暮六ツから五ツ（午後八時）まで、藤佐を直接訊問《じんもん》し、このあと与力の伊奈沢弥一兵衛、安藤源五左衛門が、深夜八ツ（午前二時）過ぎまで取調べて下口書を取った。

藤佐と二男然僕の調べはこれで終り、身許《みもと》預り人に二人を引き取らせたが、矢部は二日から、新たに荘内藩江戸藩邸から人を召喚し、伊奈沢、安藤両与力の係で取調べを開始させた。

藩邸から呼び出されたのは、江戸留守居役大山庄太夫、矢口弥兵衛、関茂太夫、郡代石川権兵衛、留守居役書役桜井順助、和田七郎右衛門などで、調べは二日、三日と連日、そのあとも五日、七日と続けられた。

三

鶴ヶ岡城中で、執政会議が開かれていた。会議は家老の松平甚三郎が召集したものである。家老の酒井奥之助と中老水野内蔵丞は出府中で、集まったのは松平のほかに酒井吉之丞、竹内八郎右衛門、中老松平舎人、里見但馬、酒井玄蕃、竹内右膳、それに組頭の服部行蔵が出席していた。家老の加藤弥次郎は亀ヶ崎城在番で、また杉山弓之助は暑気中《あた》りを理由に欠席していた。

最初に松平は、江戸藩邸で拘束した百姓たちは、郡奉行の相良以下が附き添って江戸を出発しており、おっつけ国元に帰りつく筈《はず》だと説明した。執政たちは、松平の説明にもの憂《う》くうなずいた。

集まっている部屋は、風を入れるために襖《ふすま》を開けてあるが、そこから見える中庭には、八ツ（午後二時）過ぎの白い光がじっと澱《よど》んでいるだけで、風はそよりとも動いていない。僅《わず》かに庭に咲いている菖蒲《しょうぶ》の花が眼に鮮やかに見えるだけだった。

「ところで昨夜、江戸から急飛脚が参っての。それによると南町奉行が、藩邸の人間を取調べた、とあった」

執政たちは、一斉に松平を見た。部屋の中の空気がにわかに緊張したようだった。

「二日に呼ばれたのは大山に関、それに書役の桜井、和田の四人じゃな。はじめに大山、関、桜井は都筑の息子を名代に差し出して和田一人が出頭したそうじゃ。これは大山の才覚だと手紙には書いてある。ところが名代では罷りならんということで、結局のところ四人揃《そろ》って取調べを受けたと申しておる。翌日は郡代の石川権兵衛と、留守居の矢口が加わった」

「町奉行が、何を調べますかな？」

と竹内右膳が言った。

「それが、容易ならぬことを調べておる」

松平は懐《ふところ》を探って手紙を取り出すと、大山以下が取調べを受けた中味を、声を出して読み上げた。それは、百姓の江戸訴願に対して、藩で褒美《ほうび》を出した事実の有無、郷村調帳差し上げ遅延の事情、水野美濃守以下幕府要人への進物贈呈の有無、百姓騒ぎ立ての詳細と寄合の場所、郷村に対する藩の申含めの実状、駕籠訴百姓の人数、名前、そのつどの歎願書の内容、また桜井、関に対しては薬研堀住佐藤藤佐との交際の有無も糺《ただ》したというものだった。

「ざっとこうした中味じゃが、調べはまだ続くと書いてある。申し遅れたが、手紙を寄越したのは内蔵丞じゃ」

急便は、中老の水野内蔵丞からのもので、大山庄太夫からはまだ何も言ってきていない。

「様子では、今度の国替え騒ぎを、根こそぎ調べている模様ですな」

と酒井玄蕃が言った。玄蕃は少し表情を曇らせている。内容から言っても、今度の調べが、藩の立場を有利にするようなものではないと判断したようだった。暗い眼を松平に注いで、玄蕃は訊《き》いた。

「南の奉行は、いまどなたですか」

「矢部左近将監」

「矢部？」

「さよう。しかしむろん矢部単独の調べではあり得ないな。これだけの調べに手をつけるとすれば、後に誰かがいるだろう」

「誰か、というと水野ですか？」

「まず、そんな見当だ。手紙には書いておらんがの」

大山から手紙が来れば、そのあたりの事情がもう少しはっきりするはずだった。だが、大山は自分が取調べの渦中《かちゅう》にいて混乱しているためか、あるいはまだ矢部の背後関係を摑んでいないのか、知らせが遅れている。

しかし水野に違いない、と松平は思っていた。水野老中は、転封問題に決着をつけたがっているように見えたが、いまそれに手をつけたに違いない。その確信は動かなかった。だが、松平には少し納得がいかないことがあった。大山が以前洩《も》らしたことによれば、矢部は駿河守と言った勘定奉行時代に、水野と衝突して閑職に追いやられた人物である。その人間が、いま町奉行として水野の頤使《いし》に甘んじようとしているのか。

それがあり得ないことではないとすれば、水野、矢部という繋《つな》がりは成り立つ。だが、その水野、矢部は何を狙って取調べを開始したのか。その点が不明だった。わからないだけに無気味だった。多数の荘内百姓の江戸訴願は押さえた。当面咎められる理由はない。だが取調べは百姓たちが帰国しはじめた、その直後から始められている。

「おのおの方に訊ねたいが、この取調べは何を狙っていると思われるかな？」

「むろん、わが藩を咎めるためでござろう」

竹内八郎右衛門が、少し頬を紅潮させて言った。竹内は四百人におよぶ百姓が、国外に脱け出たときの責任者である。そのことを思い出して、改めて責任感をゆさぶられたのかも知れなかった。

「わが藩の、何を咎めるな？」

「たとえば諸方への音物《いんもつ》のことを調べているようでござるが……」

「賄賂《まいない》か。それは理由にならんのう。水野老中ご自身大層な賄賂を使って出世なされたお人じゃからな」

「百姓が、大量に江戸に登りました事実は？」

「百姓の出国については、野放しにはしておらん。国境いは厳重に閉めておる。今度の大登りについても、一人も駕籠訴をさせておらんからの」

「しかし百姓たちのお上引き留めの騒ぎについて、藩の処置がいったいに手ぬるかったことは否《いな》めませんな」

不意に里見但馬がそう言った。あたりをひやりとさせるような、奇妙に静かな声音だった。里見は物静かな人物だが、理屈を言い出すと、相手に絡《から》みつくような言い方をする。

「もっとびしびし取り締まる手もござった。取調べでつつかれるとすれば、そのあたりでござろうな」

「しかし百姓の働きがなかったら、いま頃はとっくに長岡に追いやられておる。こうしてこの城におることも出来なかったはずじゃ」

と酒井玄蕃が反駁《はんばく》した。松平はこの論争を無視した。むろん玄蕃の言い分が正論だった。

「こういう次第でな。後はもう少し模様を見んとわからぬが、吉報とは言えないことは確かでな。ここ数日の情勢は、まことに油断ならないところに来ておるとみていいようだ。そこで折入って頼みじゃが、もしおのおの方の手もとに、江戸の模様を知らせる何らかの便りが入ったときは、恐れ入るがそれがしの屋敷までお届け願いたい。よろしいか」

「承知致しました。で、連中は、うまくやっておりますかな？」

玄蕃が言った。連中とは、大山以下、取調べを受けている家中のことらしかった。

「取調べか。その答えようが、和田の答弁は大層よろしく、関茂太夫は甚だよろしからず、と水野の手紙には書いてあったの」

人びとの間に、短い笑い声が上がったが、その声には力がなかった。

「なお申し忘れたが、手紙の終りに、水野は不思議なことを二、三行つけ加えてきておる。取調べで、藩邸は動転しているが、この節将軍家にはお所替えお止めの思召にて、越前も手段に困り、右一件相初め候哉、という見方も一部にあると書いている。つまり水野老中は国替え一件から、自分は手を引いて、矢部にまかせて沙汰直りに持って行くつもりだ、とそう申す者がおるらしい」

「どなたが、何を申されることやら」

里見但馬が無表情に言った。呟くような小声だったが、不思議に人びとの耳に透った。その言葉が、痛烈な嘲《あざけ》りを含んでいるように聞こえたからである。

里見の言葉をしおに、松平は執政会議の散会を告げた。人びとが立ち去ったあと、広い部屋の中に、松平は一人残って腕組みした。

——何を申されることやら、か。

里見の嘲りは正しい、と松平は思った。水野は、ここまで持ってきて投げ出すような人物ではない。ましていまは、権力の頂上にいて、誰を憚《はばか》る必要もないはずだった。決着をつけるとすれば、水野老中は必ず荘内藩の息の根を止める形で、収拾をはかるに違いない、という確信は動かない。取調べは、水野がその作業に手を着けたことを示している。

だが相手の手の内は見えていなかった。解《わか》っているのは、八ヵ月にわたる幕閣、というより水野老中との抗争が間もなく終るだろうということだけであった。松平に手駒《てごま》は残されていない。策はすべて使い果たして、あとは待つしかなかった。松平は、執政会議では見せなかった深い苦渋の皺《しわ》を額に刻み、首筋に滲《にじ》む汗を拭《ふ》くために、懐紙を探った。

四

同朋頭《どうぼうがしら》が、南町奉行の矢部左近将監が、老中に面談したいと言っている、と告げてきたのは、十一日の九ツ半（午後一時）過ぎだった。

水野忠邦は、羽目ノ間に待たせておけ、と言った。同朋頭が去ると、忠邦は部屋の中にいる土井と真田に笑いかけた。

「例の件だ。意外に早かったの」

「荘内領の百姓の調べですか」

と土井が言った。真田は机の上に書類をひろげて難しい表情をしているが、土井はひまそうに見えた。膝の上に詩文を編んであるらしい冊子をひろげている。その冊子を閉じて、土井が微笑しながら言った。

「そういえば、堀田どのが、会津藩から荘内百姓の訴願について届書が出ていると、今朝ほど申しておりましたな」

「それも、もう手遅れでな。矢部がこれから裁決を出す。備中どのが戻って来たら、聞きに参ろうではないか」

と忠邦は言った。矢部に取調べを命じたのは忠邦だが、月が変って、七月は堀田正篤が月番である。堀田は御小座敷に召し出されていて、不在だった。

「私も参りますか」

と真田幸貫が言った。むろんだ、と答えてから、忠邦は腹の中で、真田は就任してそろそろひと月経《た》つのだから、もう少し馴《な》れてもらわねば困るな、と思った。真田は指図すればその通りに動き、その限りではじつに有能だが、忠邦を頼りすぎる傾向がある。

しかしそう思うのは、忠邦が忙しすぎるせいかも知れなかった。忠邦は近日中に、作事、普請《ふしん》、小普請の三奉行、および納戸《なんど》頭、賄《まかない》頭、細工頭に訓令を出そうと思っていた。机の上にひろげてあるのは、八分通り出来上がったその草案である。

机の横に、役宅から持ってきた風呂敷《ふろしき》包みが置いてあるが、その中には以上の幕府諸役所の腐敗ぶりを記した風聞書が、ぎっしり詰まっていた。

たとえば作事方では、末端役人が、棟梁《とうりょう》から普請費用の多寡《たか》に相応した返し金を受け取り、工事に手加減を加えることが、半ば慣行化されていたし、普請方役所でも、役人の怠惰からくる工期の延びが目立ち、役人は泊り番のときは風呂をわかさせ、薬と称して酒を飲み、諸方から賄賂《わいろ》をとっている。小普請方でも同様だった。普請、修覆のたびに職人、棟梁から金品を受け取り、少ないとその上に酒食のもてなしを強要する。中には、職人、棟梁を同行して吉原、岡場所に出没し、金はすべて彼らに支払わせて遊興している者までいた。

本丸、西丸の納戸役所と御用達商人との結託ぶりは眼に余るものがあり、賄所、台所役人は、献上の魚をひそかに自分の家に運ぶでたらめぶりだと、風聞書は記していた。風聞書はすべて、忠邦が目付の鳥居耀蔵とはかって、諸役所とその周辺に放った隠し目付がまとめたものだった。

政治改革は、一片の政令を発するだけでは、成就《じょうじゅ》しないと、忠邦は思っている。改革令が生きるかどうかは、それを運用する諸役人の姿勢如何《いかん》による。人の改革が先だと考えていた。側用人、御側御用取次の人事改革に続いて、六月に入ってから三番頭、小十人頭、大小目付に綱紀粛正を呼びかける通達を出し、同じ六月二日に、去る九年四月、昨年十二月に出した倹約令を再度確認公布し、三奉行、遠国《おんごく》奉行、御三家、三卿《きょう》まで洩れなく通達したのも同じ趣旨だった。今度出そうとしている訓令は、それを幕府機構の末端まで及ぼそうとするもので、一貫した趣旨に基づいている。政令を運用する側の、これら一連の改革を行なってから、忠邦は倹約令、風紀取締令などを打ち出すつもりでいた。

風呂敷の中には、もうひと綴《つづ》り、重要な書類が入っている。それは七月三日に、寺社奉行阿部伊勢守正弘から提出されている稟議書《りんぎしょ》で、阿部は稟議書の中で、去る五月に逮捕した中山智泉院の日啓以下の取調べ内容を述べ、その処分についての意見を附帯して、指示を仰いでいた。

日啓は、中野碩翁の娘分で大奥に入り、大御所家斉の寵愛《ちょうあい》を恣《ほしいまま》にしたお美代の方の実父で、その縁から家斉、大奥の帰依《きえ》を一身に集めた祈禱僧《きとうそう》であった。はじめ江戸牛込の日蓮《にちれん》宗寺院仏性寺の役僧をしていたが、下総中山の法華経《ほけきょう》寺智泉院に移った頃から大奥の信仰を獲得し、大奥女中たちから、後には大御所家斉、家斉夫人広大院まで、大奥全体が、ほとんど狂信的な帰依を、日啓に示すようになったのである。

その傾倒を背景に、日啓は智泉院を将軍家の祈禱所とし、法華経寺境内に若宮八幡《はちまん》を建立《こんりゅう》し、また雑司ヶ谷鼠山《ねずみやま》に感応寺を再興して、三万坪の壮麗な伽藍《がらん》を再建するなど、日蓮宗中山派の勢力拡大をはかったのである。この感応寺で、大奥女中と寺僧たちが密会しているという醜聞が江戸の町にひろがったのであった。

この事件に手を入れさせたのは忠邦である。忠邦は前年十一月に寺社奉行に就任していた阿部に、智泉院と感応寺の手入れと吟味を指示した。阿部の報告は、日啓と大奥の癒着《ゆちゃく》が生み出した醜悪な事実を述べていたが、処分に対する附帯意見は、政治的な細かな配慮を盛ったもので、阿部という二十三歳の寺社奉行がそなえている政治的資質が、並みのものでないことをうかがわせる内容になっていた。阿部は日啓とその身内を女犯《にょぼん》の罪で裁判し、若宮八幡の破却、感応寺の廃寺が相当と述べ、大奥の追究は打ち切って、その余は闇《やみ》に葬《ほうむ》って然るべし、と言っていた。大奥まで摘発の手をのばせば、亡《な》き大御所の醜聞が表面化し、ひいては現将軍家の権威に影響する、という判断がそこには示されている。

阿部の意見は、概《おおむ》ね忠邦の考えに合致するものだったが、さらに検討を加えて老中評議にかけなければならない。そういう問題を、忠邦は抱えていた。

「矢部が、羽目ノ間で待っておるそうですな」

不意に堀田の声がした。忠邦は作事奉行以下に出すべき訓令の草案づくりに熱中していて、堀田が戻って来たのに気づかなかったようである。堀田の声に、筆を捨てると早くも膝を起こしながら言った。

「報告を受けるのは備中どのでな。我らはお相伴の形だが、では、参ろうか」

羽目ノ間は、御用部屋から少し離れて黒書院わきにある。御用部屋坊主《ぼうず》に案内されて、暗い廊下を一番後から歩きながら、忠邦はまだ訓令の文章を案じていた。今日明日の間には成文にして評議にかけなければならない。

羽目ノ間は少し薄暗かった。四人を迎えて、首筋の汗を拭いていた矢部が、慌《あわ》てて懐紙をしまい、襟元を繕って坐り直すのが見えた。忠邦が、一瞬部屋の入口で立ち止まったのは、こちらを見上げた矢部の顴骨の張った顔が、太田資始を思い出させたせいである。

——似ている。

前にもそう思ったことがある。だがそのことに忠邦は不快を感じたわけではない。

むしろ心を擽《くすぐ》ってくるおかしさがあった。同時に忠邦の心は訓令の文章から離れて、矢部の調べの方に向いていた。あの荷厄介な百姓の訴願さわぎを、矢部がどんなふうに裁いたか聞いてやろう、と思った。

「調べは済んだか」

坐ると、忠邦は無雑作に声をかけた。

「相済みましてござります」

矢部は平伏していた身体を立て直すと、真直《まっす》ぐ忠邦に眼を向けた。矢部の視線が、少し強すぎるように忠邦は感じた。そういえば顔色も、ふだんより赤いように思われた。

「つきましては、大事の調べでございますので、はじめに、聞き取りました口書きを読ませて頂きたいと存じますが、いかがでござりましょうか」

忠邦は横に並んでいる堀田を見た。堀田がうなずいた。忠邦は土井、真田にも眼で同意を求めてから言った。

「よいと申しておる」

「されば……」

矢部は膝脇《わき》に置いた風呂敷包みを解き、書類を取り出した。

「今度の調べでは、江戸で百姓の訴願を指揮したと見られる薬研堀に住む公事人《くじにん》佐藤藤佐と倅《せがれ》の然僕、荘内藩の江戸留守居役大山庄太夫、関茂太夫、矢口弥兵衛の三名、郡代石川権兵衛、書役桜井順助、和田七郎右衛門。以上の者について、百姓騒ぎ立てのそもそものいきさつからその実状、藤佐および藩とのつながりの有無などをことごとく聞き取り、それがしおよび与力二名が吟味を加えましてござります。これについて奉行としての裁断は後に述べまするが、まず佐藤の陳述から読み上げます」

矢部は咳払いして一通の綴りを取り上げると、ではご免と呟《つぶや》き、次いで声を張り上げて読みはじめた。隣の祐筆《ゆうひつ》詰所に筒抜けだろうと思われる大声だった。

「国替えの事情について、知るところあれば述べよ。これはそれがしでござります。答えて云《い》う、これは佐藤藤佐でござります。答えて云う。荘内藩を長岡にと申す国替えのご沙汰には、海防の備え不行届きを以《もっ》て、とある由《よし》にござりますが、それがしが聞き取りましたところと、少しく事情が異なってござります。そもそもは大奥に、おいとの方と申されるお方がご座あられ、この方は川越藩松平大和守さまのご世子斉省君《ぎみ》、このお方は先月お亡くなりになられましたが、この斉省君のご生母でござります。このおいとの方を通じ、川越藩主松平さまが、恐れ多くも亡き大御所さまに」

「待て」

不意に忠邦が言った。忠邦は鋭く矢部を注視した。だが矢部は、口を噤《つぐ》んだものの、恐れ気もなく忠邦を正面から見返している。さっき見た顔の赤味は消えて、冷ややかな表情だった。

——この人物の鑑定に、誤りがあったようだ。

忠邦は顔面から血が引くのを感じながら、そう思った。矢部が公式の閣議というこの席に用意し、いま自分に突きつけているのが、一本の匕首《あいくち》であることを悟ったのである。三方国替えの沙汰は、大御所家斉と老中との間の秘事だった。それが成立した事情をここで発《あば》かれては、荘内藩とその立場に同情する勢力に対して勝目がない。のみならずそれは、その沙汰を下した当時の老中、わけても首座の地位にある忠邦の失政を浮かび上がらせるはずのものだった。土井は事情を知っているが、堀田、真田は事情を知らない。その内容に驚愕《きょうがく》するかも知れなかった。

だが、待てと言ったものの、ここは人を遠ざけた御用部屋の内ではない。奉行をまじえた閣議の席だった。そして調書は、矢部がさっき断わったように、矢部単独の調べではなく、与力の吟味にかかっている。すでに三方国替え一件は公式の場に持ち出されてしまっていた。

「いや、よろしい」

忠邦は、矢部から眼をそらして、そっけなく言った。すると逃げた忠邦の視線を追うように、矢部の鋭い声がした。

「いかが致しましょうか」

「よい。続けよ」

そう言ったのは堀田だった。堀田の声は幾分硬くなっているようだった。

「大御所さまに荘内への移封を願ったのが、発端でござります。松平大和守さまは、当時財政破綻《はたん》に苦慮されておりまして、このような願いになったと聞きおよびましてござります。なおこのとき大和守さまは、大御所さま周辺に大枚の賄賂《まいない》を使われましたが、これを受け取られましたのは、当時御側御用取次水野美濃守さま、御小納戸頭取美濃部筑前守さま、美濃守さま御従妹《いとこ》にてご中﨟《ちゅうろう》おうたさまと承わりました。これは私の推察にはご座なく、大和守さまご家来竹田市郎兵衛さまより聞き知りましたことでござります」

矢部は佐藤藤佐、倅然僕、荘内藩大山庄太夫以下の口書きを、疲れも見せず読み切り、最後に、三方国替えは理由のない沙汰であり、荘内領の百姓騒ぎ立ては当然と思われる。のみならず彼らの行動は、藩主を慕う心情から出たものであって、取調べの結果法に照らして咎むべき事項は見当らなかったと言い切った。

矢部の長い報告が終ったとき、羽目ノ間には深い沈黙が降りた。すでに老中下城の時刻は過ぎていたが、それを言い出すものはいなかった。報告の背後に、国替え決定で演じた老中首座水野忠邦の役割が、醜い骸《むくろ》のように投げ出されている。その沈黙を破ったのは、忠邦だった。

「いかがなされるな?」

忠邦は堀田に膝を向け変えて言った。

「そこもとが月番じゃ。いかようにも処置されよ」

忠邦は微笑していた。その微笑を、堀田は少し硬い表情で見返したが、きっぱりした声で言った。

「されば、明日将軍家の前で再度協議し、処分を決したいと存ずる。むろん処分はただちに国替えの可否に及ぶことに相成るが、ご異存ござりませんな」

堀田は、忠邦から土井に視線を移し、さらに真田を振り返った。忠邦を含めて、三人が軽く頭を下げると、堀田は矢部に、口書と裁決の書類をこれへ、と言った。なかなか見事な老中ぶりではないかと忠邦は思った。

堀田たち三人と矢部が出て行ったあと、忠邦はしばらくぼんやりと座敷の中に坐《すわ》っていた。

——矢部に嵌《は》められた。

憤怒《ふんぬ》が衝《つ》き上げてきたのは、それからなおしばらく後のことだった。怒りは、矢部の意図と人物を見抜けなかった自分にも向けられている。三方国替えの実施には、幕閣の体面がかかっていた。だから辛抱してここまで運んできたのだが、最後にきて、一瞬の間に逆転を喰ったようだった。この失策は、いずれ高いものにつくかも知れない、と忠邦は思いながら、なお茫然《ぼうぜん》と坐りつづけていた。

嵐のあと

一

荘内藩、川越藩、長岡藩各藩主あてに、江戸城中から「御用の儀候《そうろう》間《ま》、明十二日四ツ時、其の方名代たる一類中一人登城候様致《いた》さるべく候」と、出頭命令書がきたのは、七月十一日であった。命令書は、真田信濃守、堀田備中守、土井大炊頭、水野越前守の老中連署になっていた。

荘内藩では親戚《しんせき》の本多隼人正を名代に立て、また川越藩では山田遠江守、長岡藩では牧野玄蕃頭を藩主名代として、翌十二日城内に登らせた。下されたのは国替え停止の御沙汰書《ごさたしょ》であった。

荘内藩主酒井忠器に対する御沙汰書には、「思召《おぼしめし》これ有り、所替ご沙汰に及ばれず、そのまま荘内領地仰《おお》せつけられ候」とあって、川越藩主松平斉典、長岡藩主牧野忠雅への御沙汰書も、ほぼ同文のものであった。ただ川越藩には二万石の加増がついていた。そして荘内藩主に対する御沙汰書には、本文のわきに、将軍家慶の直筆で、「所替なき旨《むね》申し達し候。是《こ》れまでどおり居城致すべき事」という一行が墨書きされていて、のちに藩主忠器以下荘内藩江戸藩邸の者を驚かしたのである。家慶は、はやくから田安、清水の二卿《きょう》、辞めた老中太田資始らを通じて三方国替えの事情を聞いており、また小普請組支配頭河津の上書も読んで、国替えは不当なものと考えていたのであった。

南町奉行矢部左近将監の報告を受けると、月番老中堀田正篤は、ただちに水野老中の三日間登城停止という措置をとり、水野欠席のまま、将軍の前で矢部の報告を中心に閣議を開いた。だが将軍家慶の考えが以上のようなものであり、また矢部の調べは、三方国替えの不当を十分に裏付けるものだったので、国替え停止は一挙に確定をみ、一度出した台命を取り消すという、空前の決定がなされたのであった。

ただ矢部の調べは、荘内藩留守居役関茂太夫、郡代石川権兵衛の失態を挙げていた。関は江戸訴願の百姓を慰撫《いぶ》激励し、また御側御用取次水野忠篤に、同家の家臣西川龍之助を通じて贈賄《ぞうわい》した事実を咎《とが》められ、石川は訴願を果たして帰国した百姓を賞揚して、手当て金を配ったのは不埒《ふらち》だとされたのである。

しかし矢部は、関、石川の失態を明らかにしながら、その行為を巧妙に藩から切離したのであった。大筋のところで幕命をひっくり返しながら、一方取調べを命じた水野の顔も立て、ひいては幕閣の顔も立てたという形で収拾したのである。

そういう矢部の取扱いは、矢部の政治性を見込んだ水野老中にとっては皮肉なものだったが、堀田はその扱いを幸便として、関、石川を閉門処分にする一方、国替え停止に閣議を導いたのであった。

申し渡しは、酒井家に対しては黒書院で、松平家は白書院、牧野家は芙蓉《ふよう》ノ間で、それぞれ老中列座の上、登城停止を解かれた老中首座水野忠邦から行なわれた。

藩主名代の本多隼人正が、申し渡しを受けて神田橋の荘内藩邸に帰ってきたのは、およそ七ツ（午後四時）過ぎであった。藩邸にはすでに前日の夕刻あたりから、国替御沙汰直りの噂《うわさ》が流れていて、その日の昼頃になると、下谷藩邸、向う柳原藩邸詰めの者、下谷藩邸に居残っていた国元百姓、荘内藩出入りの商人などが建物の内外をうろつき、邸内は騒然とした空気に包まれていた。

本多の長身が、駕籠《かご》をおりて玄関から建物の中に隠れたとき、邸内は一瞬ひそと鳴りを鎮《しず》めたようだったが、それは長いことではなかった。やがて邸内のどこからともなく、どよめく声が湧《わ》きおこり、どよめきはたちまち建物の中に溢《あふ》れた。その声に押し出されたように、二、三人の藩士が玄関に飛び出してきた。

「みんな聞け」

一人の若い藩士が、顔を蒼白《そうはく》にして叫んだ。

「沙汰直りじゃ。永城お構いなしと、台命が下されたぞ」

言いながら若い藩士は烈《はげ》しく拳《こぶし》を振り、その拳をもどかしげに傍の同僚の肩にふりおろした。

「永城の沙汰じゃ。国替えは無しじゃ」

玄関前に密集していた百姓、邸内の使用人、出入りの小商人などの群れは、おう、おうと叫び声を挙げた。百姓たちも叫んでいた。藩士の言葉の区切りごとに、彼らは喉《のど》も裂けよと胴間声を張り上げていた。正龍寺村大組頭堀謹次郎以下八人の百姓たちは、今朝早く下谷藩邸を出て神田橋に来ると、願って門内に入れてもらった。昼飯も、長屋のそばにある空地で、持参した握り飯を喰い、ひたすらに江戸城中から来る知らせを待っていたのである。

獣じみた声は、ひとりでに身体《からだ》の奥深いところから出てくる。叫びながら、ある者は血の気を失って顔を蒼白にし、ある者は粗い無精髭《ひげ》に覆《おお》われた頬に、涙をしたたらせていた。長く、望み薄かったたたかいが、いま報われて終ったことを、彼らはまだ十分には信じ兼ねている。その勝利を確かめるために、彼らは喉をありったけ開いて、藩士の言葉に答え、叫び続けていた。その横を、諸方に永城の御沙汰を伝える使者であろう、正装した藩士たちが、次々にいそぎ足に通り抜け、門に向かって行った。

邸内の奥のひと間には、藩主忠器を囲んで、江戸藩邸の重だった者が集まっていた。中老の水野内蔵丞、小姓頭都筑十蔵、国元から出府している小姓頭高橋才輔、留守居役大山庄太夫、矢口弥兵衛といった顔触れだった。世子の忠発の顔が見えないのは、別室で今日名代を勤めてきた本多隼人正を接待しているのである。

邸内で、このひと間だけが、奇妙に静かだった。遠くから、藩邸全体の押さえきれない興奮を示すように、声高な話し声や、笑い声などのざわめきが聞こえてくる。その物音に、ちょっと耳を傾けるような表情をした忠器が、水野内蔵丞にむかって言った。

「知らせるところに、手落ちはないかの」

「田安卿、清水卿、水戸中納言さま、仙台侯、前田侯、会津侯、藤堂侯……」

水野は白く肥えた指を折って数えあげ、なお小声で呟《つぶや》きながら指を折り続けた。

「老中諸侯、むろん水野越前守さまにもお礼の使者を立てました。本日は口上のみですが、後にいずれさまにも進物が必要と存じます。ただ、矢部さまだけは、先ほどの我らの評議でも決し兼ねたわけでございますが……」

「表向きにはまずいと言うわけだの？」

「やはり、私が参りましょう」

と大山庄太夫が口をはさんだ。

「内密にお会いする手筈《てはず》をつけ、私が参るのが無難かと思います」

「それでいいか？」

忠器は水野を見た。

「は。大山にまかせるのが、よろしいかも知れません」

「国元へは、いつ発《た》つか？」

「間もなくでござりましょう。ただいま興津が長屋にさがって、支度をしております」

国元の鶴ヶ岡城には、御使番興津弥伝次が早追いで下ることが決まり、興津はさっき長屋に帰って行った。早追いの使者とは別に飛脚を立てることも決め、その手配もしていた。

「興津を送り出せば、終りか？」

と忠器は言った。

「いえ、まだひとつ残っておりますので、これは大山から申し上げます」

と水野は言い、大山庄太夫を眼で促した。それでは、と大山は言い、小さな咳払《せき》いをひとつした。

「これは私見でございまして、ご中老とも意見対立したままでございますが、申し上げてご裁断を仰ぎたいと存じます」

「どういうことかの？」

「領内騒擾《そうじょう》したことについて、慎みの必要はないか、とお上から幕閣あてに伺い書を提出されてはいかがかと、私は申し上げたわけですが、ご中老のご同意は得られませんでした」

「藪蛇《やぶへび》にならんかと、私は申したわけですが」

と水野が言った。

「なるほど」

忠器は、大山のどっしりと坐《すわ》りのいい、大きな身体を眺めた。国替えの幕命が下って以来八ヵ月。大山は水野忠邦という人物に、ぴったり視線を貼《は》りつけたままで来たはずだった。その大山が言い出したことであれば、それに相当する根拠があるだろうと思われた。水野内蔵丞が、水野老中を知らないというのではない。だが水野には江戸藩邸の統括という仕事があり、大山のように水野老中を見張っていたわけではない。おのずから認識の差がある。忠器は、まず水野に訊《たず》ねた。

「藪蛇とはどういうことかの？」

「はい。石川と関が咎められるということはござりましたものの、わが藩はこのたび、望外の勝ちをおさめたと、こう申してよろしいかと存じます。しかしこれにつきまして、水野越前さまは内心決して快くはあられまい、という推察はまず間違いござるまいと存じます。そこに当藩から謹慎すべきか否《いな》かと伺いを立てるのは、泣き寝入りした子を起こすようなもの。先方さまにとっては好餌《こうじ》となろうか、という意味にござります」

「ご中老が申されること、まことにもっともと思われますな」

と、小姓頭の高橋才輔も言った。

「そこのところに、大山は別の考えを持っておるわけか。申せ」

と忠器が言った。

「されば、ご中老が申されることも道理でござります。しかし私が懸念《けねん》いたしますのは、伺い書を出さずとも、あるいは慎みの沙汰が下りはしないかということでござります」

みんなは一斉に大山の顔を見た。大山の言葉は、いまも聞こえている邸内のざわめきに水を差す冷たさを含んでいたからである。

「なるほど。ふむ」

忠器は、大山の血色がいい丸顔を注視しながら腕を拱《こまね》いた。大山は、国替え問題をめぐる水野老中との抗争は、まだ終っていないと言っているのだった。虎口《ここう》は脱した。だがまだ逃げ切ったわけではない、という。大山のその見方は、忠器が知っている水野忠邦の人物像に合致するものだった。先を続けろ、と忠器は言った。

「だが今なら、幕閣はわが藩に手落ちなしと裁断したばかりでござります。越前さまの心中はどうあれ、伺い書に対して、それでは慎めとは言いにくかろうと存じます。それには及ばずとなれば、わが藩に咎のないことを、幕閣に念押ししたことになりまするゆえ、越前さまも、これ以上の手出しはなるまいと考えます」

「伺い書を出しても、大事ないとみるわけだな」

「まず九分九厘《りん》までは、その儀におよばずと回答があるはずでござります。もしそうでなく、謹慎処分を命じてくるようであれば、それは伺い書を出さなくとも、いずれは来る筈のものでござりましょう」

「よろしい」

と忠器は言った。大山はさすがによく見ていると思った。確かにそこまで念を押す必要があるのだ。権力というものは、油断ならない狡猾《こうかつ》さを隠していて、どこから不意討をかけてくるか知れたものでない。そもそもこの国替え騒ぎがそうだった。忠器はすぐに裁断した。

「伺い書を出そう。内蔵丞と相談して文を作れ」

「心得ましてござります」

「それが済めば、われらも酒を酌《く》めるというわけかの」

「どうぞご遠慮なく」

と言って水野は微笑した。ほかの者も誘われたように低い笑い声を立てた。その瞬間、それまで遠慮がちに襖《ふすま》の外にとどまっていた邸内の喜びが、するりとこの部屋に入りこんで来たようだった。

「今夜は、その方たちも相伴せい。ひさしくうまい酒も飲んでおらん気がするぞ」

「ごもっともでござります」

「都筑の名で、家中一同に委細を知らせる文書を出したらよかろう。そして酒を振舞え。下働きの者まで残りなくな。今夜は無礼講を許すぞ」

忠器がそう言ったとき、小姓が顔を出して、興津弥伝次が玄関にきている、と告げた。

「では、見送るか」

と都筑が言い、忠器と水野内蔵丞を残して、ほかの者は部屋を出ると、玄関にむかった。足どりは軽かった。

二

興津弥伝次を乗せた早追い駕籠は、清川街道を鶴ヶ岡城に向けて疾駆していた。清川口で換えた駕籠人足の足は、三里の道を走ってまだ衰えを見せていない。駕籠の垂れは上げたままなので、黄ばみはじめた稲田が、流れるように左右に遠ざかる。田の中にも、遠い畑の中にも、点々と百姓たちの姿が見えた。彼らは興津の駕籠を早追い駕籠とみて、仕事の手を休めたまま、不安そうに見送っているのだった。中には、近づく駕籠をみつけて、道まで走り出てくる者もいた。

──日暮れ前には、城に着けるな。

駕籠の天井から垂らした力綱に縋《すが》り、身体を揉《も》みしだく揺れに堪えながら、興津はそう思った。江戸から鶴ヶ岡城まで百二十里。参覲《さんきん》の行列なら、早くとも十二日、遅ければ十五日以上もかかる道程を、四日で来たことになる。日は、西に連なる砂丘の上に傾いているが、前方に見えている木立と聚落《しゅうらく》は藤島村だった。藤島村を駆け抜ければ、あとは城下まで二里八丁の道のりでしかない。

興津の身体は、干物《ひもの》のように骨ばり、乾き切っていた。脚は胡坐《あぐら》を組んだまま、こわばって感覚を失っている。それでいて、粘りつくような汗が、執拗《しつよう》に皮膚を伝って流れ続ける。身体全体が重味を失い、汗をしぼり出すだけの海綿にでもなったような、奇妙な浮揚感の中で、興津は駕籠で運ばれていた。ただ通り過ぎる風景だけが、新鮮に網膜に突き刺さってくる。緑と黄がいり混っている稲田も、薄く埃《ほこり》をかぶった道端の雑草も、駕籠に驚いて飛び立つとんぼの群れも、青い空も、すべてはじめてみるようにみずみずしく見えた。もはや、この土地を去ることはないのだ。清川口を発って、一歩荘内平野に踏みこんだとき衝き上げてきたその感慨が、興津の身体の中で鳴り続け、膨らみ続けている。これが、わが土地だ。この喜びを、一刻も早く誰かに分けたい、と興津は思った。

「駕籠屋」

興津は駕籠人足に声をかけ、駕籠の足を少しゆるめるように言った。前にいて曳綱《ひきづな》を引いていた人足が、駕籠の横に回ってくると、伴走しながら心配そうな髭面《ひげづら》を寄せてきた。

「あんべえ（身体ぐあい）、悪《わり》がし？」

「いや」

心配ないと言って駕籠人足を前に戻すと、興津は片手を駕籠の外に出して、後の方を手招きした。駕籠の斜め後のあたりに蹤《つ》いて、さっきから駕籠人足ではない者が走っている。顔は見えないが、その男が駕籠の横の方まで出てくると、泥に汚れた股引《ももひき》と大きな跣《はだし》がみえた。その男の後にも走っている人間がいるらしく、足音は一人、二人のものではなかった。早追いの使者が、何を知らせに来たかを確かめるために、百姓たちが蹤いてきているに違いなかった。

興津の手招きに釣り出されたように、一人の農夫が走りながら駕籠に寄ってきた。赤ら顔で、駕籠人足に劣らない髭面をした、四十見当の農夫だった。

「おい、国替え取止めのご沙汰が下ったぞ」

「………」

興津は、自分の声がひどく力ないのに気づき、身体を少し駕籠の外に傾けて、声を励ました。

「お坐りじゃ。わかるか。国替えは取り止めに決まったぞ」

「……」

無精髭に埋まった農夫の顔に、一瞬驚愕《きょうがく》のいろが浮かんだ。その顔に興津は笑いかけた。

「そうだ。お坐りじゃ。わしはその使いだ」

男は奇妙な声を洩《も》らして、幾度も合点し、興津の笑いに誘われたように、不意に相好《そうごう》を崩したが、その笑顔のまま、男の姿は鳥が飛び立つように興津の視界から消えた。

興津は駕籠の中に身体を戻すと、眼をつむった。興津の耳に、男たちが野に呼びかける声が聞こえている。駕籠と一緒に走りながら、彼らは野太い声を張りあげて、お坐りだぞ、と叫んでいた。そしてその声に、遠くから鋭く叫び返す別の声が聞こえた。駕籠を目ざして、四方から人が駆け集まってくる気配が感じられた。

赤川の土堤が見えてきた頃、駕籠の後から走る農民の数は、数百人の黒々とした帯になっていた。ある者は鍬《くわ》を捨てて走り、ある者は外を通り過ぎる大勢の物音に驚き、何ごとかと家を飛び出して、そのまま人の群に加わって走った。女も、子供も混っていた。

走りながら、人びとは絶えず叫び続けている。ほとんど意味不明の歓声だった。身体の奥底から衝き上げるものがあって、彼らは叫ばずにいられないのだった。彼らを酔わせているのは強い安堵《あんど》感だった。半ば本能的に、彼らは変革を嫌悪《けんお》する。昨日のように今日があり、今日が何ごともなく明日につながることに、彼らは暮らしの平安をみる。そうである限り、たとえ細々とした暮らしでも、父祖以来の手馴《てな》れた生き方を頼りに、彼らは生き続けることが出来る。国替えの沙汰は、そういう彼らの生き方に、一方的に変革を強いる恐れがある無態なものとして立ち現われたのであった。八ヵ月、彼らは不安な気持で暮らしてきた。その不安が解けたのである。帰ってきたのは、手垢《てあか》に汚れた変りばえもしない日々であるはずだった。だがその変りばえしない暮らしが、いまは眩《まぶ》しく光りかがやくようだった。彼らは歓呼して自らを祝福しないでいられない。

喜びの中には、押さえきれない勝利感も含まれている。事実そういう意味のことを、走りながら狂ったように叫び続けている男もいた。男は江戸訴願に行ってきた者かも知れなかった。訴願は、生死いずれとも定め難い重い咎めを覚悟して、はじめの頃は水盃《みずさかずき》をかわして郷里を発ったのである。彼らが立ちむかって行った相手は、そういう巨大な力を持つ存在だった。勝てるという成算があったわけではない。上に立つ者に説き伏せられて行ってきたものの、半信半疑だったのである。昨日までそうだった。

だがいま走っている人びとの先頭にいるのは、疑いようのない勝利を告げる使者だった。経緯は不明ながら、訴願が実を結んだことは確かだった。これは今月のはじめ頃に伝えられた、あの忌《いま》わしい出所不明の法螺《ほら》話とは違うのだ。

安堵感と勝利に酔いながら、彼らは、城や殿さまがひどく身近な、かつてなかった感覚に捉《とら》えられている。城はふだん、彼らには窺《うかが》い知ることの出来ない、密閉された場所だった。そこから不意に、彼らにとって苛《か》酷《こく》と思える命令を下して来たりする油断ならない建物だった。だが、いま彼らには城の中が見えている。城の中には、さっきまでの自分たちと同じように、国替え沙汰の結果を案じている人びとがいて、いま彼らと一緒に走っている早追いの使者が着けば、人びとはやはり狂喜するに違いなかった。彼らはそういう城と殿さまを祝福した。

おら達《だ》が、殿さまを引きとめた。昂《たかぶ》った気分の中で、彼らの頭を時どきその思いが占める。誇らかなその気持の中で、彼らは江戸訴願に出かけたのが、ほかでもない自分たちの暮らしを守るためだったことを、つい忘れそうになる。

彼らは叫び、異様などよめきは遠い野や村落までとどいて、さらにそこからも人を走らせた。赤川の渡し場まできたとき興津の駕籠は、真黒な人の波と歓声に包まれた。そこから家に戻ったのはほんの一部で、大部分の者は、川を渡って城下に入った。

事情を知った渡し場の船頭が、金をとらずに次々と人びとを対岸に渡したからである。舟を待ちながら、彼らは高調子で話したり、とっぴな声で叫んだり、その声ににぎやかに笑い崩れたりした。

興津の駕籠と、蹤いてきた百姓たちをいれた城下の町々も、間もなく同じ興奮に巻きこまれた。家を飛び出して、事情がわかると路上で踊り出した者がいたし、家の前に酒樽《さかだる》を持ち出し、はやくも道行く者に接待する用意をはじめた商家もあった。その間にも殿さまお坐りの知らせは城下一円にひろまりつづけ、さらに田川五通り、川北三郷にむけて風のように走りつつあった。道を埋めて伴走する群集に守られて、興津の駕籠が鶴ヶ岡城に到着したのは、七月十六日暮六ツ（午後六時）を僅《わず》かに過ぎたころだった。夏の日はすでに暮れかけていたが、二ノ丸の老杉の梢《こずえ》にはまだ残光がとどまっていた。城中にもすぐにざわめきが生まれ、城を出入りする人の動きが慌《あわただ》しくなった。間もなく曲輪《くるわ》外からも、登城する藩士の姿が相つぎ、彼らは大手門前に集まっている群集の歓呼を浴びた。

騒然とした空気は、夜に入ってからも続いた。城中本丸の建物は、あかあかと灯をともし、市中には接待の酒に酔い痴れて町を練り歩く、町人、百姓の姿がごった返していた。噂を聞き伝えて、夕刻から夜にかけて市中に入りこんだ百姓の数は、数千人に及んだのである。九ツ（午後十二時）に、興津と同時に江戸を発った飛脚が、漸《ようや》く到着した。

江戸屋敷に滞留していた百姓たちが立てた急使、十文字村の伊之助は丸一日遅れて、翌日暮六ツに城下に到着した。伊之助と吉出村の宅之助の二人は、諸大名、旗本からの祝い客で騒然としてきた藩邸を、正使の興津弥伝次より先に抜け出て、千住から馬に乗って旅立ったが、宅之助は馴れない馬乗りに疲労して途中で脱落した。伊之助も会津、米沢の国境板谷峠まで来て、疲労と腹痛で一時道端に倒れたほどだったが、十七日の夕方、漸く城下にたどりついたのであった。城下の騒ぎは、その日も続き、振舞い酒に酔って路上で踊る者、唱《うた》う者、意味もなく叫ぶ者などで騒然としている中を、伊之助は城中に入り、家老松平甚三郎以下、代官加藤理兵衛、郡奉行相良文右衛門、郡代辻順治に会ってお祝いを述べた。

酒食の接待は二十四日過ぎまで続いた。興津が着いたその日、城下荒町山王前の小間物屋五右衛門は、郷方から出てきて帰る百姓たちに酒食をもてなしたが、五升樽の酒五荷（五斗）、鯡《にしん》六束、飯米一斗を費した。また七日町大橋脇《わき》の床師、歌治などで酒を接待し、二十一日になると、七日町町内一同が、五十井田喜右衛門の家を接待所にし、柱を杉の葉で包み、肩衣《かたぎぬ》を着た者数人で接待にあたった。この接待には城下その他から酒三百十一半樽二升、餅米《もちごめ》九俵一斗五升の寄附が寄せられた。鶴ヶ岡の接待は七日にわたって行なわれた。酒田でも十七日朝から、町々で接待が行なわれ、芸者を呼んで、酒食を振舞ったりしたが、船場町では遊女が酌をし、非人袖乞《そでご》いにも酒食を振舞ったので群集が押し寄せた。その中には、裸に腹巻きをしめ脇に荒むしろを抱えて接待、接待と触れ歩く若い女まで現われた。

接待の風習は郷方にも波及して、八月を過ぎても往来の人に酒食を振舞う風が続いた。また、七月十七日から中川通の者が、荒川村の川岸に小屋掛けして、仙台、会津、秋田、米沢、水戸から湯殿山参詣《さんけい》に来た者に、枇杷《びわ》葉湯、一人につき草鞋《わらじ》一足を接待したが、その人数は二千九百九十六人に及んだ。川北三郷では、仙台から湯殿山、鳥海山に参詣に来る者は、石辻の渡し、吹浦の渡し、興休の渡しで渡し賃を取らないことにしていたが、後には会津、米沢、秋田、水戸をこれに加えた。以上は言うまでもなく藩主引きとめの歎願《たんがん》に、各藩が示した好意に感謝する意味をこめたのである。

藩主永城を祝う数多くの唄《うた》が作られ、踊りがつけられて盛んに唱われ、また城中には酒田の本間以下から夥《おびただ》しい御祝儀《ごしゅうぎ》献納の金品が集まった。そうした中で、百姓、町方の神社、仏閣に対する礼拝が相つぎ、藩主も組頭の服部行蔵を羽黒山に、組頭の加藤衛夫を月山に、中老の里見但馬を金峰山に、それぞれ代参礼拝させた。七月二十一日のことである。

三

目付の鳥居耀蔵が持ってきた用談が済むと、水野忠邦は家士を呼んで茶を換えさせた。

「しかし今度は、矢部にやられた」

家士が出て行って二人だけになると、忠邦は苦笑して言った。三方国替えが停止されてから、鳥居に会うのは初めてである。三藩に停止の沙汰を申し渡したその日に、忠邦はすぐに月番の堀田あてに差し控え伺いを出した。台命撤回の責任を明らかにする意味だが、無論、形式的なものである。堀田も型のごとく伺い書を差しとめて一件は終了したが、忠邦には執拗な後悔が残っている。それを口にした。

「そのようでございますな」

鳥居は、音立てて茶を啜《すす》り、盆に盛った砂糖菓子に手をのばしながら言った。

「確かに一杯喰った感じだ。はじめは矢部がわしの命じたことを勘違いしたかとも疑ったが、そうではないな。十分承知の上で、苦い汁を飲ませおった。あの男に、あのような芝居気があるとは気づかなんだな」

　忠邦の言葉はだんだんに愚痴めいてきたが、鳥居は菓子を入れた口を動かしながら、無表情に忠邦の顔をみている。

「わしがどうということではない。わしは痛くもかゆくもないが、幕閣の威信というものがある」

「酒井を印旛《いんば》沼開鑿《かいさく》に嵌めこんでは、いかがですか」

　不意に鳥居が言った。忠邦は、口に持って行こうとした茶碗《ちゃわん》を、途中でとめて鳥居の顔をみた。下総国千葉郡平戸村の落とし口から、検見川村の海まで開鑿して、印旛沼を干拓しようとする計画は、享保《きょうほう》九年と天明五年の過去二回にわたって試みられ、いずれも失敗している。だが、忠邦は三度この計画に着手しようとしていた。洪水期の沿岸耕地の被害を消すだけでなく、この開鑿によって、常総二国の物資が一日か二日で江戸に運べる舟運の便が開け、また干拓後地には良田が開けるという見通しがあったからである。忠邦はすでに前年末までに勘定組頭五味与三郎、勘定方楢原謙十郎に現地を調べさせ、見積書を出させている。工事は開鑿費十三万八千二百十六両、用意金七万両を必要とすると、五味は答えてきていた。

　巨額の工事費だったが、忠邦はまだ大名手伝いということを考えていなかった。資金は金座の後藤三右衛門に負担させるつもりでいる。

「いや、大名手伝いは考えておらん。まだ煮つまっておらんが、金は後藤にまかせよ

うかという考えだ」

「しかし後藤にやらせるとなると、金だけでは済まんでしょう」

鳥居は何か自分の考えがあるらしくそう言ったが、いや、まだ先のことですな、今申し上げたことはお忘れ下さい、と言った。だが忠邦の脳裏には、鳥居が言ったひと言がひっかかっていた。印旛沼開鑿は難工事である。大名手伝いということになったら、どこの藩でもアゴを出すだろう。そこに酒井を、鳥居が言うように「嵌めこん」だら、さぞ腹が癒《い》えよう、とちらと思った。

だが、それはひどく嗜虐《しぎゃく》的な感想だった。忠邦はすぐにその感想を打ち消した。鳥居の性格の中にある嗜虐的な部分を、日頃気味悪く眺めている自分が、そういう考えにとらわれたことが意外であった。酒井に対する報復はすでに考えている。少し先になってから、酒井忠器を溜《たまり》ノ間詰から帝鑑ノ間詰に落とすつもりだった。譜代格別の席柄から譜代並に落とすわけである。報復を恐れた荘内藩はすばやく伺い書を出して、構いなしの言質《げんち》を取りつけたが、こういう形の報復もある。当座はこれで十分だ、と忠邦は思った。

「では、これにて」

いつもそうであるように、鳥居は唐突に膝《ひざ》を起こしたが、その姿勢のまま、薄笑いして言った。

「矢部にも、探せば傷はございますな」

「……」

「前任の筒井の失態の後始末が、いまひとつよろしくないようです。必要ならば、そのうちお調べしておきましょう」

鳥居は奉行を呼び捨てにした。水野の権力を支えている自負がそう言わせるのかも知れなかった。人の非を探りあてることに、天才的な嗅覚《きゅうかく》を持つこの男は、またもとの無表情にかえると、一礼して真直《まっす》ぐ襖の方に歩いて行った。

加賀屋万平が座敷に入って行くと、柳田が、まあ坐ってくれと言った。柳田と向かいあうようにして、小関と呼ばれる薬売りの若い男と、万平がいまだに名を知らない飴《あめ》売りの老人が坐っていたが、万平が入って行くと、二人とも顔を挙げて万平を見た。

「早速だが……」

万平が坐ると、柳田がすぐに言った。

「我われは、明日発つ。長い間世話になったな」

「明日？」

万平は茫然《ぼうぜん》と柳田の顔を見、さらに小関と飴売りの老人に眼を移した。小関は浅黒い精悍《せいかん》な顔をそむけ、老人はうつむいて膝に眼を落としている。

「うむ。急な話だが、国替え取りやめとなっては、のんびりしておっては我われも命が危い。それにこれ以上ここにいても仕方ない話でな」

「それは困ります」

万平は思わず鋭い声で言った。

「私はどうなりますか。あなた方は帰るお国がありますから、それでよろしいでしょうが、私には帰るところがありません」

「うむ、それで呼んだわけだが……」

柳田は額に皺《しわ》を刻んだ。川越藩から来ている密偵とは思えないほど、日頃は磊落《らいらく》な男だが、さすがに冴《さ》えない表情をしている。ふといら立たしげに言った。

「自分一人の始末ぐらい、出来んか」

「……」

「荘内藩が、すぐにお前をどうこうするとも思えんがな。連中はうまく行って浮き浮きしておる」

「柳田さま」

「ま、そう俺を睨《にら》むな。ただお前にそう言われても、我われもどうしようもないのでな。まったく、こういう結末になるとは夢にも思わなかったぞ」

柳田は舌打ちした。

「とんだ無駄骨を折った」

「私を川越にお連れ下さい。前からそうお願いしてあるではありませんか」

「……………」

「一人残されたら、私がどうなるかは、あなた方もご存じのはずです。私も山田さまのように捕まって牢《ろう》に入れられるんです。牢だけで済めばいい。私は殺されるかも知れません。それが解《わか》っていて、あなた方、私を見殺しになさるつもりなんだ」

柳田は何か言いかけたが、首を振って口を噤《つぐ》んだ。直心影流の剣客高木正平という触れ込みで楸島村にいた山田潤吉は、七日に荘内藩の盗賊方足軽の手で捕まっている。玉龍寺の文隣が仕かけた罠《わな》にはまったのである。

「どうするかな？」

柳田は、小関と老人に相談をかけるように顔をむけた。

「我われも疑われているくらいだから、確かに万平も疑われてはおる。一人残して行くというのも心苦しいが」

「しかし連れ帰っては、わが藩が困りはしませんか」

と小関は言った。小関は万平を連れ帰ったあとで、荘内藩から掛け合いがあった場合の、川越藩の立場を考えているようだった。柳田もそのことを考えていた。連れ帰れば、藩が荘内藩に密偵を入れたことを認めることになる。万平はいま、川越藩にとって、厄介な荷物に変ろうとしていた。

雨戸は開けてあるが、障子は閉まっている。そのため部屋の中は蒸し暑かった。さっきから行燈《あんどん》のまわりを一匹の虫が飛び回っている。黒く小さい虫だったが、翅音《はおと》が騒々しく、見ている者の気分をいら立たせる。四人は、沈黙したまま、虫の動きを眼で追った。

突然庭に、ばらばらと何かが落ちた音がした。そのひとつは雨戸にあたって、鋭く乾いた音を立てた。続いて塀の外で、二、三人の声でなにか罵《のの》り騒ぐ声がした。何者かが、庭に石を投げこんだようだった。

物音が起こると同時に、柳田と小関は膝を立てて身構えたが、物音はそれだけで止《や》んだ。声も聞こえなくなった。

「このとおりです。私は殺されます」

顔を戻した柳田に、万平は囁《ささや》くように言った。血の気を失った白っぽい顔になっている。

「私から申し上げるのは僭越《せんえつ》でござりますが……」

それまで黙っていた飴売りの老人が、はじめて低い声をはさんだ。

「私がみましたところ、万平どののことは、領内一円に知られたようでござります。後のことはともあれ、残して去るのはいかがかと思われますが」

老人は、万平には勿論《もちろん》、柳田にも言っていなかったが、今月のはじめ中川通の村々を通っていたとき、次のような建札を見ている。

御所替の儀、先だっていよいよ御沙汰直りに相成るべきところ、大山万平その他不忠の者ども、追おい川越お役人衆へ内通致し候には、今度百姓ども騒ぎ立て出訴等の儀、お上にて尻《しり》持ちなどと申し触らし、あるいは筋ならざる建札等所々に相建て、御不為《ふため》に相成るべきように風聞ばかり致しおり候由《よし》につき、川越役人衆より追々飛脚をもって、江戸表越前守様へ内通之ある由専《もっぱ》らに候。右につき結構向きなる御沙汰にも相成るべき所も、とかく延引に相成り、お上の費え少なからず、また二郡の費え、農業も打忘れ老若《ろうにゃく》の悲嘆すること、みな万平はじめご恩知らずの者どもの虚説より、国中の難儀筆に尽くし難く候。これに依《よ》って、今度打寄せの節、右の者どもに一同推参致し、何分の了見を得たき所存に候。

前段騒ぎ立て出訴等に出し者、お上にて済まされ難き趣、ご重役御方がた追々御出郷にて、厳重に仰せ渡しこれあり候得ども、我々どもの儀、かねて必死と覚悟致候身分にて、当ご領主さまのお仕置に相成り候儀、別して本望の至りに候。右等の儀当人どもへ、一度談合致したく候間、忠義一同の輩《やから》、申し合わせを為《な》して立札致し候。

文章には、事実の誤認があった。老人たちは、建札して領内を攪乱《かくらん》したりはしていない。ひたすらに目立たぬように人に紛れ、見聞きしたものを国元に申し送っただけである。万平にしても、ほとんど家に閉じこもったきりで、ただ老人たちに領内の地理を説明したり、城下の探索に助言したりしただけである。多分に誤認にもとづいているとはいえ、文面から押し寄せてくるのは、加賀屋万平に対する、荘内領民のなみでない憎しみだった。万平の懼《おそ》れは正しい、と老人は思っていた。

「止むを得ん。同道するか」

柳田は決断を下すように言った。

「しかし、妻子はどうするつもりだ。一緒には連れて行けんぞ」

「ありがとうございます」

万平はほっとしたように、蒼《あお》ざめた顔を柳田に戻した。

「家の者は、いずれお国に落ちついてから、呼び寄せることにいたします」

「お、これは……」

案内されて部屋に入った本間光暉は、家老の松平甚三郎が、一人の男と対座しているのを見て、恐縮した声を出した。

「ご用談中でござりましたか」

「いや、構わん。入ってくれ。こちらはいそぐ用件ではない」

と松平は言った。松平がそう言うと、対座していた男は本間を見上げて黙礼し、それまで畳にひろげていた、文書、帖面《ちょうめん》のようなものを風呂敷《ふろしき》に押し包んで襖際《ふすまぎわ》にさがった。家中藩士に違いなかったが、本間がいままで見たことがない顔だった。地肌は浅黒いのに、蒼ざめた面長な顔をし、四十年輩に見えた。底光りするような眼に特徴があり、本間を迎えた動作にも、寡黙《かもく》な人柄が窺える。

——ご家老のまわりに、こんな男がいたか。

本間は意外な感じがし、またなんとなく居心地悪いのを感じた。斜め後ろに坐っている男に、監視されているような気がする。そういう心の動きを強いるものが、その男にはある。だが本間は、自分から松平を訪ねてきたわけではなかった。別の用で登城していたのを、松平の部屋に寄るように言われたのである。

「先だっては、ご祝儀を頂戴《ちょうだい》した」

「いえ」

藩主永城の決定が知らされると、本間はすぐにお祝いとして一千両を献上している。

「いや、寄れと申したのは、とくに用があるわけではないが、いろいろと骨折らせた。その礼を申そうと思ってな。いずれ何らかの形で報いるつもりじゃが、とりあえずこうして頭を下げる」

松平はほんとうに軽く一礼した。

「もったいない。そのようにおっしゃられては痛み入ります。私は商人でございまして、金をさかす（やりくりする）のが勤めでございます。出来ますことをしたに過ぎません」

「しかし金策には苦労したようだの。大坂、近江にまで手を回して借金したというではないか」

「もうその苦労は忘れました。お役に立てて何よりでございました」

「うむ、役に立った。本間の金策がなければ、ここまでは持ちこたえられなかったかも知れん」

「そうおっしゃって頂くだけで十分でございます」

「損はかけん。十分利息をつけて返すつもりだ。ただし一度にとはいかんな。追い追いということで勘弁してもらいたい。もうどこにも逃げはせんわけだから、それでよろしかろう」

二人は声を合わせて笑ったが、本間の背後にいる男は笑わなかった。この男の前で、こういう話をしていいのかな、と本間はふと思った。

「ところで話は変るが……」

松平はふと口調を改めた。

「本間は日記をつけておるか」

「はい」

「ひとつ忠告したいが、今度の一件については、日記にかぎらず、あまりくわしいことは書き残さん方がいい。当分は公儀筋の眼が、この荘内から離れまいと思われるのでな。どこから何が洩れるか、知れたものでないからの」

「……」

「川北の百姓は本間が走らせた、と申す噂もある。真偽は、儂《わし》は知らん。だがたとえばそういう類《たぐい》の秘事は、公儀がもっとも好むところでな。尻尾を摑《つか》まれん方がいい」

「埒《らち》もない噂でござりますな。なまじ金を持っておりますと、あらぬ噂を立てられます。しかしおっしゃられたことは、十分に気をつけることにいたしましょう」

四半刻《しはんとき》ほど雑談して、本間は松平の部屋を出た。昼過ぎの暑い日射《ひざ》しに灼《や》かれている廊下を踏みながら、本間はふと、松平は日記のことを言いたくて自分を呼んだのではないかと思った。

本間が部屋を出て行くと、松平は男を手招きした。

「では、続けようか。それで何名に相なるな?」

「もう少し残っておりますので、読み上げます。京田通西郷組大山村菱津の百姓藤吉、慎み十日、同じく百姓九兵衛、水呑甚太郎いずれも慎み十日。同村下興屋水呑重治郎、慎み十日。百姓八右衛門、佐助慎み十日。西郷村馬町百姓本間辰之助、この者は西郷組書役を勤めております。辰之助慎み十日。同村藤右衛門、これは辰之助の供をして、江戸に参った者でござります。同じく慎み十日。同村百姓太郎兵衛、角右衛門、長七、助右衛門、仁左衛門、佐治兵衛、甚五郎それぞれ慎み十日。同村水呑伊助、慎み十五日。この者は去年暮れと五月の二度、領外に出ております。以上戸〆《とじめ》、慎み、叱《しか》りあわせて五百七十三名に相なります」

「川越に内通した者の探索は、どうなっておるかの?」

「ただいま探索中の人間は、十五名にのぼっております。うち五名は罪状明白で、捕えましたら、吟味の上入牢が相当と考えられます」

「あれはどうした? 加賀屋の万平はその中に入っているか」

「万平は先月十九日に領外に脱け出したことが確かめられました。そのとき同行した三名というのは、おそらく川越の隠密《おんみつ》でござりましょう。少々当方に手落ちがござりました」

「そうか」

松平は、事務に倦《う》んだ眼を障子に投げ、しばらく沈黙したが、やがて顔を戻して言った。

「だが行先はわかっておるわけだから、それは藩から掛け合いの使者を出そう。万平の人別は大山村にある。かの藩が、引き渡しを拒むことは出来ん」

松平は、百姓の訴願や領民の神仏祈願などの行動には触れずに、国替え沙汰《さた》の中で郷方は作毛不熟、町方は不景気で苦労したことを慰撫《いぶ》する名目で、近く領民に銭米を下賜《かし》することを考えていた。まだ執政会議にもかけていないが、心づもりでは鶴ヶ岡、酒田にそれぞれ銭千貫文ずつ、郷方には一組米千俵、川北、川南で八千俵の支出を、会議にはかってみるつもりでいる。それぐらいのことはしてもよい、という気持がある。

だがそれとは別に、国法を犯して、みだりに国外に出た者の処分を行なうつもりでいた。それは公儀に対する思惑を含んでいるが、そればかりではなかった。百姓たちはいま、藩主を引きとめたのは自分たちだと思っているはずだった。いわば藩に狎《な》れ親しんだ空気がある。その空気が悪いとは言えないが、為政者の威信をそこなうところまで踏みこませてはならない。水を浴びせるというほどでなくとも、咎《とが》を明確にして、けじめをつける必要がある、と松平は考えていた。加賀屋万平を川越から引き取ることは、当然の措置だった。

四

西郷組書役本間辰之助は、三瀬街道を大山村に入ると、買物があるという太郎兵衛と途中で別れ、一人で本町の四辻《よつつじ》にさしかかった。

西郷組では八月二十三日、馬町村本間辰之助の家に訴訟人、愁訴登り世話方八十名が集まって、起請文《きしょうもん》に署名血判を行なった。起請文の文面は次のようなものだった。

去る十一月中お所替を仰《おお》せ蒙《こうむ》りなされ候《そうろう》より、両御郡中ひたすら悲嘆止むことを得ず、数度江戸表へ出府、御重役の御方々様、またはご隣国の御領主様方へ愁訴に罷《まか》り出《い》で候内、ほどなく御永城を仰せ蒙りなされ候段、恐悦至極有難き仕合わせと存じ奉《たてまつ》り候。右はまったく以《もっ》て御当家、御先祖様の御武功、ことに御由緒《ゆいしょ》のお家柄、その上御代々様の厚きご仁政にて、万民を御撫育遊ばされ候御徳を、公儀にても御表し遊ばされ候御義にて、自然諸神仏のお加護と相心得、この上はなお以て、殿様のご仁徳いささかも失念仕《つかまつ》らず候様、この旨《むね》深く勘弁いたし、お百姓ども丹誠愁訴をなし、事成就《じょうじゅ》に至り候などと、万一心得違いし、自ら誇り申し唱え候ては、これまでの誠心一時に空《むな》しく一同の名を穢《けが》し、かえって禍その身に及び候ことゆえ、深く相慎み、必ず以て心得違いこれなきよう致すべき事。

文章はこれに続けて、「上を重んじ、お役人へは勿論、すべて帯刀の方に対い、不敬不法仕る間敷事」、「非分の望みを起こし、公事《くじ》訴訟は勿論、惣《そう》じて人の先に立ち、自己の了見を相立て申さず、御為の道第一に心がけ云々《うんぬん》」と記し、お上の仁政をたたえて、次のように終っていた。

誠に以て比類なきご仁政につき、有難き仕合わせと承知奉り、この段子々孫々の児童に至るまで、昼夜忘失なく語り聞かせ、なおこの上とも急度《きっと》相心得申すべく候。万一心得違い右ヶ条に違犯これ有るにおいては、当人は勿論、見遁《みのが》し候者ども、その村相払い申すべき事。右の条々相背くにおいては、日本大小の神祇《じんぎ》ことに妙見大菩薩《だいぼさつ》、ご当国においては湯殿山、月山、羽黒山、金峰山、鳥海山五大権現《ごんげん》、なお組村々の鎮守氏神各々《おのおの》の神罰冥罰《みょうばつ》を蒙り罷るべき者なり、仍《よっ》て起請文くだんの如《ごと》し。

辰之助は、起請文の署名血判が済むと、その写しを持って、同村の太郎兵衛をともなって、組内の村々を回っていた。村に着くとひとところに十五歳以上の村人を集めて起請文の文章を読み聞かせ、家ごとに連判を集めて歩くのである。今日は三瀬街道にある下興屋、谷地楯、上小中の村々を回ってきたのであった。

起請文を言い出したのは、十文字村の肝煎《きもいり》伊之助だったが、伊之助からその連絡があったとき、辰之助は躊躇《ちゅうちょ》なく賛成した。

国替えの沙汰が、取りやめという形で収拾をみたときから、辰之助の胸には漠然とした不安が宿った。領民というものは、お上のお慈悲に縋って生きる者だった。為政者の機嫌を損じないように気を遣いながら、怠けずに働く。そうして分をわきまえて暮らしていれば、お上も無態な命令を出さず、不作、凶作のときには救ってもくれる。不満はあっても心の中で圧《お》し殺し、刃向かう牙《きば》を隠していることを為政者に覚《さと》られてはならないのだ。

だが今度の騒動で、百姓たちは公儀に刃向かい、ときには藩の命令にも公然と反抗した。力のほどを見せた。深く秘めて人には見せなかった牙を見せてしまった懼れがあった。そのことは、為政者の記憶に刻まれているに違いなかった。この懼れから、辰之助は起請文をまとめ、村々を回っていた。百姓たちを、勝利の傲《おご》りから、もとの土に帰さなければならないのだ。それは早いほどいい。同じことは中川通でも、川北三郷でも行なわれているはずだった。

大山村の目抜き通りはひっそりしていた。人の姿が見えず、傾いた秋の日が土塀を染めている。その構えが大きな家の角、四ツ辻にある高札場に、辰之助の眼を惹《ひ》きつけるものがあった。辻をかすかな秋風が吹き抜けていて、高札場に貼られて半ば垂れ下った張紙をひるがえしている。辰之助は近づいて、張紙をひろげてみた。紙は風雨に晒《さら》されて色が変り、端の方は破れている。八月と記されているばかりで、署名のないその張紙を、辰之助は凝然と読みくだした。

一、官平万平向後取引致し候族《やから》、聞き付け候ハバ、幾年過ぎ候とも、品を替え手を替えその家立ち置き申す間敷済まざる事。

一、御領地一同□□悪く大罪人に付、今にも□□置は筋これ無き事。

一、百姓どもへ、右両人下し置かれず候ては治まらざるの間、是非下し置かれたく願いの事。

此の儀お役人お取請け下し置かれず候ハバ拠《よんどころ》なき儀に候間、家土蔵一式打ちこわし候事。
一、酒造り候ても、右酒一切買う間敷、もし他所出し等致しはじめ、下直《げじき》に買入れ候族これ有り候ハバ聞きつけ次第ご近所ども御用心成らるべき事。
一、右両人の者見懸次第からき目に相逢《あ》わせ候間、その節は命取らず、幾度も責め遣《や》り候事。
一、川越さまへ二万石出し候に付、右領地大山お望み成られ候ては然《しか》るべしの趣、万平すすめの様、これまた済み申さず候事、かたがたゆるし置き候者にこれ無き事。
右六ヶ条　八月
官平というのは、万平の養父加賀屋寛兵衛のことのようであった。文章はところどころ破損していたが、辰之助は漸くそう読み下した。
——激し過ぎる。
辰之助は張紙をもとに戻し、ゆっくり歩き出しながらそう思った。その火は辰之助や、長右衛門、清兵衛たちがつけたものだった。だが、このように激しい憎悪にまで燃えあがる火だったのか、と思った。

万平という若者を、辰之助は知らない。だがこの町の中で、あるいは顔を合わせたことがある若者かも知れなかった。張紙は、川越藩への加増二万石は、大山旧御料地を望んだらどうかと万平が進言した、と記している。だがその若者が、そんな悪意に満ちた進言をしたとは信じられなかった。万平が川越の手引きをしたのは、彼が大山村の人間だったからに過ぎないと辰之助は思った。

大山村は、正保四年大山一万石として荘内藩から切り離され、次いで幕領地となった。途中荘内藩の預り支配地となり、いままた預り支配になっているが、百年に近い幕府直轄《ちょっかつ》領としての歳月は、大山を大山たらしめたのだ。荘内領の痛みは、大山村の痛みではない。今度の百姓訴願にも、大山村は一人の訴願者も送らなかった。村役人など主だった者の名で、ごく形式的に歎願文が提出されただけである。

だがそれを責めていいかどうか、辰之助には疑わしかった。形の上ではどうあれ、中身は大山村御料地は、一藩支配の荘内領とは異る。そうしたのは荘内藩である。見方によっては、大山一万石を分封したとき、荘内藩は大山村を捨てたとも言えるのだ。川越の手引きをすることを決めたとき、万平という若者に、それほどの罪悪感はなかったのではないか。

辰之助はそう思い、少し憂鬱《ゆううつ》な表情になった。さっきの張紙を思い、また加賀屋万平を引き取りに、藩が川越藩に人を派遣したという噂《うわさ》を思い出したのである。万平を待っている運命の暗さが見えた。

大山村を抜けて、自分の村が見えるところまでくると、辰之助は漸く表情をもとに戻した。道端から黄色く熟れた稲田がひろがり、その上を群れをつくって雀《すずめ》が飛んでいる。

稲の間に、半身を埋めて穂の様子を見回っている男がいた。村の者だった。

「あんべえ（穂のぐあい）はどげだの？」

と辰之助は大きな声で言った。男は辰之助をみると、頰かむりを取って笑った。日焼けした顔に白い歯が見えて、男も怒鳴るように答えた。

「あんまり、よぐねえよだのう」

「さづき（田植）、急いださげの」

「ここらへ（このあたり）は、まんずいづもの年の七割ていう出来だちゃ」

そう言いながら、男の笑顔は明るかった。男はまた頰かむりをして、少しずつ畦《あぜ》を遠ざかって行った。その後姿を、辰之助はしばらくぼんやり見送った。

――ともあれ、終った。

漸く作柄だけを心配すればいい日々が帰ってきたのだと思った。辰之助は腰をかがめて、道端の稲の穂を掬《すく》ってみた。なるほど稔《みの》りの薄い、貧しい穂だった。だが辰之助が歩き出すと、吹いてきた風に穂は遠くまで揺れ、日に輝いて眩しく見えた。

あとがき

天保一揆《いっき》とか、天保義民とかいう名で呼ばれている羽州荘内領民の藩主国替え阻止騒ぎは、私の郷里にあったことで、郷里では人口に膾炙《かいしゃ》している話である。もっとも最近の若い方々が、どの程度この話を知っているかはわからない。

私は子供のころに聞いた。そして一方的な美談として聞かされたために、いつからともなくその話に疑問もしくは反感といったものを抱くようになったのはいたしかたのないことだった。たとえば百姓たちが旗印にした、百姓たりといえども二君に仕えずは、やり過ぎだと私には思えた。荘内藩は、藩政初期はともかく、その後は比較的善政を敷いた藩で、領内もよく治まっていた。それにしても、封建領主と領民の関係に変りがあるはずはない。そして封建時代の百姓ほど、苛酷《かこく》な生き方を強いられた存在はないのだ。二君に仕えずには媚《こび》がある、とありていに言って私は不愉快だった。

その気分のまま、長い間私はこの事件から遠ざかっていたようである。小説に書くようになったのは偶然にすぎない。だがそれで調べ直してみると、なかなかこれまで考えていたような単純な事件でないことに気づかされたのであった。たとえば、鶴岡工業高専教授斎藤正一氏の記述によると、私が子供の頃に聞いたような美談が成立するのは大正年代に入ってからであり、また私が疑問としたようなことには、すでに昭和十年代に郷里の史家黒田伝四郎氏が、氏の立場から答を出しておられたのである。私は自分の見方の浅薄さを恥じないわけにいかなかった。

だが書き終ってみると、この事件に対する感想には、また少し別のものが加わったようである。

百姓たちは、なぜ旗印に二君に仕えずと書いたのか、また建札になぜ自らを忠義一同と記したのか。あるいは彼らが残した記録に、なぜ辟易《へきえき》するほどしばしば、藩の善政をたたえ、その恩に報いる旨《むね》の記述があるのか。

そこに彼らの建前的虚飾、つまり百姓側の知恵をみることは容易であり、その見方はおおよそのところで正しいと思われる。事実彼らの行動には周到な計算があったようである。だが行動のすべてをそういうものと考えることは、一面的のそしりを免れないかも知れない。領内が騒然と一揆に動く前、彼らは藩主に餞別《せんべつ》として米を贈り、また引移りの支度に必要な縄、莚《むしろ》の類《たぐい》を、藩が買い求めたとき、村々からは夥《おびただ》しい量の縄、藁《わら》、莚が寸志として献上された。中川通だけで、二百二十二万四千ひろの縄が献上されたと記録にある。二百年の間に培《つちか》われた藩主に対する素朴な親近感の存在も否定出来ないようである。だから、運動の昂揚《こうよう》の中で、彼らが自らを忠義一同と信じなかったとは言いきれない。そういう人間もいたのである。

ここには、たとえば義民佐倉宗五郎の明快さと直截《ちょくせつ》さはない。醒《さ》めている者もおり、酔っている者もいた。中味は複雑で、奇怪でさえある。このように一面的でない複雑さの総和が、むしろ歴史の真実であることを、このむかしの〝義民〟の群れが示しているように思われる。あるいは誤解されかねない義民という言葉を題名に入れた所以《ゆえん》である。

この小説は、次に掲げるように多くの先学のご研究を参考にして編まれたものである。記して感謝申しあげる次第である。

昭和五十一年九月一日

藤沢周平

〈参考書目〉

清野鉄臣編「荘内天保義民」、石原重俊著「荘内藩移封田川郡阻止運動と天保義民録」、角田貫次著「荘内藩転封事件顚末」、天保義民追慕会編「天保義民京田通西郷組荘内侯国替阻止運動」、黒田伝四郎著「荘内転封一揆乃解剖」、大井五郎編「荘内天保義民物語」、佐久間昇氏提供「横山村庄屋菅原理内・御用留並色々控帳（写し。部分）」、佐藤三郎著「酒田の本間家」、「荘内藩酒井家」、大泉散士著「大泉百談」、大瀬欽哉、斎藤正一、榎本宗次共著「鶴岡市史」、斎藤正一、佐藤誠朗共著「大山町史」、榎本宗次著「荘内藩」（新人物往来社・物語藩史）、徳富猪一郎著「近世日本国民史」、北島正元著「水野忠邦」（吉川弘文館・人物叢書）、三浦俊明著「水野忠邦」（人物往来社・大名列伝幕閣篇下）、北島正元編「徳川将軍列伝」、阿部正巳著「荘内人名辞書」、徳川実紀、恩栄録、廃絶録、藩翰譜。

解説

あさのあつこ

違和を感じた。

この一冊、『義民が駆ける』を読み出して間もなく、わたしは小さな違和感を覚えたのだ。それは読み進むうちに、少しずつ、しかし、確実に広がっていった。

あれ、藤沢さんの小説と違う……。

違和感は戸惑いに変わり、わたしをひどく落ち着かない気持ちにさせた。椅子《いす》から立ち上がり、狭い部屋の中をぐるぐると、ケージの中のハムスターよろしく歩き回ったぐらいだ。

藤沢周平の作品が好きで、好きで、たまらない。

私事としか言いようがない私事ではあるけれど、しかも、もう何十年も昔のことではあるけれど、子どもを抱いて買い物帰りにふらっと立ち寄った書店で、『橋ものがたり』に出逢《であ》った。三人の子を育て、三人の子に育てられながら、おもしろくはあるが、めったやたらに忙しい日々を送っていたころだ。物書きになりたい夢はあった。しかし現実の前に手弱女《たおやめ》（誰が？）の夢など、何程のものでもない。象に踏まれた空箱みたいに、ぺしゃりと潰《つぶ》されてしまう。原稿用紙の升目を埋める時間などどこにもなかった（と、書かない自分の言い訳にしていたに過ぎないと今なら、わかります）。書けなくても読むぐらいなら何とかなる。子どもたちには絵本とお気に入りのキャラクターのシールを買ってやると約束していた。そんな気持ちで、さる商業施設の中にあった書店に足を向けたのだ。

平台に並べられた時代小説の中から、わたしは『橋ものがたり』を選んだ。タイトルに惹《ひ》かれたのだ。短編集であるところにも惹かれた。短編なら細切れの時間でも読める。

告白すれば、このときまで藤沢作品を読んだことがなかった。時代小説さえ、ほとんど読んだ経験がなかった。いや、さすがに〝藤沢周平〟という名前ぐらいは知っていたが、それは高名な作家たちの中の一人、煌《きら》めく星々の一つでしかなかった。『橋ものがたり』ではまった。今風に言えば、完全に沼った。ほんとうに、底なし沼に引きずり込まれたようだった。それから、ともかく読めるだけの藤沢作品を手に入れ、子どもが泣こうが喚《わめ》こうが冷蔵庫にシールを張りまくろうがお構いなしに、読み続けた。

わたしには、藤沢周平の作品を理路整然と語る能力も、知見もない。ただ、読み漁《あさ》ったどの作品にも人間がいた。個としての身体《からだ》と心を持った人間が一人、屹立《きつりつ》していた。長編であろうと、短編であろうと。

『蟬《せみ》しぐれ』の牧文四郎、『春秋の檻《おり》』他の立花登、『消えた女』他の伊之助、「雪間草」の松仙、「山桜」の野江。ほかにも、三屋清左衛門、青江又八郎、おまき、民蔵、雪江、路……それぞれが自分の生と運命を引き受け、物語の中に立っていた。この物語より他のどこにもいない唯一無二《ゆいいつむに》の存在として、だ。誰もが無名の、その他大勢に括《くく》られるような者たちだ。歴史に名を刻んだ英雄や豪傑はほとんど出てこない。なのに、唯一無二。

そうか、これが小説というものか。

読みながら、魅入られながら、震えながら思った。ジャンルは関わりないだろう。優れた小説とは、無名の人々の姿をこうまで鮮やかに浮かび上がらせることができるのだ、と。その浮かび上がらせ方があまりに見事で、文四郎にも伊之助にも登にも、わたしは本気で惚《ほ》れてしまう。松仙にも野江にも恋してしまう。

しかし、この『義民が駆ける』はどうなのだろう。

どこに、惹かれるほどの個がいるのだろう。

数多《あまた》の登場人物がいる。たくさんの男たちが物語の表舞台に現れ、去り、また現れる。天保《てんぽう》十一年十一月、荘内《しょうない》藩主酒井忠器《ただかた》は長岡への国替えを命じられる。大御所徳川家斉《いえなり》による一方的な命だった。この沙汰《さた》に荘内藩は驚愕《きょうがく》する。領知は半分以下になるのだ。荘内の農民たちにとっても天変地異に匹敵する衝撃だった。そして、彼らは自らの力で、この人為的災厄をはらおうとする。命懸けで、駕籠《かご》訴《そ》をやりとげようとしたのだ。

限られた紙幅の中だ。細かにストーリーを述べる必要はないだろう。〝天保一揆《いっき》〟とも〝天保義民〟とも呼ばれる荘内藩の史実を基に、物語は大きくうねりながら進んでいく。駕籠訴は成った。しかし、農民たちは大丈夫なのか。仕置きされないのか。荘内藩の運命はどうなるのか。幕命を覆《くつがえ》すことなどできるのか。様々な想《おも》いに囚《とら》われ、翻弄《ほんろう》されながら、『義民が駆ける』を読み進めていくうち、はっと気が付いた。

これは個の物語ではないのだ。確かな存在感を放つ人々の物語なのだと。文四郎はいない。伊之助もいない。心を持っていかれ、ときめきさえ感じさせてくれる強烈な一人は、ここにはいない。けれど、どうだろう、農民、百姓と呼ばれる人々の集まりは巨大な塊として圧倒的な存在を示すではないか。

違和感がどこかに霧散していく。

国替えを国元に報《しら》せる急使となった江戸留守居役矢口弥兵衛。彼の、江戸を発《た》つ直前の心中を藤沢はこう表した。

——武家というものは哀れなものだ。

ふと弥兵衛は感傷に動かされてそう思った。武士は弱く、百姓は強いという気がした。地に這《は》いつくばって、稲をつくり青物を育てる百姓を、ふだん気持の隅で蔑視《べっし》していないとはいえない。だが藩主が変っても、百姓は変ることがない。(中略) あの広大な野は、武家にとっては仮りの土地であるに過ぎない。父祖の地と言える者は、百姓だけだ。

世を支え、守り通しているのは誰なのか。藤沢はしっかりと摑《つか》んでいた。一人一人は弱く、儚《はかな》く、虐《しいた》げられていても、結び付き渦巻くことで世を変えていける存在を知っていたのだ。

『義民が駆ける』は三層の色を成す。まずは幕府側、ここには三方国替えの火種を作った大御所徳川家斉を始め老中首座水野忠邦他、幕閣が居並ぶ。それから荘内藩側、藩主酒井忠器を筆頭にその世子忠発《ただあき》、江戸藩邸、国元それぞれの重臣たち、藩財政を支えてきた豪商。そして三番目が藩内の農民たちである。

赤、青、白。あるいは、黒、緑、橙《だいだい》。どんな三色でもいい。くっきりと分かれる三つの色は内にそれぞれのドラマを抱え、ときに絡《から》み、ときに広がりながら物語を紡《つむ》いでいく。

家斉亡《な》き後、権勢を一手に握った水野忠邦の権力への執着と葛藤《かっとう》、南町奉行矢部定謙《さだのり》の怖気《おじけ》と矜持《きょうじ》、幕臣たちの保身と賭《か》け。酒井忠器の苦悩、重臣たちの狼狽《ろうばい》と国を守るためのぎりぎりの工作。商人たちの駆け引きと迷い。

読めば読むほど、それぞれが抱え持ったドラマが読み手の前に広がってくる。人としての重みや湿り気までも伝えてくる。冒頭、ちらりと出てきただけの大御所家斉でさえ、満たされぬ何かを背負ったまま生を終えようとする男を感じさせ、息を呑《の》むほど生々しい。

藤沢周平の底知れなさを思い知る。

誰もが役ではなく人として描かれる。大御所、将軍、老中、奉行、家老、留守居役、そんな役目ではなく、役目を負った人間がいるのだ。美しくはない。凜々《りり》しくも、爽《さわ》やかでもない。ときに酷薄で、牽強付会《けんきょうふかい》でさえある。それは、農民たちも同じだ。義民と呼ばれはしても、正義、人道のためだけに動いているわけではない。そんな浅い人の掬《すく》い取り方を藤沢は決して、しない。彼らにも欲があり、惑いがある。愚かで意固地でもある。善も悪も、光も影も併せ持った人間たちがある者は裃《かみしも》を着け、ある者は野良着《のらぎ》を身につけて作品の中から立ち上がってくる。そして、農民たちは一際《ひときわ》、輝きを放つ。輝きながら歴史を作り、政《まつりごと》を動かしていく。

的外れかもしれない。でも、わたしは、香港《ホンコン》で北京《ペキン》でアメリカでロシアでイランで、人としての尊厳と命と暮らしを守るために、強大な権力に「否《いな》」を突き付けた群衆たちを思い出した。荘内の農民と重なるのだ。ズレる部分も大きくある。けれど、無名の者が、無名のわたしたちが本気で声を上げたとき、微動だにしないと信じていた壁を動かすことができる。藤沢が『義民が駆ける』で描いたのは、そういう事実だった。その事実は二十一世紀の今にも、未来にも生き続ける。生き続けさせねばならない。それは作家藤沢周平の信念であり、名もなき者たちへの揺るがない信頼でもある。

物語の終盤、幕命が覆ったと告げられた農民たちが喜びに興奮し狂喜する場面がある。

彼らは叫び、異様などよめきは遠い野や村落までとどいて、さらにそこからも人を走らせた。赤川の渡し場まできたとき興津の駕籠は、真黒な人の波と歓声に包まれた。

そして、最後の場面、一揆の中心人物の一人、本間辰之助と稲の様子を調べていた農民が言葉を交わす。

「あんべえ（穂のぐあい）はどげだの？」（中略）

「あんまり、よぐねえよだのう」

「さづき（田植）、急いださげの」

「ここらへ（このあたり）は、まんずいづもの年の七割ていう出来だちゃ」

そう言いながら、男の笑顔は明るかった。男はまた頰かむりをして、少しずつ畦《あぜ》を遠ざかって行った。その後姿を、辰之助はしばらくぼんやり見送った。

この動と静のコントラストの見事さはどうだろう。農民の生き方の見事さそのものだ。この場面の前に、幕府権力による報復をうかがわせる記述もあるけれど、権力者たちは決して農民に勝てない。そう確信させてくれる見事さでもあった。

（令和五年一月、作家）

本書は昭和五十一年九月中央公論新社より刊行され昭和五十五年
中公文庫に収録、平成十年九月講談社文庫に収録された。なお、
本書は中公文庫を底本とした。

表記について

新潮文庫の文字表記については、原文を尊重するという見地に立ち、次のように方針を定めました。

一、旧仮名づかいで書かれた口語文の作品は、新仮名づかいに改める。
二、文語文の作品は旧仮名づかいのままとする。
三、旧字体で書かれているものは、原則として新字体に改める。
四、難読と思われる語には振仮名をつける。

なお本作品中には、今日の観点からみると差別的表現ととられかねない箇所が散見しますが、著者自身に差別的意図はなく、作品自体のもつ文学性ならびに芸術性、また著者がすでに故人であるという事情に鑑《かんが》み、原文どおりとしました。

（新潮文庫編集部）

藤沢周平著

さざ河《》

—彫師伊之助捕物覚え—

島帰りの男が刺殺され、二十五年前の迷宮入り強盗事件を洗い直す伊之助。意外な犯人と哀切極まりないその動機——シリーズ第三作。

藤沢周平著

竹光始末

糊口をしのぐために刀を売り、竹光を腰に仕官の条件である上意討へと向う豪気な男。表題作の他、武士の宿命を描いた傑作小説5編。

藤沢周平著

時雨のあと

兄の立ち直りを心の支えに苦界に身を沈める妹みゆき。表題作の他、江戸の市井に咲く小哀話を、綺麗に人情味豊かに描く傑作短編集。

藤沢周平著

冤（えんざい）罪

勘定方相良彦兵衛は、藩金横領の罪で詰め腹を切らされ、その日から娘の明乃も失踪した……。表題作はじめ、士道小説9編を収録。

藤沢周平著

橋ものがたり

様々な人間が日毎行き交う江戸の橋を舞台に演じられる、出会いと別れ。男女の喜怒哀楽の表情を瑞々しい筆致に描く傑作時代小説。

藤沢周平著

神隠し

失踪した内儀が、三日後不意に戻った、一層凄艶さを増して……。女の魔性を描いた表題作をはじめ江戸庶民の哀歓を映す珠玉短編集。

藤沢周平著

春秋山伏記

羽黒山からやって来た若き山伏と村人とのユーモラスでエロティックな交流――荘内地方に伝わる風習を小説化した異色の時代長編。

藤沢周平著

時雨みち

捨てた女を妓楼に訪ねる男の肩に、時雨が降りかかる……。表題作ほか、人生のやるせなさを端正な文体で綴った傑作時代小説集。

藤沢周平著

驟《はし》り雨

激しい雨の中、八幡さまの軒下に潜む盗っ人の前で繰り広げられる人間模様――。表題作ほか、江戸に生きる人々の哀歓を描く短編集。

藤沢周平著

密謀（上・下）

天下分け目の関ケ原決戦に、三成と密約がありながら上杉勢が参戦しなかったのはなぜか？　歴史の謎を解明する話題の戦国ドラマ。

藤沢周平著

闇の穴

ゆらめく女の心を円熟の筆に描いた表題作。ほかに「木綿触れ」「閉ざされた口」「夜が軋む」一等、時代小説短編の絶品7編を収録。

藤沢周平著

霜の朝

覇を競った紀ノ国屋文左衛門の没落は、勝ち残った奈良茂の心に空洞をあけた……。表題作ほか、江戸町人の愛と孤独を綴る傑作集。

藤沢周平著
龍を見た男
天に駆けのぼる龍の火柱のおかげで、あやうく遭難を免れた漁師の因縁……。無名の男女の仕合せを描く傑作時代小説9編。

藤沢周平著
本所しぐれ町物語
川や掘割からふと水が匂う江戸庶民の町……。表通りの商人や裏通りの職人など市井の人々の微妙な心の揺れを味わい深く描く連作長編。

藤沢周平著
たそがれ清兵衛
その風体性格ゆえに、ふだんは侮られがちな侍たちの、意外な活躍！ 表題作はじめ全8編を収める、痛快で情味あふれる異色連作集。

藤沢周平著
ふるさとへ廻る六部は
故郷・庄内への郷愁、時代小説へのこだわりと自負、創作の秘密、身辺自伝随想等。著者の肉声を伝える文庫オリジナル・エッセイ集。

藤沢周平著
静かな木
ふむ、生きているかぎり、なかなかあの木のようには……。海坂藩を舞台に、人生の哀歓を練達の筆で捉えた三話。著者最晩年の境地。

藤沢周平著
天保悪党伝
天保年間の江戸の町に、悪だくみに長けるが、憎めない連中がいた。世話講談「天保六花撰」に材を得た、痛快無比の異色連作長編！

上橋菜穂子著

闇の守り人

日本児童文学者協会賞・路傍の石文学賞受賞

25年ぶりに生まれ故郷に戻った女用心棒バルサを、闇の底で迎えたものとは。壮大なスケールで語られる魂の物語。シリーズ第2弾。

上橋菜穂子著

夢の守り人

路傍の石文学賞・巌谷小波文芸賞受賞

女用心棒バルサは、人鬼と化したタンダの魂を取り戻そうと命を懸ける。そして今明かされる、大呪術師トロガイの秘められた過去。

上橋菜穂子著

虚空の旅人

新王即位の儀に招かれ、隣国を訪れたチャグムたちを待つ陰謀。漂海民や国政を操る女たちが織り成す壮大なドラマ。シリーズ第4弾。

上橋菜穂子著

神の守り人

(上 来訪編・下 帰還編)

小学館児童出版文化賞受賞

バルサが市場で救った美少女は、〈畏ろしき神〉を招く力を持っていた。彼女は〈神の子〉か？　それとも〈災いの子〉なのか？

上橋菜穂子著

蒼路の旅人

チャグム皇太子は、祖父を救うため、罠と知りつつ大海原へ飛びだしていく。大河物語の結末へと動き始めるシリーズ第6弾。

上橋菜穂子著

天と地の守り人

(第一部 ロタ王国編・第二部 カンバル王国編・第三部 新ヨゴ皇国編)

バルサとチャグムが、幾多の試練を乗り越え、それぞれに「還る場所」とは——十余年の時をかけて紡がれた大河物語、ついに完結！

池波正太郎・平岩弓枝・松本清張・山本周五郎・宮部みゆき著

親不孝長屋
—人情時代小説傑作選—

親の心、子知らず、子の心、親知らず——。名うての人情ものの名手五人が親子の情愛を描く。感涙必至の人情時代小説、名品五編。

池波正太郎・山本一力・北原亞以子・山本周五郎・藤沢周平著

たそがれ長屋
—人情時代小説傑作選—

老いてこそわかる人生の味がある。長屋を舞台に、武士と町人、男と女、それぞれの人生のたそがれ時を描いた傑作時代小説五編。

池波正太郎・乙川優三郎・五味康祐・宇江佐真理・山本周五郎・柴田錬三郎著

がんこ長屋
—人情時代小説傑作選—

腕は磨けど、人生の儚さ。刀鍛冶、火術師、蕎麦切り名人……それぞれの矜持が導く男と女の運命。きらり技輝る、傑作六編を精選。

池波正太郎著

剣客商売①
剣客商売

白髪頭の粋な小男・秋山小兵衛と巌のように逞しい息子・大治郎の名コンビが、剣に命を賭けて江戸の悪事を斬る。シリーズ第一作。

池波正太郎・藤沢周平・滝口康彦・山本周五郎著
永井路子
縄田一男 編

絆を紡ぐ
—人情時代小説傑作選—

何のために生きるのか。その時、女は美しく輝く——。降りかかる困難に屈せず生き抜いた女たちを描く、感奮の傑作小説5編を収録。

山本周五郎著

樅ノ木は残った
毎日出版文化賞受賞（上・中・下）

仙台藩主・伊達綱宗の逼塞。藩士四名の暗殺と幕府の罠——。伊達騒動で暗躍した原田甲斐の人間味溢れる肖像を描き出した歴史長編。

葉室麟著

橘花抄

己の信じる道に殉ずる男、光を失いながらも一途に生きる女。お家騒動に翻弄されながら守り抜いたものは。清新清冽な本格時代小説。

葉室麟著

春風伝

激動の幕末を疾風のように駆け抜けた高杉晋作。日本の未来を見据え、内外の敵を圧倒した男の短くも激しい生涯を描く歴史長編。

葉室麟著

鬼神の如く
—黒田叛臣伝—
司馬遼太郎賞受賞

「わが主君に謀反の疑いあり」。黒田藩家老・栗山大膳は、藩主の忠之を訴え出た——。まことの忠義と武士の一徹を描く本格歴史長編。

葉室麟著

玄鳥さりて

順調に出世する圭吾。彼を守り遠島となった六郎兵衛。十年の時を経て再会した二人は、敵対することに……。葉室文学の到達点。

葉室麟著

古都再見

人生の幕が下りる前に、見るべきものは見ておきたい。歴史作家は、古都京都に仕事場を構えた——。軽妙洒脱、千思万考の随筆68篇。

司馬遼太郎著

梟の城
直木賞受賞

信長、秀吉……権力者たちの陰で、凄絶な死闘を展開する二人の忍者の生きざまを通して、かげろうの如き彼らの実像を活写した長編。

義《ぎ》民《みん》が駆《か》ける

新潮文庫　ふ-11-29

令和五年四月一日発行
令和六年四月二十日二刷

著者　藤《ふじ》沢《さわ》周《しゅう》平《へい》
発行者　佐藤隆信
発行所　株式会社 新潮社

郵便番号 一六二―八七一一
東京都新宿区矢来町七一
電話 編集部(〇三)三二六六―五四四〇
読者係(〇三)三二六六―五一一一
https://www.shinchosha.co.jp

価格はカバーに表示してあります。

乱丁・落丁本は、ご面倒ですが小社読者係宛ご送付ください。送料小社負担にてお取替えいたします。

印刷・株式会社光邦　製本・加藤製本株式会社

ISBN978-4-10-124729-8 C0193